KB001765

何者

何者

아사이 료 장편소설

권남희 옮김

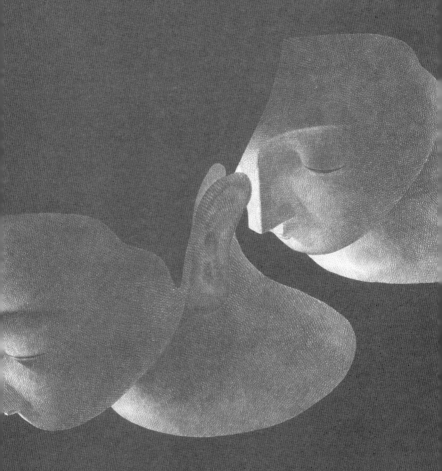

은행나무

니노미야다쿠토@극단 플래닛 @takutodesu

극단 플래닛 제14회 공연 〈양을 세기 시작한 그날 밤의 일〉 12/2~5@미야마 신극장 소강당 http://www…… OB입니다만, 조금 돕고 있습니다. 티켓을 원하는 분 DM이나 답글 주세요. 좋아하는 것―연극, 영화, 수영, 사케. 취업 준비생. 잘 부탁합니다.

고―타로―! @kotaro_OVERMUSIC

미도리가와중학교 경음악부, 가스가베기타고교 경음악부, 미야마대학 MUMC (전)부장!
오버뮤직 보컬/중국어 8조/학원 강사 아르바이트/풋살/발야구/술/마작/위닝 일레븐/일본 록/'스리피스' 아주 좋아함! 팬끼리 팔로해요!/라이브하우스 '오렌지' 단골 밴드입니다. 대결 밴드 모집/오버뮤직 사이트 URL→ http://www……

다나베 미즈키 @mizukitanabe

미야마여중, 미야마여고 졸업, 현재는 미야마대학에서 세계 유산을 공부하고 있습니다. 책과 영화(최근에는 북유럽물)와 커피를 좋아해요. 콜로라도 주로 유학을 갔다가 최근 돌아왔습니다. 유학 경험자인 취업활동 동료를 만나고 싶어요!

RICA KOBAYAKAWA @rica_0927
고교 시절 유타 주 유학/올 여름까지 마이애미에 유학/언어학/국제 협력/외국 인턴/백패커/국제교육 자원봉사/세계 어린이를 위한 교실 프로젝트 참가/미☆레이디 대학 기획 운영/미야마제 실행위원 홍보반장/건축/디자인/현대 미술/사진/카페 순례/세계를 무대로 일하고 싶다/꿈은 꾸는 것이 아니라 이루어지는 것.

미야모토 다카요시 @takayoshi_miyamoto
휴학 중. 현대종합미술관 학예원 호리이 씨(@earth_horii_art) 운영 홈페이지 '아트의 문'(http://www……)에서 칼럼 '센스 오브 크리에이티브' 연재 준비 중. 창조 극단 '세계의 블로그' 소속(제4기). 창조적인 사람과의 만남, 자극에 민감. 최근에는 칼럼과 비평 등 글을 쓰는 데 흥미. 사람을 만나고 말을 나누는 것이 양식이 된다.

가라스마 긴지 @account_of_GINJI
보다 자극적인 연극을! 연극집단 '독과 비스킷' 단장. 전(前) 극단 플래닛의 연출가 겸 각본가. 지금은 독립해 아무도 상상하지 못한 것을 표현하고자 날마다 모색 중. 독비스를 만든 뒤로는 매월 1회 반드시 공연을 하고 있습니다. 팸플릿 등을 희망하시는 분은 DM 주세요! 자세한 것은 가라스마 긴지 오피셜 블로그로→http://www/ameblo……

1

툭, 하고 누군가가 어깨를 부딪치는 바람에 리듬이 흐트러졌다. 고타로의 노랫소리에 맞춰 흔들고 있던 몸이 멈추었다. 이 공간에서 뻥 하고 밀려나 버린 듯한 기분이 든다. 그 순간, 라이브하우스라는 나하고 전혀 어울리지 않는 장소에 있는 것을 누군가에게 들켰다는 예감에 부끄러움이 스멀스멀 일었다.

이 작은 공간에서는 조금 냉정해지기 때문일까, 무대에 서 있는 사람들이 한층 멀리 느껴진다.

손바닥이 끈적거렸다. 부딪치면서 플라스틱 컵을 꽉 잡아 버린 모양이다. 출렁거리다 흘러넘친 진 벅은 내 손바닥뿐 아니라 앞사람 파카에도 튀었다. 진 벅이긴 해도 거의 얼음과 진저에일이어서 손바닥에 단내가 확 풍겼다.

앞사람은 고타로가 만든 노래에 심취해 있어 내가 진 벽을 쏟은 것을 전혀 알아차리지 못했다.

고타로의 곱슬기 있는 앞머리가 땀에 젖어 이마에 달라붙었다. 같이 산 지 꽤 되었지만, 집에서의 고타로와 무대 위에서의 고타로는 동일 인물이 아닌 것 같은 기분이 든다.

노래가 끝났다. 박수가 터졌다. 컵을 들지 않은 쪽 손을 흔들며 나도 소리가 울리지 않는 박수를 보냈다. "고타로 씨!" 하고 제일 앞줄 오른쪽에서 어린 목소리가 날아오자, "예이~" 하고 고타로가 아무렇지 않게 대답한다. 그 주변 분위기가 화끈 달아오른다. 아마 동아리 후배나 동기일 것이다. 고타로가 그쪽을 향해 브이 사인을 보내자, 카메라 플래시 같은 것이 번쩍번쩍 무대를 비추었다. 그리고 또 웃는 소리.

무대 위에서 의외로 관객들 얼굴이 잘 보이더라. 전에 고타로는 그렇게 말했다. 그 말을 지금 녀석에게 그대로 해주고 싶다. 밑에서도 네 표정이며 동작 하나하나 아—주 잘 보여. 그런 사적인 분위기를 표출하면 솔직히 보는 사람으로서는 흥이 식는다고.

"일단 세 곡을 들려 드렸는데, 어때요? 몸이 좀 따뜻해지셨나요?"

예이~, 하고 또 그 언저리에서 환성이 터졌다. 내 주위 사람들은 무대 위에 있는 누구의 지인도 아닌 모양이다. 어떤 태도를 취해야 좋을지 난감한 듯 결국 음료를 찔끔찔끔 마셨다. 학생 밴드이긴 하지만 음료수 값 오백 엔은 칼같이 받는 만큼 제대로 하고 있다.

이 라이브하우스 '오렌지'는 축제 메인 장소인 학교에서 걸어서 10분 정도 거리에 있다. 그래서인지 한산하다.

"오늘은 축제 마지막 날이자, 저희 오버뮤직의 은퇴 공연입니다. 은퇴 공연 같은 건 아직 한참 나중 일일 줄 알았는데, 벌써 오늘, 지금이 되어 버렸군요."

너도 눈 깜짝할 사이에 아저씨야! 뒤쪽에서 터진 야유는 아직 어린 OB의 것이리라. 파마를 한 앞머리에 눈이 가려진 베이스가 소리 내어 웃고, 마이크가 그 소리를 친절하게 담아 나에게까지 전해 주었다.

"이야, 정말 빠르네요. 고등학교와 대학교 때 시간이 흐르는 속도가 이렇게나 다른가 싶군요."

난 MUMC에 들어가기 위해 미야마대학교에 왔어. 언젠가 고타로가 맥주를 마시면서 했던 말이 떠올랐다. 대학교에 갓 입학해 매일 수업 오리엔테이션만 하는 데 질려 있던 즈음이었다. 입학 후 처음 가본 술집에서 캠퍼스 내 포스터에서 자주 보던 'MUMC'라는 말이 '미야마 유니버시티 뮤직 클럽'의 약자라는 것을 알았다. 모둠 꼬치구이는 일단 모든 내용물을 꼬치에서 빼는 것이 정석이란 걸 안 것도 그때였다. 고타로는 고등학교를 갓 졸업한 주제에 맥주를 아주 능숙하게 마셨고, 나는 매실주에 소다수 탄 것만 마셨다. 그때는 햇살이 비치면 금색으로도 보이는 갈색 머리를 왁스로 세우던 고타로와 내가 함께 살 줄, 나뿐만 아니라 주위 누구도 상상하지 못했다.

청바지 주머니에서 휴대전화를 꺼냈다. 버릇처럼 트위터 화면을 연다.

고ー타로ー! @kotaro_OVERMUSIC 2일 전
【RT요망】 내일과 모레, 학교 근처 오렌지에서 라이브 공연을 합니다! 도에이시티선 미야마대학 앞 C1 출구에서 도보 2분, 18시 시작. 티켓 값은 단돈 천 엔, 원드링크제입니다. 우리 밴드 '오버뮤직'의 동아리 은퇴 공연도 있습니다! 다들 꼭 와줘!!
리트윗 4 관심글 1

다나베 미즈키 @mizukitanabe 2일 전
@kotaro_OVERMUSIC 귀국했어. 공연에 갈게. 오랜만에 고타로의 노래를 듣다니 기대가 크네.

니노미야다쿠토 @ 극단 플래닛 @takutodesu 2일 전
동거인 은퇴 라이브 공연입니다. RT【RT요망】 내일과 모레, 학교 근처 오렌지에서 라이브 공연을 합니다. 도에이시티선 미야마대학 앞 C1 출구에서 도보 2분, 18시 시작. 티켓 값은 단돈 천 엔, 원드링크제입니다. 우리 밴드 오버뮤직의 동아리 은퇴 공연도 있습니다! 다들 꼭 와줘!!

"이거 쓸래?"

뒤에서 소리가 들렸다.

찾지 않는 척하면서 계속 찾고 있었다. 뒤에 있었던가, 하고 냉정히 생각한다.

휴대전화를 넣으면서 돌아보니 그곳에 사진으로는 일상적으로 보아온 쇼트커트가 있었다. "자." 미즈키가 이쪽을 향해 손수건을 내밀었다.

"고마워."

미즈키의 오른손에는 오렌지 주스가 반쯤 담긴 컵이 들려 있다. 예전에 고타로가, 그 녀석은 조금만 마셔도 얼굴이 빨개지고 비틀거려서 탈이야, 하고 기쁜 듯이 투덜거리던 기억이 났다.

정말로 오랜만에 만난 미즈키는 사진보다 훨씬 머리칼이 짧고, 조금 야위어 보였다. 꼿꼿이 편 등은 1년 전과 전혀 다르지 않다.

나는 끈적거리는 손바닥을 손수건에 닦으면서 큰 소리로 말했다.

"미즈키도 왔구나."

"응, 일단은."

고타로에게 멘션도 날렸으면서 '일단은'이라니. 트위터로 주고받는 대화를 다 봐놓고 "미즈키도 왔구나" 하는 나도 참 속 보이지만.

"머리, 짧은 게 역시 잘 어울리네."

"고마워."

"정말 오랜만이다."

미즈키는 "그러게." 하고는 컵을 내민다. 건배.

"어제 연락하려고 했는데 정신이 없었어."

"아냐, 뭐. 트위터 봤어."

잘 왔어, 차분해지면 한잔하러 가자. 조금 전에 내가 날린 답 멘션을 머릿속으로 반추했다.

"지금 온 거야?"

"아니, 처음부터 있었어. 어제도 왔는걸." 나도 OG니까, 하고 미즈키는 웃었다.

"고타로 정말 노래 좋아졌네."

혼잣말처럼 중얼거리는 미즈키의 옆얼굴에 붉은색 조명이 비쳤다. 피어스 구멍이 막혀 있다. 그 옆얼굴이 조금 어른스러워진 것처럼 보이는 이유는 1년 동안의 미국 유학 때문만은 아니다.

"정장, 벌써 샀구나."

내 말에 "바지로 할지 스커트로 할지 망설였어." 하고 미즈키가 웃었다. 정장도 잘 어울리네, 생각했지만 소리 내어 말하지는 않았다.

무대에서 잠시 눈을 뗀 사이 갑자기 라이브하우스 안이 와르르 들끓었다. "참아 주세요~" 하고 기타를 안은 채 수줍어하는 고타로의 표정을 보아하니, 누군가 고타로를 만지는 모양이다. 둥, 하고 드러머가 풋페달을 밟아 소리를 울렸다.

"미안, 미안. 다음 곡은, 예, 예, 화내지 말라고, 드럼."

당황하는 고타로의 모습에 또다시 라이브하우스는 킥킥거리는 웃음으로 가득 찼다.

고타로는 이 동아리의 모두에게 사랑받고 있다. 2학년 가을에 세 명의 후보 중에서 부장으로 뽑혔다고 한다. 미즈키에게서 들었다. 고타로는 그런 얘기를 절대 하지 않는다.

"다쿠토, 이제 연극은 안 해?"

응, 애써 동요하지 않은 척했다. "그렇지만……." 하고 딱히 다음 말을 찾지 못한 채 얘기를 시작해 버렸을 때 무대에서 고타로의 목소리가 내려왔다.

"그럼 마지막까지 즐겨 주시겠습니까?"

시작하려던 화제를 끝내기 위해서라도 조그만 목소리로 "예~이" 하고 대답해 보았다. 순간, 귀까지 빨개진 것이 느껴졌다.

"예~이 같은 건 굳이 해 주지 않아도 될 텐데."

미즈키가 훗, 하고 조그맣게 웃는 것과 동시에 무대에서 고타로가 노래를 시작했다. 이번에는 발라드 같다. 들은 적 없는 곡이다. 자작곡일지 모른다. 사람이 가득 차지 않은 공간, 이 거리감으로 진지하게 발라드를 부르는 고타로의 표정을 보고 있으니 결코 나를 향해 부르는 게 아닌데도 오그라드는 기분이 든다.

고타로나 미즈키가 내 무대를 보러 와 주었을 때도 이런 기분이었을까. 이미 충분히 빨개졌을 귀가 더욱 화끈거렸다.

리듬을 탈지 말지 망설였다. 눈동자만 한껏 오른쪽으로 움직여 미즈키는 어떤지 보았다. 어디에도 힘이 들어가지 않은 그녀의 모습을 보고, 내 어깨가 딱딱하게 굳어 있음을 깨달았다. 이렇게 작은 일에 일일이 마음을 소모하는 나 자신이 정말로 싫어질 때가 더러 있다.

고타로는 발라드를 부를 때, 스탠드 마이크에 목소리를 감듯이 노래한다. 처음 보았을 때는 그 모습이 조금 불편했지만, 노래는 잘한다. 자작곡도 멋있다. 자작곡이 아닐지도 모르지만, 지금 부르는 곡도 아주 좋다.

1절과 2절 사이 고타로의 노래가 끊겼을 때 "아, 미즈키 선배다." 하는 소리가 왼쪽 귀에만 들렸다.

"뭐? 정말? 어디?"

"봐, 저기 정장 차림, 체크무늬 셔츠 입은 사람 맞은편에 있어."

나는 순간 내가 체크무늬 셔츠를 입고 있나 확인했다.

"어디? 정말이네. 머리를 잘랐구나. 미즈키 선배님!"

왼쪽에서 사람들을 헤치고 두 명의 여자가 다가왔다. 후배인가? 고타로 쪽과 흘끗흘끗 비교하면서 다가온다.

"미즈키 선배님, 언제 왔어요?"

나는 돌려줄 타이밍을 놓친 손수건을 조그맣게 뭉쳐 륙색 주머니에 찔러 넣었다.

"언제라니? 나 어제도 보러 왔었는데."

"그래요? 전혀 몰랐어요!"

나는 마음속으로 한숨을 쉬었다.

"선배님, 정장까지 차려입고, 혹시 그거예요? 취업활동?"

"뭐, 그런 셈이지." 미즈키는 오렌지 주스를 한 모금 마셨다.

"예에? 너무 빠른 거 아니에요. 고타로 선배도 아직 갈색 머리인데."

고타로는 참고하지 않는 편이 좋아, 미즈키가 대답하자, 다른 후배가 "그렇군요!" 하고 손뼉을 치며 웃었다.

"아래 기수 남학생들이 모두 선배님 보고 싶어 했어요, 지금 불러 올게요!"

아서라, 후배들아, 생각했지만, 물론 소리 내어 말하지는 않았다. 머잖아 몰려올 후배들에 대비해 나는 슬그머니 미즈키에게서 떨어졌다.

"미안. 다음에 또 천천히 얘기하자."

미즈키가 눈을 내리뜨며 두 손을 모았다. 나는 "그럼." 하고는 들릴 듯 말 듯 한 소리로 대답했다.

미즈키는 고타로의 노랫소리를 들으면서 후배들과 다정하게 이야기를 나누었다. "오, 그런 일이 있었구나." "말도 안 돼, 그 녀석 뼈가 부러진 거야? 지금 병원?" 얼핏 그런 말들이 들려와서 안타까웠다.

고타로의 갸름한 턱에서 땀이 한 방울 떨어졌다.

미즈키는 고타로의 노래를 제대로 듣고 싶을 텐데. 나는 벽에 기대어 남아 있던 진 벽을 단숨에 비웠다.

2

어제는 충실! 다음 달 공연 멤버들과 술 마시면서 우리 집에서 브레인스토밍. 다들 취했다가 정신 차리고 보니, 공원에서 아침까지 숨바꼭질도 하고 얘기도 하고 그러고 있다. '이런 최고의 동료가 있는 게 자랑스럽다'라고 생각했더니, 이런 시간에 일어났네. ^^ 제대로 폐인. ^^ 지금부터 각본 쓴다. 집중 모드.
관심글 2

아르바이트 가서 먹은 명란젓 크림 시푸드 파스타가 위에서 점점 소화되는 것이 느껴진다. 한 걸음 내디딜 때마다 분쇄된 탄수화물이 적어지며 별로 중요한 영양도 되지 않고 사라진다. 이러면 잘 때까지 버티지 못한다. 면류는 어째서 이렇게 배가 빨리 꺼질까.

토하는 숨이 하얗다. 휴대전화를 청바지 주머니에 넣고 전광판을 본다. 오후 6시 20분. 앞으로 3분 후면 지하철이 온다.

아르바이트하는 가게는 오후 6시를 경계로 카페에서 바(bar)로 바뀐다. 오늘은 카페 오픈 때부터 근무해 이 시간에 마쳐도 아무도 뭐라 하지 않는다. 지금부터 더욱 바빠질 주방을 곁눈으로 보며 식사를 하다니, 아르바이트 초창기에는 찜찜했지만 지금은 아무렇지도 않다.

고타로는 아직 자고 있을까? 이제 일어났을까? 개점 시간부터 근무할 때는 아침 7시에 집을 나와야 한다. 아니나 다를까, 오늘 아침에 고타로는 집에 돌아오지 않았다. 은퇴 공연 뒤풀이는 아침까지 마시는 것이 관례다. 거의 100퍼센트, 얼굴을 보지 못하고 아르바이트를 갈 거라고 생각하긴 했지만, 막상 진짜로 그렇게 되니 허무한 기분이 들었다. 몸속에서 라이브의 여운이 가시기 전에 "라이브 좋더라." 라는 한마디쯤 해 주고 싶었다.

겨울 지하철은 혼자 타는 사람을 더욱 혼자로 만든다. 그렇게 좁은 장소에 많은 사람이 나란히 앉아 있는데 체감으로는 전혀 따뜻하지 않다.

무릎 위에 놓인 륙색 주머니에 손을 넣어 집 열쇠가 들어 있는지 확인했다. 차가운 쇠의 감촉을 예감했던 손가락 끝에 따뜻한 천이 닿았다. 순간, 열쇠를 잃어버렸나 싶어 불안해졌지만 이내 떠올렸다. 라이브하우스에서 미즈키가 빌려 준 손수건. 잊고 있었다. 집에 돌아가면 빨아야지.

목도리를 다시 두르고 지하철을 나오니, 콘크리트에 무슨 표시를 하는 것처럼 빗방울이 똑똑 떨어졌다. 먼지 냄새 같은 독특한 냄새가 나는 걸로 보아 이제 막 내리기 시작한 모양이다. 륙색에서 접는 우산을 꺼내기가 귀찮아 등을 동그랗게 말고 총총 걸었다. 슈퍼에 들어가 볶음밥 재료와 삼겹살과 낫토와 우유를 샀다. 어느 물건이 어디에 놓여 있는지는 이미 알고 있다. 나는 별과 별을 잇듯이 슈퍼 안을 바삐 움직였다. 내가 걸어간 곳을 선으로 이으면 '자취 생활'이라는 별자리가 완성될 것 같다. 우유 코너 옆의 유제품 컵 디저트를 오늘은 두 개 집었다. 동아리 은퇴 공연을 무사히 마친 고타로의 것도 사 주기로 했다.

다행이다. 비는 아직 본격적으로 쏟아지지 않았다. 영수증을 쓰레기통에 버리고 코트에 달린 모자를 뒤집어썼다. 귀가 덮여 소리가 잘 들리지 않아서인지, 갑자기 내려가는 건널목의 차단기가 남의 일 같아 보였다. 1리터짜리 우유팩이 든 봉지의 무게에 이끌리듯이 11월의 끝을 적시는 빗속을 달려갔다.

"어서 와."

"아, 일어났네!"

커튼이 쳐진 방에서 고타로는 커다란 쓰레기봉투 주둥이를 묶고 있었다. 방에 쓰레기통이 있지만, 고타로는 부엌 근처에 아무렇게나 놓아둔 45리터짜리 쓰레기봉투에 모든 것을 던져 넣곤 했다.

"밥은?"

"아르바이트하는 곳에서 먹고 왔어."

고타로는 레토르트 카레를 먹은 것 같다. 카레가 묻은 접시와 커다란 은수저가 싱크대에 나와 있다. 두 사람 모두 기본적으로 요리를 별로 하지 않는다. 교대로 사기로 약속한 쌀을 3홉씩 밥을 지어 놓고 반찬은 레토르트 식품이나 슈퍼에서 만들어 놓은 반찬을 사 오는 일이 많다.

"어라, 너?"

"짧은 검은 머리가 의외로 잘 어울리지?"

고타로는 곱슬머리란 걸 모를 정도로 머리칼을 짧게 깎았다. 뭐, 어울리긴 하지만, 하면서 슈퍼 봉지에서 삼겹살을 꺼내자 고타로가 받아들었다. 삼겹살, 양파, 김치, 달걀, 생선살 소시지. 전부 볶기만 해도 맛있는 그런 식재료는 냉장고에 항상 챙겨 둔다. 그다음은 마요네즈, 불고기 소스, 카레 가루, 장국

소스. 요리에 익숙하지 않은 자취 생활자에게 마법의 조미료들은 필수 아이템이다.

"하루 종일 잘 줄 알았더니."

"그럴 생각이었는데 뒤풀이 분위기를 타고 그대로 미용실에 가게 돼서 말이야."

벌써 구불거리던 갈색 곱슬머리가 잘 생각나지 않는다. 잡동사니가 없는 단색의 방에 심플한 검은 머리는 아주 잘 녹아들었다.

"분위기 타서 머리를 염색하다니 인마, 네가 고등학교 1학년이냐." 랩으로 좀 싸라, 하고 나는 고타로에게 랩을 건넸다.

"아침 6시까지 마시고 10시까지 가라오케에서 놀다가, 개점과 동시에 미용실 습격. 다 자를 때까지 폭풍 수면. 일어나서 깜짝 놀랐네. 부탁하면 예약 같은 것 안 해도 해 주더라."

뭐야, 그거 엄청나게 민폐, 하고 웃으니 고타로는 "그렇지?" 남의 일처럼 대답하고, 랩으로 싼 삼겹살 덩어리 세 개를 건네주었다. 220그램의 삼겹살을 냉동할 때 세 끼분으로 나누면 볶음밥을 하기에 딱 좋다.

"뭐, 이 축제 끝나면 취업활동 하기로 마음먹었으니까, 단발식은 제법 괜찮은 기분 전환이 될지도 몰라."

"흐음." 취업활동이라, 하고 나는 그의 말을 따라 했다.

"아니, 정말 오늘까지 취업활동 준비를 아무것도 하지 않아서 말이야. 많이 가르쳐 줘, 다쿠토."

사 온 물건을 정리하면서 나는 선성으로 대답했다. 머리를 짧게 자른 고타로를 보고 처음으로 이 녀석은 정장이 어울릴지도 모르겠군, 하는 생각을 했다.

냉장고 위에 놓인 전자레인지에 9월 말에 자르고 여태 길러 온 내 검은 머리가 비쳤다. 두 달 동안 긴 머리는 사람의 윤곽을 모호하게 했다.

"아 참." 나는 발밑에 내려 둔 류색 주머니에서 손수건을 꺼냈다. 왠지 진저에일에 포함된 당분 냄새가 나는 것 같다.

"빨래 쌓였어?"

세탁기 뚜껑을 열자 통의 3분의 2까지 옷이 쌓여 있어서 거기에 손수건을 던져 넣었다. 어, 하고 고타로가 무언가 말하고 싶은 얼굴을 했다. 상경했을 무렵에는 가루비누를 썼지만, 고타로에게 감화된 지금은 완전히 액체 세제파다.

"다쿠토 너, 미즈키 만났어?"

생각보다 가까운 곳에서 고타로의 목소리가 났다.

"응, 만나긴 했지. 미즈키도 어제 공연에 왔더라. 귀국한 뒤 처음 봤어."

뭐 돌아온 게 최근인 것 같긴 하더라만, 하는 내 말을 고타로가 큰 소리로 가로막았다.

"그 녀석, 정장을 입고 와서는!"

새 쓰레기봉투를 꺼내 거기에 빈 레토르트 카레 봉지를 버렸다.

"어제 공연하는 동안만은 취업활동을 잊고 싶었는데 말이야. 무대에서 정장 차림을 발견하고 완전 주눅 들었잖아."

미즈키는 취업활동도 착실히 하는 것 같더라, 얘기하면서도 내 의식은 전혀 다른 곳에 있었다.

미즈키는 아침까지 계속된 뒤풀이에 참석했을까. 언제나처럼 술은 주문하지 않고 진저에일을 마시고 있었을까. 언제나처럼 1차만 하고 돌아갔을까. 그렇다면 고타로와 같은 테이블에 앉았을까. 약 1년 만에 제대로 얼굴 마주 보며 얘기를 나누었을까.

고타로가 부스럭 소리를 내며 쓰레기봉투를 내려놓았다. 빈 카레 봉지 한 개밖에 들어 있지 않은 쓰레기봉투는 그 자리에 폭삭 주저앉아버렸다.

"미즈키, 잘 지냈대?"

눈을 마주치지 못하고 그렇게 묻자, "아까 네가 세탁기에 넣은 손수건 말이야." 하면서 고타로는 세탁기의 '자동 코스' 버튼을 눌렀다. 그때 비로소 내가 버튼 누르는 걸 깜박했다는 사실을 깨달았다.

"사귀기 시작했을 때 내가 준 거야."

졸졸졸 소리가 났다. 더러운 것으로 가득한 드럼세탁기 속에 깨끗한 물이 고여 갔다.

"깜짝 놀랐네, 그 녀석. 아직 이걸 쓰고 있었다니."

이거, 쓸래? 하고 아무런 주저 없이 손수건을 건네던 미즈키의 표정을 떠올리려고 했다. 그러나 아무것도 떠오르지 않는다. 나는 그때 미즈키의 얼굴을 제대로 보지 못했다.

"그럼 나 좀 잘게."

고타로는 등을 벅벅 긁으면서 방문을 쾅 닫았다. 태연함을 가장한 자신이 바보 같다.

고타로 몫으로 산 컵 디저트는 결국 아무 말도 하지 못하고 냉장고에 들어가 버렸다. 슈퍼에서 봤을 때는 너무 차게 해서 굳어 버린 생크림도 자극적일 정도로 빨간 딸기 소스가 훨씬 맛있어 보였다.

'공연하느라 수고했다'라든가 '어제 참 좋더라' 이런 말과 함께 내밀 생각이었는데 너무나도 잘 어울리는 검은 머리를 보니 그 말이 나오지 않았다.

일기 예보에 따르면 내일은 맑음이다. 오늘 밤, 비가 그친 뒤 널면 미즈키의 손수건도 내 옷도 바짝 마르겠지.

3

미야마대학교에는 캠퍼스가 두 군데 있다. 2학년까지는 대부분 도내치고는 좀 시골이고 "분위기가 좋네." 하는 말밖에 할 게 없는 캠퍼스에서 공부한다. 지방에서 올라온 자취 생활자들은 누구나 불편한 교통편과 도쿄답지 않은 분위기에 투덜거린다. 그리고 3학년이 되어 캠퍼스가 바뀌는 시점에 나는 고타로와 같이 살기 시작했다.

3학년생부터 다니는 캠퍼스는 도심에 훨씬 가깝다. 즉 학교에 다니기 편한 동네에 살려면 저절로 월세가 비싸진다. 이사 비용에다 보증금을 생각하면 조금이라도 싼 곳을 얻어야 한다. 하지만 2년 동안 혼자 살아온 만큼, 양보할 수 없는 조건이라는 것이 현실적으로 보이게 된다.

나는 그때 좀처럼 이사할 곳을 정하지 못해 학교 식당 테이블을 가득 메운 월세방 자료를 노려보고 있었다. 그래서 고타로가 정면에서 싱글벙글 다가오는 것을 전혀 알아차리지 못했다.

"여어, 다쿠토."

목소리만으로 고타로란 걸 알고는 "오우." 하고 얼굴도 들지 않고 오른손을 들었다.

"다쿠토, 나하고 같이 살지 않을래?"

"않을래."

보통 대화의 속도로 대답했더니, "엥?" 하고 순간 고타로의 움직임이 멈추었다. "누구하고 같이 사는 건 무리야." 자료를 보면서 덧붙이자, "아니, 아니, 거절하기 전에 얘기나 좀 들어보라고."

고타로는 멋대로 내 맞은편 자리에 앉았다. 오른손에는 휴대전화가 들려 있고 등에는 커다란 기타 케이스가 삐죽 나와 있었다. 선명한 색상의 파카 목둘레에는 굵은 끈이 칠칠치 못하게 늘어져 있었다. 스무 살이 넘어도 이런 옷이 어울리는 것은 이 녀석의 특권이겠지, 생각했던 기억이 난다.

고타로는 내가 보고 있던 월세방 자료 위에 휴대전화와 손바닥을 올려놓았다.

"우리 예전에 함께 면허 합숙 갔었지?"

"갔었지."

대학교 2학년 여름방학 때, 남자 넷이서 간 면허 합숙은 아침에 일찍 일어나야 하는 것과 복욕탕 물이 너무 뜨거웠던 것과 식사가 맛없었다는 것을 제외하면 아주 즐거웠다. 겨우 2주일 동안이었지만, 여름의 야마가타는 일교차가 심해 나일론 소재의 매끄러운 점퍼가 큰 도움이 됐다.

"그때 말이야, 2주일 동안 우리 같은 방 썼잖아."

"그랬지."

합숙소는 2인 1실이어서 역에서 합숙소까지 가는 버스에서 같이 앉은 사람끼리 같은 방을 쓰게 되었다. 남자들은 그런 걸로 싸우지 않는다.

"그 2주일 동안, 스트레스 거의 없지 않았냐?"

"그랬……던가?"

그 2주일을 떠올려 보았다.

고타로의 아이폰에서 흐르는 음악 볼륨이 너무 컸던 것 외엔, 이렇다 할 스트레스는 없었던 것 같다. 그 음악도 고타로가 화장실에 가 있는 동안 내 맘대로 소리를 줄여 놓으면 됐다. 고타로는 음량의 변화를 전혀 깨닫지 못해, 그렇게까지 섬세한 귀는 아니구나 생각했던 것도 어렴풋이 기억났다.

"우리 두 사람 다 담배 안 피우잖아."

"그렇지."

"대화가 없을 때는 없는 대로 괜찮았잖아."

"그랬지."

"우린 잘해 나갈 거야."

부우 하고 문자가 왔음을 알리는 짧은 진동이 고타로의 교태스러운 목소리에 끼어들어, 나는 마음껏 무시할 수 있었다.

우리가 대학생이 된 뒤로 휴대전화 화면이 아주 커졌다. 반짝이고 빛나는 화면에 뜬 글씨는 보고 싶지 않아도 또렷이 보였다.

다나베 미즈키 SMS/SNS

"나 2주 동안 합숙한다는 말 들었을 때, 좀 피곤하겠구나 생각했어. 너라서가 아니라 누구하고라도. 게다가 칸막이도 없는 원룸이었잖아. 그런데 싸움 같은 것도 한 번 없었고 나 개인적으로 되게 즐거웠어."

고타로는 방에 있는 동안, 식당에 있는 오래된 만화책 〈점프〉를 몇 번이나 되풀이해서 읽었다. 투고 엽서 코너까지 읽고, 내게 '시시한 한마디'에서 본 얘기를 해 주기도 했다.

혼자서 2년이나 생활한 터라, 확실히 빈둥거리며 보내는 일상 속에 누군가가 있다는 것은 매력적이었다. 그것이 어떤 행동이나 책임과 부담을 동반하는 여자 친구가 아니라, 속내가 통하는 남자끼리여서 더욱 마음이 끌렸다.

"왜 우리 이런저런 취미도 잘 맞잖아. 나는 밴드 하고 너는 연극 하고. 생활 리듬도 좀 비슷한 점이 있고."

형태는 달라도 무대 위에서 공연하는 우리는 두 사람 다 야행성이다.

하지만 나는 현실주의자여서 충동적으로 행동하는 일이 별로 없다.

"그때는 화장실이나 집 안 청소, 요리 준비며 설거지, 그런게 아무것도 없었기 때문에 원만하지 않았을까?"

고타로는 흥얼흥얼하고 무언가를 얼버무리듯이 콧노래를 부르면서, 메일 답장을 보냈다.

"나 요리 같은 것 잘 안 하고 쓰레기도 잘 모아 두고, 샤워하면서 일회용 콘택트렌즈를 그냥 버려 배수구가 막히곤 해."

"……좋아! 뭐든 좋아! 어쨌든 싸. 방 두 개짜리라니까!"

고타로는 자기 가방에서 몇 장의 자료를 꺼내 진짜 이유를 털어놓았다.

"역 주변에서 혼자 살려면 돈이 많이 든단 말이야. 좀 생각해 보지 않을래?"

방 두 개 이상의 물건을 포함시키니 선택의 여지가 훨씬 넓었다. 더욱이 자료를 보아하니 그런 물건은 월세를 반으로 나누면 생각보다 비싸지 않았다.

입으로는 싫다, 무리다 하면서도 고타로와의 생활은 신기하게 쉽게 상상할 수 있었다. 어쩌면 나는 고타로의 몹시 터프한 부분에 좀 피곤해할 테고, 고타로는 고타로대로 나의 소심함에 좀 피곤해할 것이다.

"어때, 꽤 매력적인 이야기지? 여기는 욕실, 화장실 따로인 2DK, 각 방에 수납도 있고, 월세도 둘이서 반씩 더치페이 하면 별로 무리도 아냐. 역에서 조금 멀지만 자전거를 사면 되고."

"더치페이라니, 술집도 아니고."

슬그머니 미소를 지으면서 자료에서 얼굴을 드니 고타로의 선명한 파카가 시야에 확 들어왔다. 가슴에는 커다란 유니언잭 바탕에 팝한 글씨체로 'TICKET TO RIDE'라고 쓰여 있었다.

그걸 보고 나는 '뭐, 그래 볼까' 하고 생각해 버렸다.

나로서는 드문 순간이었다. 고타로 같은 끈질긴 녀석에게 권유받지 않는 한, 나는 아마 평생 누군가와 함께 집을 쓰는 일은 없을 것이다. 그렇다면 이 '티켓'으로 지금까지 인생에 없었던 것에 '라이드'해 보는 것도 좋을지 모른다.

긍정적으로 검토할게, 이렇게 말하려는데, 이번에는 고타로의 휴대전화가 길게 진동했다. 부우, 부우. 메일이 아니라 전화다.

"아, 도착했어? 어, 저기, 학교 식당 구석 쪽, 다쿠토하고 함께 있어."

내 눈은 고타로의 등 뒤, 학교 식당 입구쯤에서 휴대전화를 귀에 대고 두리번거리는 미즈키의 모습을 포착했다. 그다음은 자연스러운 흐름으로 셋이서 같이 점심을 먹었다. 같은 과 친구인 미즈키와 한 달 정도 전부터 사귀기 시작했다고 들은 것은 이때였다. 4등분한 차가운 토마토를 억지로 입에 쑤셔 넣은 채, 오오오오오, 하고 낮은 온도로 놀라는 나를 앞에 두고 고타로는 쑥스러운 듯이 웃었다. 전에 보러 간 공연 소감을 말할 때도 고타로는 이런 얼굴을 했었지.

"뭐야, 벌써 다쿠토한테 보고한 줄 알았는데."

미즈키는 놀라면서 손수건으로 입가를 닦더니, 완두콩을 싫어한다며 넌지시 고타로의 접시에 옮겼다.

4

손수건을 돌려주어야 한다.

나는 고타로의 자랑인 거대한 비즈 쿠션에 몸을 묻고 베란다에서 흔들리는 손수건을 바라보았다. 어떤 형태로든 바뀌는 비즈 쿠션은 어찌나 큰지 아파트에 도착했을 때 깜짝 놀랐다. 하지만 확실히 편안함은 최고여서 오는 사람마다 평판이 좋다.

"다쿠토 선배, 소품에 꽤 신경 쓰는 편이군요."

어제 아르바이트하는 카페의 휴게실에서 손수건을 보다가 그런 말을 들었다.

'어?' 하고 얼굴을 드니 식사로 먹을 파스타를 들고 여자 후배가 휴게실로 들어오는 참이었다. 그거, 하고 내가 들고 있는 손수건을 가리켰다.

"아미야마의 어쩌고 하는 가게에서밖에 팔지 않는 손수건일 걸요, 아마. 게다가 한정 판매. 세련된 사회인의 상징이 된 것 같던데요."

언니 것을 멋대로 썼다고 따라다니며 패더라고요, 하며 여자 형제치고는 과격한 에피소드를 털어놓으면서, 후배는 토마토소스 파스타를 먹기 시작했다. 깊은 접시에는 파스타가 아주 조금밖에 담겨 있지 않은데, 이 아이는 그것도 늘 조금 남긴다.

"근데 그거 남자용 디자인 아니지 않나요?"

"내 거 아냐, 빌린 거야."

호오, 하고 후배는 이내 흥미를 잃은 듯 파마산 치즈를 뿌렸다.

"그런 거면 잘 빨아서 돌려주는 게 좋아요. 아마 빨리 돌려주길 바랄 거예요, 상대도."

"진짜야?"

"진짜죠."

뭐야, 그 대답, 하고 내가 웃는 것도 신경 쓰지 않고 후배는 스푼에 대고 파스타를 둘둘 감으면서 패션 잡지를 보았다. 분명 이 손수건도 그런 패션 잡지에 실린 것이리라. 정장에 어울리는 성인 소품이니 뭐니 하는 문구가 저절로 상상된다. 그런 걸 잡지에서 보고 실제로 그 가게에 가는 행동력은 나한테 없다.

빨래집게로 집어 놓은 손수건은 제멋대로 팔랑팔랑 흔들렸다. 내 쪽을 보고 있는가 하면 바로 등을 돌린다. 흰색에 가까운 파란색 손수건은 마치 어른스러운 소녀 같다. 빨리 결단을 내려, 하고 손수건이 말하는 것 같은 기분이 들었지만, 그 말은 어째서인지 그 후배의 목소리로 재생되었다.

집 구조상 고타로의 방에서만 베란다로 나갈 수 있다. 그래서 빨래를 걷고 널 때마다 고타로의 방을 통해야 한다. 방 주인은 "머리를 자르고 나니 사람 만나는 게 긴장되네." 하고 머리카락 끝을 손가락으로 빙빙 돌리면서, 아침부터 아르바이트를 하러 갔다. 학원 강사를 하고 있어서, 분명 학생들에게 이런저런 공격을 받을 것이다.

☆★고타로 씨, 은퇴 축하해요!☆★

비즈 쿠션에 몸을 푹 묻고 있으니 동그란 테이블에 놓인 한 장의 플래카드와 눈높이가 같아졌다.

부장님 최고!
가미야 선배와 더욱더 친해지고 싶었어요…….
고타로 씨와의 노래방은 이(異)차원.
OVERMUSIC 앞으로도 사랑할 거예요☆ 음악 그만두지 마세요!

소용돌이 같은 문자 한복판에서 환하게 웃는 고타로의 초상화가 천장의 전등에 반사되어 순간 보이지 않았다. 역시 이런 건 공감할 수 있는 사람끼리의 영역 안에서 폭발시켜야 하는 거구나, 새삼스럽게 생각했다. 그러면 이렇게 빛나는 것으로 볼 수 있다. 상상력이 없는 사람은 이내 이것을 기회라 생각하고 밖으로 발신한다. 나는 이렇게 애써 왔다고, 나는 이렇게 사랑받고 있다고 알리기 위해 추억을 밖으로 발신한다.

고타로의 좋은 점은 상상력이 있다는 점이다. 분명 동아리 뒤풀이는 최고로 즐거웠을 테고, 이 롤링페이퍼도 몹시 기뻤을 것이다. 청춘 시절의 모든 것을 응축한 듯한 사진도 많이 찍었을 것이다. 하지만 그것을 무턱대고 발신하지 않는다. 발신하더라도 그 감정에 공명할 수 있는 사람들에게만 한다. 이를테면 메일이나 라인(언제 어디서나 무료로 마음껏 통화와 메일을 즐길 수 있는 새로운 커뮤니케이션 애플리케이션―옮긴이)으로.

고타로는 그 사안에 전혀 관계없는 사람이 '최고의 동료!'라든가 '다들 사랑해요, 고마워요!'라는 글을 볼 때, 순식간에 마음이 식어 가는 것을 제대로 상상할 줄 안다.

문득 정신을 차리고 보니 빨려들듯이 휴대전화에 손을 뻗고 있었다. 주소록에서 미즈키의 전화번호를 찾는다.

상상력. 상상력. 긴지라면 분명 이런 대사를 밖으로 발신한다. 정말로 소중한 추억을 얘기하는 게 아니라 자신을 장식하기 위한 재료로서.

내가 극단 플래닛을 은퇴했을 때 받은 롤링페이퍼는 어땠을까. 이런 식으로 방에서 제일 좋은 곳에 장식하고 싶은 것이었을까.

어느새 거의 바닥에 닿을 정도로까지 쿠션에 몸이 묻혀, 나는 여기서 두 번 다시 일어나지 못할 것 같은 기분이 들었다.

"어, 저기, 실은……."

전화 너머에서 미즈키가 웃음을 머금고 있는 것이 느껴졌다.

"응?"

"다쿠토, 잠깐만, 잠깐만 기다려 봐."

손수건을 돌려주고 싶은데, 라는 말을 하려고 전화한 것뿐인데 미즈키는 왠지 즐거워하고 있다. 타다닥타다닥하고 빠른 걸음으로 이동하는 것이 전화 너머로도 느껴졌다.

딩동.

갑자기 울린 큰 소리는 비즈 쿠션에 묻혀 있는 내 운동신경을 직접 공격할 정도의 충격이었다. 아파트 인터폰이 울리면 언제나 이 정도 놀란다.

예, 예, 예, 하고 간신히 일어나 현관으로 달려갔다. 아 참, 전화, 생각하면서 문을 여니 거기에 미즈키가 있었다.

"앗?"

"에헤헤." 깜짝 놀랐지, 하고 미즈키는 장난스럽게 웃었다.

"친구가 바로 위층에 살고 있어. 마침 놀러 와 있는데 다쿠토에게서 전화가 온 거야."

혹시 집에 있나 해서, 라고 말하는 미즈키는 귀에 이미 전화기를 대고 있지 않았다.

트레이닝복에 안경, 수염도 깎지 않은 나는 어디에도 연결되지 않은 휴대전화를 귀에서 떼지 못한 채, 그 자리에 우두커니 서 있었다.

위층의 구조는 깜짝 놀랄 정도로 우리 층과 같았다. 다만 위층의 가구나 소품이 훨씬 세련되고 멋스럽다. 우리가 얼마나 인테리어에 흥미 없는 놈들끼리 살고 있는지 알 수 있었다.

"어서 와, 우리 집은 아니지만."

왠지 평소보다 즐거워 보이는 미즈키는 오늘도 정장을 입고 있다.

"오, 다쿠토, 봐. 구조가 우리 집하고 완전히 똑같아! 어, 뭐 당연한가."

고타로는 싱글벙글 웃으면서 성큼성큼 집 안으로 들어갔다.

"아, 안녕하세요! 이건 편의점에서 사온 과자와 주스 그리고 맥주도." 고타로가 불룩한 비닐봉지를 부스럭거리자, 안쪽에서 "앗, 저런, 고마워요." 하는 낯선 소리가 들려왔다.

"아, 이거."

내가 손수건을 내밀자, 미즈키는 "어? 벌써 빨았네" 하고 웃었다. 잡지에서 다루었다는 세련된 손수건은 역시 정장 차림의 미즈키에게 잘 어울렸다.

한 시간쯤 전, 갑자기 문 앞에 나타난 미즈키는 즐거워서 어쩔 줄 모르겠다는 표정이었다. "친구 집이 정말로 우연히 위층이어서 말이지." 아, 그렇구나, 하고 적당히 대꾸할 수밖에 없는 트레이닝복 차림의 내 당혹감을 전혀 개의치 않고, 미즈키는 얘기를 계속했다.

"지금 함께 취업활동 대책을 짜고 있었어." 그러다 도중에, 아, 하고 무언가를 깨달은 것처럼 눈을 커다랗게 떴다.

"괜찮으면 다쿠토도 오지 않을래? ……다들 취업 준비생이니까."

알았어, 하고 무심히 대답해 버렸다. 나는 서둘러 세수를 하고 수염을 깎았다. 털이 많은 건 아니지만, 수염이 자라는 속도가 최근에 별나게 빨라진 것 같다.

아까의 '다들'이라는 말 속에는 분명 고타로도 포함되었다. 아니, 포함되었다기보다 고타로를 포함하기 위해 '다들'이라는 말을 사용한 것처럼 들렸다.

"여학생들이 검은 머리 쪽이 훨씬 멋있대♪" 하고, 고타로가 기분 좋게 아르바이트에서 돌아온 것은 그때였다.

"어, 너, 옷 갈아입었네. 지금부터 외출?"

고타로는 밤을 향해 가는 창밖을 보면서 의아해하는 표정을 지었다. 그러나 사정을 설명하자 "그럼 난 간식 사올게, 너는 마저 준비하고 있어." 하고 바로 가까운 편의점으로 달려갔다.

고타로의 움직임이 분주해서 표정의 변화를 보진 못했다. 하지만 지금 생각하면 고타로는 일부러 바로 편의점에 가 버렸는지도 모른다.

"아, 나 이 과자 좋아해요."

안쪽에서 모르는 여성의 목소리가 들렸다.

"어, 나돈데! 이거 맛있죠?"

존댓말을 쓰는 대화에 나도 넌지시 끼어들었다.

"이 녀석 혀가 둔해서 맛없는 걸 사왔다면 미안합니다."

"야 너, 겨우 공통점을 찾았는데 그런 소리 하지 마!"

"이 녀석은 남의 집에서도 시끄럽네."

아하하, 하고 가볍게 웃는 미즈키의 친구는 얇은 니트에 청바지 차림이었다. 나와 고타로가 부지런히 준비하는 동안 정장에서 평상복으로 갈아입었을 것이다.

"괜찮아요, 나도 혀가 둔하니까."

그래도 실례인 것은 마찬가진가, 그 아이는 나를 아래에서 올려다보듯이 하며 웃었다. 입꼬리가 굉장히 올라가는구나, 생각했다.

"좀 미안하네요, 갑자기 찾아와서……." 거기까지 말하다 이렇게 말하니 초대해 준 미즈키를 비난하는 것 같네, 생각하는데, "아니에요, 전혀." 하고 그 친구가 또 미소 지어 주어서 한숨 돌렸다.

"어차피 모두 취업 준비생이니까 오히려 환영해요. 여러 업계에 흥미 있는 사람이 모이면 정보 수집하기도 좋고."

앉아요, 앉아, 하고 권하는 카펫은 햇볕을 듬뿍 빨아들인 듯이 따뜻하고 먼지 하나 떨어져 있지 않았다. 마룻바닥에 앉아야 하는 우리 집과는 방문하는 사람에 대한 배려가 다르구나 생각했다.

바로 한 층 위인 이 집은 단조로운 듯하면서도 세심한 곳에 마음을 쓰고 있어, 그야말로 여자 집 같은 느낌이다. 코르크 보드에 균형 있게 붙여 놓은 사진이며 인테리어처럼 놓여 있는 컬러풀한 외국 잡지 등은 남자들이 사는 집에서는 좀처럼 보지 못한다. 침대와 책장과 텔레비전과 유리 테이블 등 지저분한 아이템이 없고, 느닷없이 낯선 남자 둘이 찾아와도 이렇게 편히 집에 들일 수 있을 정도로 깔끔했다.

유리 테이블 위에는 하얀 종이가 가득했다. 그 종이 위에는 조그맣게 잘린 미즈키가 있었다. 정장을 입고 앞머리를 정확하게 가른 미즈키는, 어떤 크기로 잘라도 같은 표정을 하고 있다. 어느 미즈키나 종이 위에서 우리를 똑바로 보고 있다.

"리카하고는 유학생 교류회에서 알게 됐어. 외국어학부 국제교육학과래."

"우아, 머리 좋다." 우리 학교에서 커트라인이 제일 높은 학과라서 우리는 엉겁결에 소리를 질렀다.

"고바야카와 리카입니다, 잘 부탁합니다."

처음 뵙겠습니다―, 하고 어미를 빼면서 고타로가 털썩 앉았다. 나도 따라 했다.

"난 가미야 고타로(神谷光太郎). 신(神)이니 광(光)이니 하는 글자가 이름에 들어 있지만 그냥 평범한 사람입니다. 이 녀석은 나하고 같은 과 동거인."

고타로가 턱으로 내 쪽을 가리켰다. 자기소개 배턴치고는 조잡한 동작이다.

"아, 니노미야 다쿠토(二宮拓人)입니다. 잘 부탁합니다. 어, 그리고……." 언제나 드는 생각이지만, 자기소개란 참 어렵다. "미즈키와 고타로와 같은 사회학부."

"다쿠토는 연극을 했었는데, 참 재미있었어. 아직까지 연극을 계속 했더라면 리카하고 같이 보러 갔을 텐데."

"그런 거라면, 이 녀석은 밴드를 했었죠."

고타로에게 배턴을 되돌려주는 것으로 내 이야기를 얼른 마무리하며, 무대 위에서의 풍경을 아주 잠깐 떠올렸다.

무대에서는 관객의 얼굴이 상상 이상으로 잘 보인다. 객석에서 나를 올려다보던 미즈키의 눈은 처음으로 그 눈을 본 그날과 조금도 다르지 않았다. 나한테 "대단하네." 하고 말해 주던 그 티 없이 맑은 눈.

푸쉬, 하고 공기 터지는 소리가 났다. 고타로가 벌써 맥주를 땄다.

"미즈키도 외국에서 인턴을 했고, 여러 가지 경험을 가진 사람들이 모이니까 재미있네. 취업활동 대책본부 같은 느낌이야."

두 사람의 엔트리시트에는 유학, 인턴이라는 말이 사이좋게 어깨를 나란히 하고 있다. 그 글씨가 어둠 속을 달리는 자전거 조명처럼 반짝거리는 느낌이 들었다.

"뭐야, 이거?"

내 시선을 좇듯이 고타로도 테이블 위를 보았다.

"벌써 이런 걸 쓰는 거야? 빠르네!"

"이건 대학 취업 정보 센터에서 받아온 연습용 엔트리시트야. 일찌감치 시작해서 손해 볼 건 없잖아."

호오, 하고 고타로는 빛에 비춰 보듯이 그 종이를 들었다. 위쪽에는 '합격으로 직결! 최강 엔트리시트로 가는 길'이라는 글씨가 당당하게 가슴을 펴고 있다.

"어디서나 질문할 만한 것들이 다 정리돼 있어, 여기. 지금부터 이 대답만 주야장천 연습해 두면 앞으로 복사와 붙이기로 마구 써먹을 수 있지."

시원시원한 리카의 대답에 고타로는 "우아~" 하고 감탄 섞인 소리를 흘렸다. 고타로는 이렇게 구체적으로 취업활동 준비를 하는 사람을 만난 것이 처음일지도 모른다.

"다쿠토, 너도 이런 것 했었냐?"

"아니, 나는 특별히……."

"……이거, 나도 하는 편이 좋겠지?"

매달리듯이 나를 바라보는 고타로의 표정이 성가셔서 "뭐, 꼭 해야 하는 건 아니라고 생각하지만" 하고 가볍게 대꾸했다. "그렇지만 주요 질문에 대답을 정리해 두는 작업은 중요할 거야."

열심히 공부한 기억, 이란 괄호 부분을 보면서 내가 끄덕이자, "그렇지?" 하고 미즈키가 미소를 지었다. 그것만으로도 조금 구원받은 기분이 들었다. 어깨에서 힘이 빠져 비로소 상반신이 굳어 있음을 깨달았다.

"역시 다들 부지런히 대책을 세우고 있었던 거야? 나 솔직히 취업활동 하나도 몰라. 고작 어제 머리 까맣게 물들인 설로 만족하고 있었다니까."

"그렇게 초조해하지 않아도 된다고 생각하지만."

나는 고타로에게 시트를 받아들었다.

"거짓이어도 좋으니 지금부터 면접용으로 얘기할 것을 준비해 두면 실제로 면접에서 얘기할 때는 그게 정말처럼 생각될 테고……. 지금부터 이런 걸 확실히 준비해 둬서 손해 보는 일은 없을지도 모르겠네."

내 말이 고타로에게는 별로 와 닿지 않았던 것 같다. "거짓이어도 좋으니? 그런 거야?" 고타로는 어쩐지 토라진 것처럼 시선을 헤맸다.

벽에는 리카의 것인 듯 여성용 정장이 옷걸이에 걸려 있었다. 이미 한 번 클리닝을 했는지 투명한 봉지에 싸여 있었다.

"면접 같은 것 싫은데, 나는. 뜻밖에 멘탈이 약하거든, 진짜로."

"왜 벌써 상처 입을 걸 전제로 얘기하는 거야." 달래듯이 말하는 미즈키에게 고타로는 "모르는군." 하고 중얼거렸다.

"나는 유학도 인턴도 아무것도 하지 않았어. 너희와는 달라.

공부도 진지하게 하지 않았다고. 자연계로 갔더라면 좋았을 걸. 그러면 취업활동까지 아직 2년은 더 남았고 추천도 많이 들어올 텐데. 밋밋한 인문계 면접에서 난 얘기할 게 아무것도 없어."

"그렇지 않아. 그렇지?"

리카가 동의를 구하자 미즈키가 모호하게 끄덕였다.

"영어 쏼라쏼라 하는 강력한 카드를 가진 녀석들이 그렇지 않다고 말해 봐야 말이지."

그렇지? 하고 이번에는 내게 동의를 구한다. 으음, 하고 신음한 뒤 한마디 했다.

"그래도 네가 가진 카드를 강한 카드인 양 보일 수 있지 않겠냐?"

순간, 내게 시선이 모였다.

"면접이란 게 자신이 가진 카드를 하나하나 꺼내는 작업 같은 거지만, 어차피 어떤 카드든 뒤집어서 내는 거야. 얼마든지 거짓말을 할 수 있지. 물론 거짓말이란 게 들키면 끝이지만."

취업활동이 고통스러운 이유는 두 가지라고 생각한다. 한 가지는 물론 시험에 계속 떨어지는 것이다. 누군가에게 거절당하는 체험을 몇 번이나 되풀이한다는 것은 고통이다. 그리고 또 한 가지는 별로 대단치 않은 자신을 대단한 것처럼 계속 애기해야 하는 일이다. 지금부터 모의 엔트리시트를 준비해 두면 자신을 계속 속이는 출발점이 빨라지는 만큼, 면접을 볼 즈음에는 그 고통이 둔해질지도 모른다.

"취업활동은 트럼프 게임 중 다우트 같은 것 아닐까. 1을 100이라고 해도 들키지 않으면 오케이. 다우트 때 1을 킹이라고 하는 것처럼 말이야. 그런데 카드를 뒤집어서 그게 1이란 걸 들키면 끝장이고, 카드가 없으면 전투에 참가할 수도 없지. 요컨대 면접에서도 제로를 백이라고 애기하는 건 금물. 그건 금방 들통 나."

"오호, 다우트 같은 것이라."

흐음, 고타로는 이해가 된다는 듯이 끄덕였다.

"그런데 나 다우트 되게 못하는데 죽는 건가?"

"몰라! 너는 혼자 신경쇠약이라도 걸려."

강아지처럼 매달리는 고타로를 떼어 내면서 나는 마음 한편으로 찜찜했다.

좀 전의 나는 고타로에게 조언을 해 주겠다는 배려의 마음으로 애기를 꺼낸 게 아니었을지도 모른다. 나름대로 강한 카드를 가진 두 사람에게 그 카드가 효력 없음을 알려 주고 싶었던 게 아닐까.

미즈키가 불안한 표정으로 테이블 위의 엔트리시트를 보고 있었다.

"어쨌든 말이야, 이제 곧 12월이잖아. 드디어 본격적인 시동을 걸어야 할 것 같은 느낌이야."

리카의 말에 미즈키가 다시 힘을 낸 듯이 끄덕였다. 두 사람의 이력서에는 토익 점수가 아주 진한 글씨로 나란히 쓰여 있다.

두 사람 다 이미 이력서용 사진을 찍은 것 같다. 예쁘게 찍힌 걸로 보아 헤어와 메이크업까지 해 주는 사진 스튜디오에 갔을 것이다. 테이블 위에 뒹구는 '합격 기원'이라는 글자가 새겨진 연필은 그 사진 스튜디오에서 받은 모양이다.

좌우로 단정하게 가른 앞머리, 그 사이로 또렷하게 뜬 눈. 리카와 미즈키는 나란히 규정 크기로 잘라 낸 컬러 사진 속에서 이쪽을 보고 있다.

이렇게 자신의 미래를 믿어 의심치 않는 눈이 전국 곳곳에 있다. 그것만으로 심장이 졸아드는 것 같은 기분이 들었다.

"일단 맥주 좀 마셔도 되겠습니까?"

느닷없이 알루미늄 캔을 주먹처럼 치켜올리는 고타로의 목소리에 나는 현실로 돌아왔다.

"12월부터 본격적으로 활동해야 된다는 게 진짜야? 면접은 4월부터 아냐?"

고타로는 혼자서 맥주를 마시기 시작했다. 뜻밖에 리카도 캔 맥주에 손을 뻗어 나도 얼른 그 뒤를 이었다.

"12월 1일에 취업 사이트가 오픈하니까, 그때부터 본격적인 활동을 시작하는 분위기지."

작년에 오픈과 동시에 전국의 취업 준비생이 각 취업 사이트에 몰려들어 서버가 다운된 일은 대학 안에서도 화제가 되었다.

"게다가 나와 미즈키는 외국계 회사도 지원할 생각이어서 시작이 더 빠를지도 몰라. 벤처 기업에도 쳐 볼 생각이니까, 사실 이미 전투는 시작됐다고 봐야지."

정말 빠르지, 리카는 힘없이 중얼거리는 듯이 보였지만, 토익에 외국 유학에 인턴에, 양손이 무기로 가득한 그 모습은 전쟁이 시작되길 기다리는 것이 지루한 병사처럼 보였다.

"벤처는 벌써 시작한 거야? 진짜? 거짓말이지?"

빠른 속도로 묻는 고타로 맞은편에서 미즈키는 혼자 진저에일이 든 페트병 뚜껑을 열었다.

피슉.

고타로가 사 온 간식 중에는 맥주와 다 같이 먹을 안주와 과일맛 사워와 진저에일이 한 병 들어 있었다.

다 같이 마실 수 있는 2리터짜리 페트병에 든 진저에일이 아니라, 누군가가 혼자 마실 것을 예상한 500밀리리터짜리 진저에일. 누구를 위해서 샀는지는 묻지 않아도 안다.

"빠른 곳은 연초에 벌써 면접을 시작하기도 해. ES 지참하고 설명회에 가서 그날 중에 바로 1차 면접을 하기도 하고."

"ES?" 고타로가 멍한 표정을 지었다.

"엔트리시트 말이야. 머리글자를 따면 ES잖아."

"아아, 세포 같은 건 줄 알았네."

다쿠토 형, 잘 부탁합니다, 하고 고타로가 놀려서 나는 고타로의 머리를 한 대 쳤다.

"그런데 벤처 피로라는 말도 곧잘 들리더라."

나는 캔 맥주를 테이블 위에 내려놓았다. 톡, 하고 기분 좋은 소리가 났다.

"연습, 연습 하면서 벤처에 너무 많이 쳐서 막상 진짜 면접 때는 지친다는 말."

"아, 내가 그런 타입일지도." 가볍게 대답하는 고타로 옆에서 리카의 표정이 조금 굳어지는 것이 느껴졌다.

"그래서 난 벤처는 치지 않을 거야. 그 시간에 진짜 가고 싶은 곳 연구나 제대로 할래."

"싸우는 법은 사람 제각각이니까."

리카는 그렇게 말하고 테이블 위에 펼쳐진 모의 엔트리시트를 넌지시 뒤집고 일어섰다.

"맥주도 마시기 시작했으니 안주 좀 만들게. 김치제육볶음 어때?"

우아, 고맙습니다! 고타로는 두 손을 모았다. 리카는 "도와줄까?" 하는 미즈키의 제안을 "아니, 괜찮아, 괜찮아." 하고 부드럽게 거절했다.

뒤집힌 모의 엔트리시트는 물풀을 사용해서인지 증명사진을 붙인 부분이 울룩불룩 물결쳤다. 증명사진에 찍혔을 리 없는 곧게 편 자신만만한 등이 뒤집힌 모의 엔트리시트를 투시하면 보일 것 같은 느낌이 들었다.

"마요네즈와 김치가 있으니까 김치제육볶음 특별판으로 하자."

키워드만으로 침이 흐를 것 같은 말을 들으면서 나는 생각했다.

'이 아이는 아마 자존심이 무척 셀 것 같아.'

"처음 알게 된 것들뿐이라 얼떨떨하네. 나 오늘 비로소 취업 활동을 시작한 것 같아. 여기 온 게 진짜 행운이야."

흥분한 고타로가 치즈맛 과자 봉지에 손을 댔을 때, 찰칵 소리가 나며 초인종도 울리지 않고 문이 열렸다.

"다녀왔습니다."

"꺄악."

갑작스러운 방문자에 놀란 고타로가 과자 봉지를 폭발시켰다. 켁, 하고 그 방문자가 얼굴을 찡그렸다.

문을 연 키가 큰 남성은 파마를 한 긴 앞머리 사이로 의심스럽게 우리를 바라보았다.

"다카요시, 어서 와." 리카의 목소리를 듣고 나서야 이곳이 둘이 살기에 적당한 집이란 사실을 떠올렸다.

5

미야모토 다카요시 @takayoshi_miyamoto 2일 전
여자 친구의 취업활동 동료가 집에서 회의 중. 취업활동 같은 건 생각한 적
도 없어서, 어떤 의미에서는 흥미롭다.^^ 그런 그들을 곁눈으로 보며, 《사
상을 전전하다》를 읽고 있다. 제로 연대(2000년~2009년 세계적인 경제 불황
이었던 10년—옮긴이) 문화의 전환기(변혁기라고 해도 좋다)에 관한 칼럼집.
아주 흥미롭다. instagram……
관심글 1

글 끝에 달린 영문을 터치하자, 5초 정도 후에 나, 고타로,
미즈키, 리카가 테이블을 둘러싸고 있는 사진이 휴대전화 화
면 가득 펼쳐졌다. 사진 애플리케이션이라도 사용했는지, 색채
가 바뀌어 어딘지 모르게 복고적인 인상이다. 고타로만 브이
사인을 하고, 다른 사람은 모두 등을 동그랗게 한 채 모의 엔트

리시트에 달라붙어 있다.

"메일 주소 가르쳐 줄래?" 하는 말에 포함된 어딘가 의심스러운 뉘앙스는 "트위터 하나?" "페이스북 하나?" 하는 말로 인해 과거의 것이 되었다. 주소 이상의 정보가 잔뜩 쌓여 있는데, 우리는 누군가와 알게 되면 SNS 계정부터 서로 가르쳐 준다.

"사상을 전전하다?"

"엥?"

동그랗게 썬 지쿠와(가운데가 뻥 뚫린 대나무 대롱 모양의 구운 어묵―옮긴이)하고 간장과 마요네즈를 들고 온 사와 선배가 괴상한 소리를 냈다.

"아뇨, 아무것도 아닙니다."

수북한 지쿠와 중 한 개에 이쑤시개가 두 개 꽂혀 있다.

"뭐야, 뜬금없이 알아듣지 못할 말을 하고. 벌써 머리가 지친 거야?"

마요네즈와 간장을 섞은 소스에 지쿠와를 찍어 먹었다. 사와 선배는 언제나 내가 좋아하는 것을 준다.

"뭐냐, 그거?"

사와 선배가 들고 있던 이쑤시개 끝이 리카에게 받은 모의 엔트리시트를 가리켰다.

"모의 엔트리시트요. 연습용 입사지원서예요."

"그런 거 지금부터 써봐야 의미 없지 않아?"

사와 선배의 집은 1년 내내 고다쓰(일본식 난방 기구―옮긴이)가 나와 있다. 전원을 켜는 것은 12월 1일부터라는 영문 모를 신조 탓에 전원은 켜지 않는다. 한 개밖에 없는 좌식 의자에 선배가 앉고, 내 자리는 좌식 의자를 보고 왼쪽. 선배가 좌식 의자에 앉아 있지 않을 때도 나는 그 왼쪽에 어물쩍 다리를 들이민다.

오른쪽에 앉았던 녀석은 벌써 한참 동안 이 집에 오지 않는다.

"어떻게 썼나 보자."

사와 선배가 모의 엔트리시트를 들여다봐서, 나는 얼른 팔로 가렸다. 리카는 "이거 넷이 다 같이 써서 서로 첨삭해 주자" 하고, 모의 엔트리시트를 복사해서 나와 고타로에게도 주었다.

마감 시간까지 아르바이트를 할 때는 대체로 함께 마무리 작업을 하는 사와 선배의 아파트에 자러 오는 편이다. 사와 선배는 이렇게 집에 놀러 오면 뭐든 꺼내서 대접한다. 설거지가 귀찮은지 지쿠와처럼 불을 쓰지 않아도 되는 것이 자주 나온다.

자연계인 사와 선배는 학년이 올라가도 캠퍼스가 바뀌는 일이 없어서 1학년 때부터 같은 아파트에 살고 있다. 나는 캠퍼스도 아파트도 바뀌었지만, 아르바이트만은 바뀌지 않았다. 사와 선배가 소개해 준 낮에는 카페, 밤에는 바 스타일의 체인점은 점장과 아르바이트생들 모두 좋아서 아주 편하다.

"너도 이 의자에 앉지 그래? 등받이 있는 게 편하잖아?"

선배는 일어서서 컴퓨터가 놓인 책상으로 향했다.

"아뇨, 여기는 선배 자리여서."

선배가 방금 앉은 바퀴 달린 좀 비싼 의자는 선배의 생일 선물로 나와 긴지가 돈을 모아서 사 준 것이다. 둘이서 로프트에 가서 의자들을 일일이 앉아 보고 골랐다.

내 맞은편, 좌식 의자를 보고 오른편 자리가 빈 지 얼마나 지났을까? 그쪽에는 곧잘 긴지가 앉아서 셋이 고민하고 또 고민하며 아침까지 각본을 고쳐 썼다.

사와 선배는 지금 하는 아르바이트를 소개해 준 사람이기도 하고, 1학년 때부터 몸담아 온 '극단 플래닛' 선배이기도 하다. 극단에서는 배우라기보다 소품이나 음향 일을 하는 스태프로, 후배 모두에게 존경받았다. 그리고 무엇보다 선배는 각본 읽는 힘이 있었다. 내가 각본을 쓰다가 막힐 때는 바로 상담해 주었고, 재미있는 연극이나 영화, 소설이나 만화 같은 것도 모두 사와 선배에게 배웠다. 그냥 연극을 한번 해 보고 싶다는 생각을 하며 신입생 환영 시즌에 대학을 헤매던 나를 이끌어 준 그때부터, 나는 사와 선배에게 계속 신세를 지고 있다.

"선배, 오늘은 연구실 괜찮아요?"

"응, 뭐. 그런데 곧 집에 들어오지 못하는 날들이 시작되겠지."

"큰일이네요, 큰일."

얼굴을 들지 않고 건성으로 대답하자, "너는 아무 생각 없지?" 하고 고다쓰 다리를 찼다. 샤프연필 심이 뚝 부러져 엔트리시트를 장대한 선이 횡단했다.

자연계 대학원 1학년인 사와 선배는 우리와 같은 취업 준비생이지만, 대학원의 추천으로 이미 갈 회사가 내정되어 있다. 그 대신 시기에 따라서는 정말로 핼쑥해지도록 바쁜 것 같지만 나는 그 바쁨이 사실 부럽다. 사와 선배의 실험과 연구로 인한 바쁨은 앞으로 우리가 참여하고자 하는 사회에서 제대로 환영받는 것 같은 기분이 든다. 사와 선배의 '바쁨'은 정말 제대로 된 '바쁨'으로, 나나 고타로가 같은 말을 사용한다면 전혀 같은 의미가 되지 않을 것이다.

"그런데 너, 이번 공연엔 어떻게 관여하게 된 거야?"

"어, 어떻게 아세요?"

"트위터."

아, 그런 걸 쓴 것 같다. 화면을 열어 보았다.

니노미야다쿠토@극단 플래닛 @takutodesu 1일 전
다가왔습니다. 극단 플래닛 제14회 공연 〈양을 세기 시작한 그날 밤의 일〉 12/2~5 @미야마 신극장 소강당 http://www······OB입니다만, 조금 관여

하고 있습니다. 잘 부탁합니다.

"······아아, 각본 조금 거든 것뿐이에요."

"진짜? 나는 안 읽어 봤는데?"

"후배가 시간이 얼마 안 남았을 때 부탁하러 왔더라고요."

아래 기수 애들이 만드는 연극은 도대체 잘 모르겠더군요, 나름 의젓하게 말했지만 맞은편에서는 아무런 반응도 없다.

트위터 자기소개 화면에 있는 내 이름, 니노미야다쿠토@극단 플래닛. 각본을 쓰거나 배우로서 무대에 오를 때는 이름을 한자로 쓰지 않고 히라가나로 표기한다.

한자를 히라가나로 쓰는, 단지 그것만으로 누군가가 될 수 있었던 날들은 이미 아득한 옛날 같다.

"너, 긴지의 새 연극 봤나?"

갑작스러운 이름에, 나는 잠시 아무 말도 하지 못했다.

"······못 봤습니다."

"나 DVD 받았는데 갖고 갈래?"

에에, 하고 애매하게 대답하고 얼굴을 숙였더니, 사와 선배는 내 손이 미처 닿지 않는 곳에 DVD를 두었다. 차라리 내 가방에 쑤셔 넣어 주면 좋을 텐데. 이 거리로는 내가 손을 뻗지 않으면 DVD를 만지지 못한다.

네가 히라가나로 쓰면 난 가타가나로 할래.

친해지기 시작했을 무렵, 긴지(銀次)는 그렇게 말하며 긴지(ギンジ)라고 종이에 썼다.

"내 이름을 가타가나로 쓰면 라이벌 캐릭터 같은 게 멋있지 않나? 처음에는 주인공과 서로 미워하지만, 나중에 서로 인정하고 친한 친구가 되는 유형의 이름 같은 느낌이 들잖아."

언제나처럼 멋대로 스토리를 부풀리는 긴지를 따라가는 것만으로도 나는 매일 헉헉거렸다.

학교 다닐 때부터 긴지는 자신의 블로그를 개설했다. 하지만 그것은 '가라스마 긴지의 연극 제작 일기' 같은 그런 흔한 제목에 어울리게, 각본이 진행되는 상태와 극단 플래닛의 사소한 오프 사진을 올리는 정도였다. 긴지(ギンジ)라기보다는 긴지(銀次)가 쓰는 분위기였다. 그 무렵에는 나와 둘이 찍은 사진도 곧잘 올렸다. '패밀리 레스토랑에서 아침까지 각본 회의!' 같은 제목에, 이런 거 유치하니까 제발 올리지 마, 하고 얼굴을 보며 대놓고 놀릴 수도 있었다.

그런데 어째서 이렇게 되어 버린 걸까. 언제부터 이렇게 되어 버린 걸까.

테이블에 턱을 괸 채 눈으로는 DVD를 본다. 포장된 겉면에 쓰인 글자를 한 자씩 읽는다. 정기 공연 DVD 가라스마 긴지 종합 프로듀스 극단 '독(毒)과 —— 까지 읽고 또 고개를 숙였다.

　새 극단 '독과 비스킷'에서는 매달 반드시 공연을 합니다.

　긴지는 줄곧 함께 활동해 온 '극단 플래닛'을 그만두자마자 블로그에서 그렇게 선언했다.

> 직접 연출을 맡고 각본을 쓰는 신작을 계속 만들 겁니다. 저는 그러기 위해 극단 플래닛을 그만두고, 새 극단을 만들었습니다. 그래서 지금 저 자신밖에 할 수 없는 표현 방법을 모색하고 있습니다. 무대는 무한히 이어집니다. 저는 그것을 끝까지 쫓아가고 싶습니다.

　춥네, 하고 생각했다.

　그 글은 포스팅 날짜가 2050년 1월 1일로 설정되어 있어 아무리 시간이 지나도 블로그 톱 페이지에 당당하게 표시되어 있다.

　긴지는 지금 아무한테도 전하지 않아도 될 단계의 일을 세상에서 가장 뜨거운 말을 모아 온 세상에 전하려 하고 있다. 자신밖에 할 수 없는 표현. 무대는 무한. 달콤한 꿀로 코팅한 듯한 말을 구사하여 타인에게 이상적인 자신을 상상하게 하려고 한다.

　상상.

상상력이 부족한 사람일수록 타인에게 상상력을 요구한다. 남과는 다른 자신을 누군가에게 상상하게 하고 싶어 한다.

나는 상반신을 일으켜 눈앞의 테이블을 바라보았다.

학생 시절에 가장 열심히 한 것(구체적으로 세 가지). 이 회사에 지원하는 동기. 자신이 좋아하는 것, 싫어하는 것 세 가지씩. 자신의 캐치 카피와 그 이유. 그대로 다시 테이블에 엎드리자, 모의 엔트리시트가 너무 눈 가까이에 있어 오히려 잘 보이지 않았다. '엔트리시트나 면접에 임하기 전 일단 자신의 키워드를 써 보자!' 그런 글씨가 눈동자 속에 녹아들었다.

언젠가부터 우리는 짧은 말로 자신을 표현해야 했다. 페이스북이나 블로그 톱 페이지에서는 알기 쉽게, 또한 간결하게. 트위터에서는 140자 이내로. 면접에서는 일단 키워드부터. 아주 약간의 말과 작은 사진만으로 자신이 누구인지 이야기할 때, 어떤 말을 취사선택해야 할 것인가.

"일어나는가 싶으면 바로 엎드리고, 너 아까부터 뭐하고 있냐?"

집중해라, 사와 선배는 샤프 연필 끝부분으로 가마를 콩콩 쳤다.

"정말로 사람이란 보이기 나름이라고 생각해요, 나는."

각 분야의 크리에이터끼리 하우스셰어. 크리에이티브한 공간. 아무개(@XXXXX) 씨의 워크숍 도움. 자극을 공유. 배우들과 미팅. 블로그 이름이 '연극제작일기'에서 '가라스마 긴지 오 피셜 블로그'로 바뀌고, 긴지가 뱉어 내는 키워드는 한층 다채 로움을 더해 갔다. 짧고 짧은 말로 자아 내는 매일의 기록은 군 더더기가 떨어져 나가 한입에 이미 배가 부를 만큼 진한 맛이 난다.

대학을 그만두고 연극 동아리인 극단 플래닛에서 나와, 연 출가·각본가로서 직접 극단을 만들었다. 나로서는 어느 것 하나 흉내 내지 못할 일이다. 확실히 대단하다. 나는 절대 할 수 없는 일뿐이지만, 그걸 표현하기 위해 그런 키워드를 선택 하면 실제로 성취한 것의 핵이 잘 보이지 않는다.

사와 선배가 내 머리를 쿡쿡 찌르는 걸 그만두었다. 나는 몸 을 일으켰다.

"보이기 나름이라니? 면접 이야기?"

얼굴을 보지 않아도 사와 선배가 어떤 표정인지 훤히 안다.

"……아무것도 아니에요."

어디 보자, 하고 사와 선배가 좌식 의자에 앉았다. 모의 엔트 리시트를 절대로 보이고 싶지 않아 나는 또 테이블 위에 엎드 렸다.

"그렇게 보이기 싫으면 너희 집에 가서 써!" 거치적거려, 하 고 사와 선배는 웃었지만 아무리 이런 사이라 해도 남한테는 보이고 싶지 않다.

책상에 엎드려서 스스로 만든 어둠 속에서 버튼을 누르자, 작은 휴대전화의 큰 화면이 환해졌다. 네 자리의 비밀번호를 탭한다. 그 위치는 이미 손가락이 기억하고 있다.

미야모토 다카요시 @takayosi_miyamoto
휴학 중 현대종합미술관 학예원 호리이 씨(@earth_horii_art) 운영 홈페이지 '아트의 문'(http://www······)에서 칼럼 '센스 오브 크리에이티브' 연재 준비 중. 창조 극단 '세계의 블로그' 소속(제4기). 창조적인 사람과의 만남, 자극에 민감. 최근에는 칼럼과 비평 등 글을 쓰는 데 흥미. 사람을 만나고 말을 나누는 것이 양식이 된다.

리카의 집에서 보낸 몇 시간 동안, 나는 리카의 동거인인 다카요시라는 남자를 불편하게 생각했다. 외모도, 그의 온몸을 감싸고 있는 분위기도, 아이템도, 키워드도 어딘지 모르게 비슷한 느낌이 들었기 때문이다.

긴지와.

마음을 가다듬고 모의 엔트리시트를 작성하려고 해도, 긴지의 DVD가 자꾸만 눈에 거슬렸다.

긴지가 만든 '독과 비스킷'이라는 극단 이름은 극단 플래닛의 간판을 둘이서 짊어지던 시절에 같이 생각한 것이었다. 언젠가 우리 둘이 무언가를 하게 되면 이 이름으로 활동하자, 하고 싸구려 술집에서 맥주로 건배했었다.

부우, 휴대전화가 짧게 진동했다.

다나베 미즈키 SMS/SNS

홈버튼을 더블클릭하여 바로 메일을 열었다.

이번 주말, 리카네 집에 모두 모여서 모의 엔트리시트 맞춰 보지 않을래?

'o'라고만 쳐도 'ok'라는 글자가 떴다.

이런 식으로 짧은 말을 사용하며 우리는 하루하루를 보내고 있다. 그런 날들을 기록하고 발신하기 위해, 최소한의 말로 자신을 표현하기 위해 버린 말과 주운 말들이 있다.

"다쿠토, 배고프지 않냐?"

"아르바이트 가서 먹었어요."

너 때문에 배고파, 선배가 놀렸지만, 나는 아무리 생각해도 추운 바깥에는 나가고 싶지 않아 전원이 켜지지 않은 고다쓰 옆에서 움직이지 않았다.

예를 들어 '꿈'이라든가 '센스', '최근 읽은 책' 등 어떤 주제를 주고 '1만 자 이내로 표현하세요.' 라고 하면 전혀 다른 문장이 태어날 것이다. 하지만 그것이 140자로 제한되면, 긴지와 다카요시는 분명 같은 키워드를 선택할 것이다. 어떤 주제가 나와도 두 사람은 같은 키워드를 사용하여 상대의 상상력을 긁어모으려 들 것이다.

그럼 나는 어떤가? 이 새하얀 종이 위에 어떤 말을 선택할까?

'엔트리시트나 면접에 임하기 전에 일단 자신의 키워드를 써 나가 보자!'

아직 아무것도 쓰지 않은 모의 엔트리시트가 너저분한 고다쓰 위에서 정사각형의 은빛 세상을 만들고 있다.

6

RICA KOBAYAKAWA @rika_0927 1시간 전
오늘도 취업 정보 센터에서 엔트리시트를 보여 준 뒤 면접 연습. 여러 사람
에게 조언도 듣고 의욕 업! 이후엔 미즈키네와 모여 취업활동 회의. 동료가
있다는 건 든든하다!

미즈키의 모의 엔트리시트를 다 읽고 난 다카요시는 신음하
듯이 낮은 소리를 내더니, 살짝 고개를 갸웃거렸다. 그는 자기
집에 있으면서 면바지를 입고 있다.

"재미있지는 않네."

되게 박하네, 하고 얼굴을 찡그리는 고타로는 남의 집에 오
면서 몇 년째 애용하는 회색 트레이닝복 차림이다. 무릎 부분
이 닳아서 전체적으로 걸레 같다.

"유학이나 인턴, 그 자체가 대단하네 대단하지 않네 하는 얘기가 아니라…… 한마디로 말하면 너무 성실해서 시시하다는 느낌. 인간미가 없다고 할까, 글이 머리에 쏙쏙 들어오지 않는다고 할까."

다카요시는 혼자 침대 위에서 책상다리를 하고 앉아 있다. 그는 나, 고타로, 미즈키, 리카가 네모난 테이블을 둘러싸고 앉아 있는 구도를 침대 위에서 내려다보고 있다.

"너무 성실해서 재미없다고?"

미즈키는 으음 하고 소리를 쥐어짜면서 등을 젖혔다. 10분쯤 전 겨우 다 쓴 모의 엔트리시트를 미즈키는 5분 전에 다카요시에게 넘겼다. 다카요시가 판단하는 데 걸린 시간은 미즈키가 모의 엔트리시트를 쓴 시간의 몇 분의 1일 것이다.

"노래방에서 가장 손쉽게 백 점 받는 방법 아니?"

다카요시의 목소리가 한 톤 높아졌다.

"기타지마 사부로의 '요사쿠'를 B 플랫도 없이 스트레이트로 불러. 이것이 백 점을 받는 가장 쉬운 방법이야."

"기타지마 사부로 선생을 무시하지 마." 혼자서 보컬 혼을 불태우는 고타로를 다들 무시했다.

"소리라기보다 빔 같은, 억양 없는 소리로 노래하면 기계가 인식하기 쉽다더라. 해 본 적이 없어서 잘 모르겠지만."

"그렇구나, 재미있네." 미즈키는 기특하게 끄덕였다.

"뭔가 너의 엔트리시트는 그것과 비슷한 느낌이 들어. 가장 간단한 방법으로 백 점을 땄다는 느낌. 기계 같은 면접관이라면 바로 백 점을 줄지도 모르지만, 나 같은 사람은 재미없어 하지 않을까?"

재미없다는 판정을 2회 받았습니다, 하고 미즈키가 내 쪽을 보며 웃었다. 갑작스러운 일이라 센스 있는 답을 하지 못했다.

"엔트리시트라고 해도 읽을거리니까, 칼럼이나 에세이처럼 상대의 마음을 울려야 하는 거 아냐? 뭐, 취업활동을 하지 않는 나는 잘 모르겠지만. 다만 나한테는 와 닿지 않았다는 것뿐이니, 너무 신경 쓰지 않는 편이 좋을지도."

비유를 잘해서 모두 옳은 말처럼 들린다.

"엄격하네, 이 먼바지 녀석."

고타로가 태평스럽게 말했을 때, 리카가 고개를 조금 숙이는 듯한 느낌이 들었다. 리카의 엔트리시트 테두리 밖에는 빨간 펜으로 무언가 적혀 있다. 그건 취업과 사람에게서 들은 코멘트다.

취업과에는 취업이 결정된 자원봉사자들이 상주하고 있다. 취업 준비생의 어떠한 상담에도 응해 주는 이 자원봉사자는 전부 목에 작은 카드를 걸고 있다. 거기에는 그 사람의 이름보다 합격한 기업명이 큰 글씨로 적혀 있다.

"유학이나 인턴 같은 건 요즘 누구나 하는 거 아냐? 그렇다면 그걸 어떻게 전할지 더 생각해 보는 게 좋을 것 같아."

다카요시는 책상다리 위에 랩톱 컴퓨터를 올려놓고 전원을 켰다.

얘기를 더 하려는 건가, 생각했다.

"리카와 함께 대학 취업과에 다니는 것 같은데, 그건 말하자면 취업이 결정된 사람들의 모임이잖아? 아직 실제로는 일한 적 없는 사람들한테 엔트리시트 보여 주고 조언 들어서 무슨 의미가 있겠어?"

다카요시는 아이튠즈에 접속해 음악을 틀었다. 더는 이 취업활동 회의에 흥미가 없다는 의사 표시 같다.

"의미가 있다고 생각해서 다카요시한테도 봐 달라고 한 건데."

고마워, 하고 웃을 줄 아는 미즈키는 분명 다카요시보다도, 이 방에 있는 누구보다도 어른스럽다.

나는 취업활동 하지 않을 거야. 작년에 1년 동안 휴학하면서 나한테는 취업활동이니 취업이니 하는 게 어울리지 않는다는 걸 알았거든. 지금? 지금은 여러 사람을 만나고, 이야기하고, 많은 책을 읽고, 많은 것을 보고. 회사에 들어가지 않아도 살아갈 수 있도록 준비하는 기간이라고 할까. 원자력 발전이 그렇게 돼서 이 나라에 계속 살 수 있을지 어떨지도 모르고, 아무리 큰 회사여도 언제 어떻게 될지 모르잖아. 그런 가운데 불안정한 이 나라의, 언제 무너질지 모르는 구조 위에 있는 기업에 몸을 맡기겠다니 무슨 생각들인가 싶네. 지금 마침 칼럼 의뢰를 받아 인맥도 넓어지기 시작했고. 반대로 묻고 싶은데, 지금 이 시대에 단체에 소속되면 무슨 메리트가 있는 거야?

처음 이 집에 왔을 때, 다카요시의 지론을 실컷 들었다. 고타로는 오, 우아, 하고 리드미컬하게 맞장구를 치고, 미즈키는 "내 주위에는 다카요시 같은 타입이 없어서 이야기가 신선하고 재미있어." 하고 끄덕였다. 리카는 주방에서 모두가 마실 음료수를 준비하고, 나는 도중에 화장실에 다녀왔다.

개인 이야기를 큰 이야기로 바꾸면 아무도 뭐라고 말할 수 없게 된다. 취업 이야기를 하는가 했더니, 어느새 이 나라의 구조 이야기를 하고 있다. 그런 큰 주제에 정면으로 의견을 말할 수 있는 사람은 없다. 이런 방법으로 자신의 우위성을 확인하는 거라면 다카요시의 입지는 꽤나 위태롭겠구나, 생각했다.

"후유, 좋았어. 다시 써야지."

미즈키는 노트북을 켰다.

"역시 누군가에게 보여 주는 게 중요하네. 다카요시의 지적이 지당한 부분도 있고."

너무 성실해서 재미없다, 라니. 미즈키는 다카요시가 한 말을 반추하듯이 조금 위를 보았다.

"리카는 다카요시가 언제든 엔트리시트를 봐 주니 좋겠네. 같이 사니까."

"그렇게 말하는 고타로도 다쿠토하고 같이 살잖아."

다쿠토한테 봐 달라고 하면 되지, 하고 리카는 보리차를 한 모금 마셨다.

"그렇지만 이 녀석, 아르바이트 끝나면 그대로 선배네 집으로 가 버리고, 이래저래 집에 없는걸."

"얼마 전까지는 밴드, 밴드 하면서 네가 집에 없었잖아?" 나는 반론했다.

"에이, 그래도 취업활동 시기에는 같이 좀 붙어 지내자." 그러면서 고타로가 바짝 붙었다.

"징그러워, 저리 가."

"다쿠토오."

"자자, 연애질은 그만 하시고요."

리카가 손바닥을 팔랑팔랑 흔들자 다카요시가 음악 볼륨을 높였다.

"나도 면접 전에 다쿠토가 봐 주었으면 좋았을 텐데. 이 녀석은 집에 있었으면 할 때는 없고, 없어도 될 때는 지저분한 차림으로 뒹굴고 있다니까."

시끄러워, 하고 고타로의 머리를 한 대 치려는데, "면접 전이라니?" 하며 리카가 자신의 모의 엔트리시트에서 시선을 들었다.

"고타로, 벌써 어딘가 면접 봤어?"

고타로가 응, 하고 끄덕이며 과자봉지를 뜯어서 테이블 한복판에 놓았다.

"전에 다들 모인 뒤로 초조해져서. 일단 바로 면접 볼 수 있는 곳을 찾아서 엔트리시트를 보냈더니, 글쎄 통과한 거야. 어제 설명회 갔다가 그대로 1차 면접을 보고 왔어."

"진짜로?" 엉겁결에 소리가 튀어나왔다. "너 언제 그런 걸 한 거야?"

"그러니까 네가 선배네 집에 틀어박혀 있을 때라고 하잖아!"

엔트리시트 첫 면접! 고타로는 브이를 그렸다.

"의논할 수 있는 사람이 없어서 얼마나 초조했는데. 엔트리시트도 아무한테도 보여 주지 못했고…… 뭐, 그래도 붙었으니 행운이었지?"

"설명회와 면접을 함께하는 곳이 있지. 별로 크지 않은 회사에서 흔히 하는 유형이야."

리카는 그렇게 말하고 자리에서 일어섰다. 별로 크지 않은 회사에서, 라는 마지막 한마디가 식은 홍차 속에서 채 녹지 못한 각설탕처럼 이 방 어딘가에 남았다.

"……그래서 어땠어, 면접은?"

역시 모의 면접과는 다르지? 하고 묻는 리카는 미즈키와 함께 취업 정보 센터에서 면접 훈련을 하고 있다고 한다. 면접은 확실히 연습이 필요하다고 생각하지만, 면접관도 아닌 사람을 향해 진지하게 자신의 장점을 이야기하다니, 나는 아무래도 쑥스러워서 못 할 것 같다.

"음, 나는 모의 면접이란 게 어떤 건지 모르지만, 아직 1차여서 엔트리시트에 쓴 걸 보고 좀 더 구체적으로 파고드는 느낌이었어."

강사 역할이 어느새 다카요시에서 고타로로 바뀌었다.

"솔직히 뭐 하는지도 잘 모르는 회사여서 지원 동기에서 막혀 버렸기 때문에 결과는 위험할지도 몰라. 뭐, 제대로 생각하고 면접에 임해야 한다는 걸 깨달았으니까, 그것만으로 수확이란 느낌? 아마 떨어지겠지만."

고타로의 목소리를 차단하듯이 찌잉, 차르륵 하는 큰 소리가 났다. 흘끗 보니 리카가 프린터를 켜고 있다.

"역시 시시한 학생 조언자들의 성공담을 듣기보다는 어디가서 한번 부닥쳐 보라는 거군."

다카요시가 읽고 있는 책에서 눈을 떼지 않은 채 중얼거렸다. 넘기는 페이지의 분량으로 보아 이제 막 읽기 시작한 것 같다. 제목을 보니 '사상을 전전하다'라고 쓰여 있다.

미야모토 다카요시 @takayoshi_miyamoto 2일 전
여자 친구의 취업활동 동료가 집에서 회의 중. 취업활동 같은 건 생각한 적
도 없어서, 어떤 의미에서는 흥미롭다.^^ 그런 그들을 곁눈으로 보며, 《사
상을 전전하다》를 읽고 있다. 제로 연대 문화의 전환기(변혁기라고 해도 좋
다)에 관한 칼럼집. 아주 흥미롭다. instagram……

지난번 트위터에 '읽고 있다'라고 써 있어서 거의 다 읽은 줄 알았다.

탁, 소리를 내며 리카가 프린터 뚜껑을 닫았다. 모의 엔트리 시트를 복사한 것 같다.

"아, 프린터!"

고타로가 갑자기 얼굴을 반짝거렸다.

"그래, 그래, 프린터. 여기 종종 쓰러 와도 돼? 나도 다쿠토도 프린터가 없어서 곤란하던 참인데."

고타로와 공동으로 사용하던 내 프린터는 어디가 탈났는지 고장 난 상태였다.

"엔트리시트 복사도 그렇고 면접에서도 일일이 참가표 같은 걸 프린트해 가야 하는데, 학교까지 가서 프린트하기도 귀찮

고, 다시 사기도 귀찮고. 부탁해, 우리도 좀 쓰게 해 줘."

리카는 이어서 새 모의 엔트리시트를 몇 장 복사하고 프린터 전원을 껐다.

"난 괜찮아."

차르륵차르륵, 하고 힘찬 소리를 내던 프린터는 심장이라도 빠진 것처럼 이제 소리를 내지 않았다.

고타로는 빈 알루미늄 캔을 납작하게 눌러서 조그맣게 만드는 걸 잘한다. 캔 한가운데를 엄지와 중지로 눌러 휙 비틀면 발로 밟은 것처럼 찌그러진다.

"그래, 리카는 어떤 곳에 칠 생각이야?"

다른 사람이 마신 빈 캔도 고타로가 그렇게 찌그러뜨려 주니 슈퍼마켓의 비닐봉지는 바로 다 차지 않았다. 마시는 속도가 가장 빠른 것은 고타로, 나와 리카가 비슷하고, 알코올에 약한 미즈키는 진저에일을 마셨다. 다카요시는 뜻밖에 많이 못마시는지 전혀 술이 줄지 않았다.

리카는 갑자기 호칭 없이 이름을 부르는 것도 개의치 않고 "나는 말이지" 하고 붉어진 얼굴로 대답한다.

"역시 어학을 살릴 수 있는 곳에 가고 싶어. 그리고 입사하면 바로 실전에 투입되어 부지런히 일하고 싶고."

바로 실전이라, 고타로도 붉어진 얼굴로 말한다.

"난 그렇게 바로 실전에서 일할 자신 없는데."

"나는 바쁜 걸 꽤 좋아하는 타입이거든."

리카도 고타로 못지않게 얼굴이 붉어졌다. 상대의 기분을 좋게 하면서도 절대 빈말 같지 않은 고타로의 한마디는 이런 상황에서 아주 좋은 작용을 한다.

"리카는 유학할 때도 인맥을 넓히기 위해 정말 활동적이었지."

인맥.

고타로에 이어서 미즈키도 이렇게 거들었다. 둘이서 리카가 플레이하기 좋도록 길을 만들어 주고 있다.

"일본에서도 이런저런 활동을 많이 해왔고, 무엇보다 그걸 즐거워했어. 정말로 돌이켜보니 유학 중에도 인맥을 넓히고 싶어서 여러 가지 일을 했었네."

외국 인턴/백패커/국제교육 자원봉사/세계 어린이를 위한 교실 프로젝트 참가/미☆레이디 대학 기획 운영/미야마제 실행위원 홍보반장/건축/디자인/현대 미술/사진/카페 순례/세계를 무대로 일하고 싶다.

사선으로 구분한 리카의 자기소개글이 한 가지씩 머릿속에서 깜박거렸다.

"인맥은 정말로 중요해. 인맥은 언젠가 반드시 자신의 맥이 돼."

음, 하고 리카는 넋을 잃은 표정으로 다카요시에게 미소를 지었다.

"나도 지금 연결되기 시작한 사람들이 상당히 자극적이어서 말이야. 다들 어디에도 소속되지 않고, 개인으로 활동하는 사람들뿐이지만, 그런 사람들과 접하다 보면 정말로 사고방식이 달라진다고 할까."

빠지직, 소리를 내며 고타로가 맥주 캔을 찌그러뜨렸다.

"아, 미안, 다쿠토, 냉장고에서 맥주 좀 갖다 줄래? 다 떨어졌어."

냉장고 근처에 앉아 있던 나를 부려 먹는다.

"몇 개? 너 마시는 속도가 너무 빠르지 않냐?"

"리카도 마시니까 두 개." 고타로는 싱글벙글 웃었다.

"뭐야, 마음대로……. 마시긴 할 거지만."

평소에는 다카요시가 함께 마셔 주지 않아 재미없을지도 모른다. 술 잘 마시는 사람을 발견한 두 사람은 아주 기분이 좋은 것 같다.

"아까 하던 얘기 계속인데, 리카는 대기업을 지향하는 게 아니란 건가?"

찌그러뜨린 캔을 비닐봉지에 던져 넣은 고타로에게 차가워진 캔 맥주를 두 개 건넸다. 이 녀석은 맥주라면 끝없이 마신다.

다카요시가 하던 얘기는 어느새 어영부영 사라져 버렸다.

"음……, 회사 규모는 별로 생각하지 않는지도 몰라. 그 회사의 이념과 내 생각이 맞는 게 중요하다고 할까? 그래서 그런 곳을 찾기 위해서라도 OB 방문을 열심히 할 생각이야."

나는 이미 버릇이 되어 버린 듯한 동작으로, 오오, 하고 맞장구를 치면서 트위터 화면을 손가락으로 어루만진다.

RICA KOBAYAKAWA @rika_0927 17분 전
취업활동 동료들과 친목 모임 중! 서로에게 자극이 될 수 있기를. 이렇게 있으니 수험과 취업활동은 단체전이라는 말이 정말이구나! 하는 생각이 든다. twitpic……

사진에는 작은 테이블 위에 비좁게 널린 캔 맥주, 편의점에서 사온 안주, 리카가 만들어준 문어 카르파초 등의 안주가 찍혀 있다. 오른쪽 위에 뻗어 있는 손은 내 오른손일 것이다. 사진은 보정을 해서 실제보다 더 색이 선명했다.

줄곧 이렇게 이야기하고 있었다. 리카는 언제 이런 사진을 찍어서 보정까지 해 트위터에 올린 것일까.

문득 맥주를 꿀꺽꿀꺽 마시는 리카의 웃는 얼굴이 진짜가 아닌 것처럼 보인다.

"대단하네, 난 회사 이념 같은 건 신경도 안 썼는데."

고타로가 멀리 떨어진 곳에 있는 카르파초를 젓가락으로 집

었다. 입에 가져가는 동안 소스가 한 방울 테이블에 떨어졌다. 미즈키가 아무 말도 하지 않고 티슈로 그 소스를 닦았다.

"이념도 중요하지만, 나는 역시 회사 규모나 지명도를 신경 쓰는 편이야."

그렇게 말하는 미즈키는 진저에일을 페트병째로 마시지 않고 얼음이 든 잔에 자신의 몫을 따라서 마셨다.

"무슨 일이 있을지 모르니, 회사 규모가 커서 안정된 것도 중요하다고 생각해, 나는."

내가 '음, 그야 그렇지'에 이어지는 말을 선택하는 사이, "균형이 중요하다는 거로구나." 하고 고타로가 깨끗하게 정리해 버렸다.

균형.

그런 식으로 다른 말이 필요 없을 정도로 간결하면서 적확한 말로 뚜껑을 덮어 버리기는 아깝다.

"그렇지만 그건 결국 자기 혼자서는 살아갈 수 없는 길을 선택하겠다는 거네."

그 뚜껑 속에서 꿈틀거리는 것이 가려지는 것은 아깝다.

다카요시의 말에 미즈키는 등을 꼿꼿하게 폈다. "무슨 말이야?" 하면서, 리카는 다카요시에게 진저에일을 건넸다. 다카요시는 아까부터 줄곧 맥주에 진저에일을 타고 있다. 하지만 비율은 진저에일이 80퍼센트 정도다.

"대기업은 연수 기간이 3개월인 곳도 있고 6개월인 곳도 있는 것 같더라. 그동안에 만약 회사가 망한다면? 아무것도 하지 못하고 있다가 다시 사회로 방출되겠지. 그런 게 무슨 의미가 있어?"

다카요시는 잔에 얼음을 넣었다. 알코올 비율이 더 낮아졌다.

"전에 자연계에 갔더라면 좋았겠다는 말을 하는 것 같던데, 난 그렇게 생각하지 않아. 그 사람들이 하는 실험은 결국 단체의 일부로서 활약하기 위한 거잖아? 그럼 그 소속 단체가 없어지면? 혼자 계속 실험할 거야?"

또 시작이군, 나는 생각했다.

"더 파고들어 생각하자면, 나는 취업활동 자체에 의미를 찾을 수가 없어. 어째서 모두 같은 시기에 자기소개를 시작해야 하는 거지? 자기 분석이란 게 뭔데? 누구를 위해서 하는 거지? 나는 좀 여러 가지로 마음에 안 들더라."

고타로가 빠지직 소리를 내며 리카가 비운 맥주 캔을 찌그러뜨려 주고 있다. 흘끗, 미즈키가 그쪽으로 시선을 보냈다.

"취업할 타이밍도 인생의 모토도 모두 회사 쪽에 맞춰야 하다니, 그런 걸 참을 수가 없어."

균형이라는 말로 일단 뚜껑을 덮었다고 생각했던 것들이 파닥파닥 다시 움직이기 시작한다.

"나는 휩쓸려 가고 싶지 않아. 취업활동이라고 하는, 뭐랄까, 보이지 않는 사회의 흐름 같은 것에."

그런 사고방식도 있구나, 하는 백 점 만점의 맞장구를 치는가 싶더니, 고타로는 그 자리에 누워 뒹굴었다. 맞장구칠 역할을 누군가에게 맡기는 것으로 보였다.

"휩쓸려 가는 게 아니라, 나대로 살아가고 싶은 거야."

테이블 위에 흩어진 다카요시의 말도 함께 정리하는 것처럼 리카가 빈 캔이며 뭉쳐진 휴지 등을 비닐봉지에 담았다. 고타로가 없으면 이제 아무도 맞장구를 치지 못한다.

방이 조금 조용해졌다. 다카요시의 컴퓨터에서 흘러나오는 R&B 음악이 모기 날개 소리처럼 귓가에 달라붙었다.

역시 이렇군, 나는 생각했다.

취업 사이트가 오픈하는 12월 1일이 가까워지면, 취업활동은 개인의 의지가 없는 세간의 흐름이라고 말하는 사람이 나온다. 자기는 취업 사이트에 등록하지 않았다는 대수롭잖은 한마디로, 나는 취업활동에 흥미 없는 좀 독특한 사람입니다, 라고 어필하는 사람도 나온다. 또한 마치 흥미나 관심이 없는 것을 우위라고 생각하는 듯한 말투로, "기업에 들어가지 않고, 어엿한 개인으로서 살아갈 결단을 했다"고 주장하는 사람도 나온다.

"취업활동 하는 애들을 보면 뭐랄까."

다카요시의 낮은 목소리를 들으면서 생각한다.

"상상력이 없는 게 아닌가 싶어. 그 이외에도 살아갈 길은 얼마든지 있는데 그것을 상상하는 걸 포기하는 건 아닌가, 하고."

역시 상상력이 없는 인간은 고역이다.

어째서 취업활동을 하는 사람은 무언가에 휩쓸려 가는 거라고 생각하는 것일까. 모두 같은 정장을 입기 때문일까. 몇만 명이나 되는 학생이 모이는 합동 설명회 영상이 뉴스 프로그램 등에서 나오기 때문일까. 어째서 취업활동을 하지 않기로 정한 자신만 대단한 결단을 내린 사람이라고 생각하는 걸까. 주위가 모두 검은 머리에 정장을 입고 있을 때 머리를 물들이고 사복을 입기 때문일까. 시시한 매너 강좌를 웃으며 들을 수 있기 때문일까.

많은 사람이 같은 정장을 입고, 같은 것을 묻고, 같은 말을 지껄인다. 그것이 각자의 의지가 없는 큰 흐름으로 보일지도 모른다. 하지만 그것은 '취업활동을 하겠다'는 결단을 내린 사람들 한 사람 한 사람의 모임이다. 나는 아티스트나 기업가는 분명 될 수 없다. 그러나 취업활동을 해서 기업에 들어가면 또 다른 형태의 '누군가'가 될 수 있을지도 모른다. 그런 작은 희망을 바탕으로 큰 결단을 내린 한 사람 한 사람이 같은 정장을 입고 같은 면접에 임하고 있을 뿐이다.

'취업활동을 하지 않는다'와 같은 무게의 '취업활동을 하는' 결단을 상상하지 못하는 것은 어째서일까. 결코 개인으로서 누군가가 되는 것을 포기한 건 아니다. 정장 속까지 모두 같은 건 아니다.

나는 내가 하고 싶은 것을 한다. 취업은 하지 않는다. 무대 위에서 산다.

긴지의 말이 머릿속에 되살아났다. 취업활동을 하지 않기로 정한 사람 특유의, 자신만이 자신의 길을 선택하여 살고 있습니다, 하는 자부심. 지금 눈앞에 있는 다카요시의 온몸에도 그런 것이 떠돈다.

고타로가 빈 캔을 찌그러뜨렸다.

"그런데 말이야."

빠그작빠그작 소리가 나고, 마지막 맥주 캔이 작아졌다.

"리카하고 다카요시는 같이 산 지 얼마나 됐어?"

참고로 나하고 다쿠토는 한참 됐어, 갑자기 달콤한 목소리를 내면서 고타로가 내게 몸을 붙였다. 딴생각을 하던 머릿속이 겨우 이 방 안으로 돌아왔다.

"으음……."

리카는 무슨 기대를 하는지 뺨이 발그레해진 고타로에게서 시선을 돌렸다.

"……한 달 정도 됐나."

"아냐, 아직 3주밖에 안 지났을걸."

간발의 차도 두지 않고 다카요시가 정정했다.

"정말? 3주?"

고타로가 "신혼부부네! 우리 신혼부부네 집에 이렇게 와 있으면 안 되는 거잖아!" 하고 서툰 코미디언처럼 상반신을 젖혔다.

"나도 몰랐어. 당연히 오래된 줄 알았는데……."

미즈키가 갑자기 불편한 듯이 허리를 조금 일으켰다. 리카는 "괜찮아, 괜찮아." 하고 웃으면서, 고타로가 새로 찌그러뜨린 빈 캔을 비닐봉지에 넣었다.

테이블 위가 정리되자, 나무젓가락도 아니고 종이 접시도 아닌 제대로 된 식기들만 남았다. 아까까지 생활의 일부라고 생각했던 것들이 모두 두 사람의 새로운 생활을 위한 새것이란 걸 알자, 이 방 자체가 인테리어 가게에 꾸며 놓은 방처럼 보였다.

"어, 그럼 사귄 지 얼마나 된 거야? 같이 사는 걸 보면 꽤 됐나 본데?"

고타로는 그렇게 말하면서 또 그 자리에 누워 뒹굴었다. 우리 집에는 없는 폭신폭신한 카펫이 기분 좋은 모양이다.

"우리, 사귀자마자 바로 동거 시작했어."

다카요시가 그렇게 대답했을 때, 리카가 일어섰다.

"엉? 무슨 말이야?" 미즈키가 진심으로 놀란 소리를 낸다.

"이 녀석한테 나이 차가 많은 언니가 있는데, 그 언니와 여기서 같이 살았어. 그런데 언니가 결혼해서 이 집을 나가게 되어서 새 룸메이트도 마땅히 없고, 마침 둘이 사귀기 시작해 타이밍도 맞아떨어져서 내가 언니 대신 살게 된 거야."

거침없이 얘기하는 다카요시 옆에서 리카는 시선 둘 데를 몰라 했다. 아 참, 하고 작은 소리로 중얼거리는가 싶더니, 가방에서 삐져나와 있던 지갑을 주워 들었다.

"어, 그럼 사귀자마자 바로 같이 살기 시작했다는 말?"

고타로가 누운 채로 말했다. 어지간히 카펫이 기분 좋은지 어느새 엎드려 있다.

"응, 뭐."

그게 뭐가 신기한 일이냐, 라고 하는 듯한 다카요시의 표정 너머에 그 속마음이 훤히 보였다. "대단한 행동력이네."라든가 "나 같으면 못 할 텐데." 같은 대사를 원하고 있다. 그래서 나는 절대로 말해 주지 않았다.

아, 졸리네, 하는 고타로의 목소리.

아무 생각도 없는 것처럼 보이지만, 이 녀석도 아마 원하는 대사를 해 주고 싶지 않다고 생각할 것이다.

"나 잠깐 뭐 좀 사 올게."

지갑을 일단 테이블 위에 내려놓은 리카는 벽에 걸린 옷걸이에서 흰색 털옷을 벗겼다.

"취기도 깨울 겸. 냉장고에 부족한 것도 있고." 그렇게 말하면서 목 끝까지 지퍼를 올리고 체크 목도리를 가는 목에 둘둘 감았다.

"아, 나도 같이 가자. 편의점에서 팩스 보낼 게 있어."

"미술관의 프리페이퍼?" 하고 묻는 리카에게 "응, 그거." 하고 다카요시는 대답했다. 옷장에서 파카를 꺼낸 다카요시는 어딘가 만족스러워 보였다. 리카가 현관문을 연 채 손으로 잡고 다카요시를 기다렸다.

"그럼 잠깐 다녀올게."

문이 닫히며 차가운 12월의 공기가 흘러들어 왔다. 달아오른 뺨이 순간 시원해졌다.

두 사람이 없어지니 같은 구조의 이 방이 아주 넓게 느껴졌다.

순간, 조용해졌다. 없어진 두 사람 얘기를 하고 싶다는 공기가 모두의 표정에 떠오른다.

"……설마 3주일밖에 안 됐을 줄이야."

말문을 연 것은 고타로였다.

"난 어쩌면 그럴지도 모른다고 생각했어."

"나왔다, 다쿠토의 분석."

미즈키가 눈을 반짝거렸다. 이런 얘기를 좋아하는 걸 보면 역시 여자다.

"⋯⋯분석이라고 할 만큼 대단한 건 아니지만."

"응, 괜찮으니까 얘기해 줘."

나는 테이블 위에 남은 식기들을 둘러보았다. 오늘 하루 이 집에서 느낀 두 가지 위화감 중 하나가 고요한 열을 띠며 가슴속에 퍼져 갔다.

집에서 술을 마시는데 예쁜 그릇밖에 꺼내지 않았다. 사는 사람 수 이상의 사람이 있는데 어째서 나무젓가락이나 종이 접시 같은 것이 나오지 않는가? 그것은 분명 두 사람이 아직 서로에게 격식을 차리는 사이로, 같이 산 지 얼마 안 됐기 때문이다. 그 근거는 그릇뿐만이 아니다. 다카요시는 자기 집에 있으면서도 면바지에 깨끗한 셔츠를 입고 있었다.

두 사람은 아직 서로에게 흉한 모습을 보이지 못하고 있다. 같이 산다는 건 그런 게 아니라고 생각한다.

미즈키는 내 눈을 보고 있다. 그때와 같은 진지한 눈으로.

차갑고 파랗게 타고 있던 가슴속의 심술이 조용히 사라졌다.

"······뭐, 그냥 감이지."

"뭐야, 그게."

근거 없는 거냐, 하면서 웃던 고타로가 아함 하고 크게 기지개를 켰다.

"아아아, 기분 좋다. 이대로 자고 싶다아아아아아아."

누워 있으니 취기가 더 도는지 고타로가 카펫 위를 데굴데굴 굴렀다.

야, 집도 한 층 아래인데 가서 자, 하고 발로 차자, "아파." 하고 되받아 찼다.

"그래도 그렇지 말이야······."

고타로는 하품을 하면서 한껏 기지개를 켰다.

"아무리 남자 친구가 생겨도 사귀자마자 바로 동거할 수가 있냐?"

고타로는 내 반대편을 향하고 있다.

"리카, 친구가 없나."

그렇게 말했을 때의 고타로 표정은 보이지 않았다.

글쎄, 하고 내가 중얼거리자, 그 얘기는 끝나 버렸다. 방 안이 갑자기 고요해졌다.

내가 얘기를 해야 한다.

이 집에 온 뒤로 느꼈던 위화감 중 또 한 가지가 떠올랐다.

고타로와 미즈키는 미즈키가 귀국한 뒤 아직 한 번도 직접 대화를 나누지 않았다.

두 사람이 직접 말을 나눈 것은 트위터상으로 단 한 번뿐이다. 미즈키가 유학에서 돌아온 날, 즉 고타로가 동아리 은퇴 공연 홍보 트윗을 올린 그날뿐이다. 그 후 줄곧 무슨 얘기를 할 때는 반드시 누군가를 통했다. 그래서 지금 내가 아무 얘기도 하지 않으면 이 방은 이렇게 고요해진다.

나는 어색함을 얼버무리듯이 휴대전화 화면을 손가락으로 쓰다듬었다.

미야모토 다카요시 @takayoshi_miyamoto 8분 전
다양한 가치관의 사람과 얘기하고 술을 주고받는 밤. 설령 이해는 못 하더라도 얘기를 해 보는 것은 중요하다. 다음 칼럼 주제도 될 것 같다. 서로 다가가는 것과 이해하는 것은 별개. 모두가 그렇게 생각하면 시시한 분쟁은 더욱더 적어진다.

RICA KOBAYAKAWA @rika_0927 5분 전
모두와 실컷 얘기하고, 실컷 흡수하고, 오늘도 좋은 하루였다. 절실히 생각하지만, 나는 정말로 인복이 많다. 지금까지 만난 사람 모두에게 감사. 고마워요, 앞으로도 잘 부탁해요. 술을 마시고 한밤중에 산책을 하고 있으니, 이런 나답지 않은 말도 하고 싶어지네. ^^

리카도 다카요시도 좀 전까지 같은 장소에 있었으면서 굳이

다른 기계로 다른 얘기를 발신하고 있다. 술을 주고받는 밤, 이라고 할 만큼 다카요시는 술을 마시지 않았다.

새 젓가락에 전등 불빛이 비치고, 그 끝에 작은 빛의 입자가 머물렀다.

"잠깐 화장실."

내가 자리에서 일어서자 고타로가 이쪽을 향했다.

미즈키와 둘이 남겨 놓지 마, 그런 말을 하는 것 같다.

같은 장소에 있으면서 각자의 생각을 직접 얘기하지 않는 두 사람과 같은 곳에 남겨지면 대수롭잖은 얘기조차 하지 못하는 두 사람. 다카요시가 R&B를 계속 틀어 주어 다행이었어, 하고 아무도 아무 얘기도 하지 않는 방 안에서 나는 생각했다.

7

나는 좋아하는 사람에게 좋아하는 사람이 생긴 순간을 본적이 있다.

1학년 학기 초에 어학 수업 때문에 반이 나뉘었다. 나는 그때 고타로와 미즈키와 같은 조가 되었다.

우리가 소속된 8조는 특별히 사이가 좋은 것도 아니었고, 그렇다고 나쁜 것도 아니었다. 4월 마지막 주 금요일에는 친목 모임도 했고, 2차로 노래방에 가서 아침까지 놀았다. 활달한 남자아이도 귀여운 여자아이도 제법 있었다. 그렇지만 세 번째 모임 때부터 간사를 맡은 고타로가 밴드 활동으로 바빠지고, 2대 간사는 나타나지 않아 저절로 모임이 흐지부지되었다. 거기에 대해 뭐라고 말하는 학생도 없었다. 친목 모임 따위는 없으면 없는 대로 아무도 아무것도 곤란하지 않다.

첫 친목 모임 출석률은 90퍼센트 이상이었다. 아르바이트 대타를 가야 한다고 결석한 사람이 반에서 제일 귀엽다고 하는 여자여서 많은 남자들이 안타까워했다.

그때 그 아이가 왔더라면 상황은 조금 달라졌을지도 모른다. 나는 지금도 가끔 그런 생각을 한다.

고타로가 예약한 가게는 그야말로 미야마대학생 전용으로, 학년을 거듭할수록 가지 않게 되는 싸고 맛없는 술집이었다. 하지만 그 무렵에는 술과 안주 맛 같은 건 아무래도 상관없어, 금요일 밤에 스무 명 이상이 들어갈 수 있는 싸구려 술집을 찾아낸 고타로를 보며 '이런 데 능력 있는 녀석이구나.' 그렇게만 생각했다.

일찌감치 가게에 간 나는 테이블 제일 모서리에 앉아 '여기 있으면 대화에 끼기 어려울지도 모르는데.' 하고 혼자 초조해하고 있었다. 그때 미즈키가 나타났다.

"난 여기."

"에이, 미즈키, 더 가운데로 가자." 하고 촐랑거리는 목소리로 말하는 여자에게 미즈키는 손을 저었다.

"술 못 마시니까 끝에 앉을래. 유리나는 마음껏 즐겨."

정말? 하고 눈이 동그래진 그 여자는 미즈키의 뒤, 테이블 한복판에 덥석 앉았다. 아직 4월인데 한여름 옷 같은 차림을 하고 있었다. 남자 몇 명이 그녀 주위에 앉았다.

"잘 부탁해."

"아, 응." 갑자기 얘기를 걸어와서 나는 말이 잘 나오지 않았다.

"……친구는 괜찮아?"

"친구?"

미즈키는 내 시선을 좇듯이 자기 뒤를 돌아보았다. 유리나라는 여자는 벌써 테이블 한복판에 완전히 진을 치고, 큰 소리로 "에이, 고타로는 맥주 원샷하시지? 간사님이잖아, 간사님!" 하고 웃고 있다.

"아, 괜찮아, 괜찮아. 저 애는 저기 있는 편이 즐거울 거야."

"흐음."

야, 다쿠토, 하고 옆에 앉은 남자가 등을 치는 바람에 나는 미즈키의 말에 제대로 반응하지 못했다.

미즈키는 눈앞에서 물수건을 네 번 접었다. 테이블을 사이에 두고 우리는 마주 앉았다.

평소 수업 중에는 모두 같은 방향을 보고 앉는다. 마주 본다는 것은 교실 밖에서가 아니면 할 수 없는 일이라는 사실을 이때 깨달았다.

"일단 마실 것을 주문하기 전에 1차 회비 먼저 걷겠습니다!"

고타로의 큰 목소리가 방 한가운데서 들려왔다. 고타로는 언제나 저렇게 한복판에 있지만, 구석에 앉은 내 옆에 있어도 위화감이 없다. 카멜레온 같은 녀석이다.

"아, 내가 도울게!"

유리나가 오른손을 번쩍 들었다.

"아, 고마워, 고마워."

"얼마씩 내야 돼?"

"2980엔이니까 한 사람당 삼천 엔씩 부탁해."

"오케이!"

템포 빠른 대화를 주고받은 뒤, 고타로는 이쪽으로, 유리나는 안쪽으로 무릎으로 기어 이동했다. "잔돈 이천 엔 있어?" 하는 소리가 여기저기에서 날아들었다.

"대단해. 저런 일에 자진해서 나서다니."

미즈키는 그렇게 말하고 메뉴판도 보지 않은 채 진저에일을 주문했다. 정말로 술을 마시지 않는 것 같았다.

"대단하다니, 뭐가?"

"회비를 모으는 일은 정말 귀찮잖아."

웅, 나는 끄덕였다.

"그런데 스스로 하겠다고 나서잖아. 유리나의 저런 점이 정말 대단하다고 생각해."

대단한 건가. 나는 의심스러운 마음을 지우지 못한 채 말했다.

"저런 일을 해서 착한 아이로 보이고 싶어 하는 유형도 있지 않을까."

아니, 저런 아이들은 대체로 그래, 하고 덧붙이는 말은 속으로만 삼켰다.

미즈키는 "그래도 대단해" 하고는 유리나라는 여자아이를 보았다. 나는 깜짝 놀라 유리나를 보는 미즈키의 눈을 바라보았다.

내가 놀란 것은 미즈키의 눈이 진심으로 대단하다고 생각하는 것 같았기 때문이다.

"아, 난 오천 엔짜리밖에 없는데. 천 엔짜리 두 장 있니?"

나는 미즈키에게서 시선을 돌리기 위해 지갑 안에 있는 천 엔짜리를 세는 척했다.

미즈키의 눈은 절대 혼자만 한여름 같은 그 아이를 무시하지 않는 것처럼 보였다. 여자의 시선까지 모으는 옷을 입고 첫 친목 모임에 참가하는 것, 회비 모으는 일을 자진해서 나서는 것. 유리나의 행동을 의심스러운 눈으로 보고 있는 것을 미즈키한테 알리고 싶지 않아, 나는 세 장 이상 있는 걸 알면서 천 엔짜리 지폐를 세었다. 나는 회식에 오기 전에 미리 만 엔짜리를 천 엔짜리로 바꿔 두는 A형이다.

미즈키와 나는 이 회식에서 친해졌다. 나는 대학 극단에 들어간 얘기를 했다. 각본 쓰는 걸 좋아한다는 얘기도 했다. 초면에 각본 얘기까지 한 상대는 미즈키가 처음이었다.

미즈키는 "대단하구나." 라고 했다. 나는 절대 못 하는 일이어서 더 대단해, 라고.

나는 각본 쓰는 걸 좋아하는 주제에 주위에서 "각본 쓰는 걸 좋아해."라고 말하는 사람이 나타나면, 의심의 눈으로 보게 된다. 그런 걸 쓰는구나, 대단하다, 라고 말하면서 그 말 속에 멋대로 여러 가지 의미를 숨긴다.

"각본 같은 건 어떻게 써? 들어도 난 절대 못 쓰겠지만."

미즈키는 '대단해'라는 말을 백 퍼센트 '대단하다'는 의미로 사용했고, 각본 쓰는 것은 물구나무서서 세계 일주를 하는 것과 마찬가지로 '나는 절대 못 해'라고 생각하는 것 같았다. 미즈키의 말에는 그 말의 의미 이외에 아무것도 숨겨져 있지 않다.

그런 사람 앞에서는 허세를 부리지 않아도 된다. 그래서 나는 내 각본에 쓸데없는 얘기를 보태지 않아도 됐다.

회식이 끝나 갈 무렵 구석 자리로 도망쳐 온 고타로와 미즈키가 의기투합한 것은 당연한 흐름이었다. 술을 많이 마셔서 큰 소리로 떠드는 다른 사람들은, 구석에 앉아 가지절임을 씹어 먹고 있는 우리 3인조를 전혀 신경 쓰지 않았다. 미즈키는 줄곧 진저에일을 마셨다. 처음부터 마지막까지 진저에일을 마시고 있으니 왠지 무척 맛있어 보여 나는 한 잔 주문하기까지 했다. 그 술집의 진저에일은 너무 달아 생강 맛이 하나도 나지 않았다.

그대로 셋이서 얘기를 나누었다. 소나기가 쏟아지는 것처럼 시끄러운 술집에서 아무한테도 들키지 않고 숨바꼭질하듯이 셋이서 얘기했다. 다음 주 주말에는 셋이 같이 밥 먹으러 가자고 수첩을 펼쳐 놓고 약속한 것도 분명 아무도 눈치채지 못했을 것이다.

"어째서 나만 즐겁지 않은 거야?" 유리나의 톤 높은 목소리가 이쪽에도 들려왔다.

"너는 너무 시끄러워! 그 애는 왜 하필 오늘 아르바이트인 거야!"

"그 말, 여기 있는 나한테 실례잖아!"

반에서 가장 귀여운 여자가 오지 않은 것을 속상해하던 남자들은 테이블 끝에 이렇게 순수한 눈을 가진 사람이 앉아 있다는 것을 알아차리지 못했다.

하지만 이때는 나 역시 알아차리지 못했다. 2개월 뒤, 미즈키와 보러 간 고타로의 첫 공연에서 고타로의 맑은 노랫소리에 말을 잃고 우뚝 서버리게 될 것, 그리고 그런 내 옆에서 미즈키가 고타로를 좋아하게 될 것을.

8

다나베 미즈키 @mizukitanabe 2일 전

너무 추워서 오늘은 팬티스타킹. 밤에 따뜻하고 맛있는 것 먹을 생각을 하며, 오늘 하루도 열심히 하자. 아이팟 셔플이 분위기를 읽고 한여름 노래만 틀어주네. ^^

RICA KOBAYAKAWA @rika_0927

어제는 엔트리시트를 두 개 제출한 뒤, 취업 정보 센터에 가서 모의 면접도 받았다. "단골이네요" 하고 웃더군. ^^ 아~주 귀중한 조언을 들었다. 내 속에서 축(軸)이 확고해진 만큼 얘기가 매끄러워지니 말이 빨라지기 쉽다고. 의식한다는 것은 중요! 다음 면접에서 살리자!

미야모토 다카요시 @takayoshi_miyamoto 1시간 전

어제는 소속된 창조 집단 '세계의 프롤로그' 프리페이퍼 교정을 완료한 뒤, 아트디렉터인 쓰카사 씨 @XXTSUKASAXX 강연에. 그다음 뒤풀이에도. 명함을 받았다. 지금 구상하는 것을 얘기했더니 재미있는 시도라고 칭찬했다. 한 걸음 전진이라고나 할까.

"앞으로 몇 분?"

"으음, 8분."

"오케이. 미안, 한 문제 모르는 게 있었어."

"괜찮아, 괜찮아. 여유 있어."

둘이서 다른 방향을 향해 쓱쓱 샤프 연필 심을 닳게 하고 있다. 수학이라니 몇 년 만인가 싶지만, 이렇게 많은 문제를 앞에 두고 보니 수험생 시절의 피가 끓어올라 뇌가 뜨거워지는 게 느껴졌다.

"아, 젠장, 모르는 게 한 문제 더 있었네."

"오케이."

답이 나오고, 그것이 사지선택 중에 숨어 있는 숫자와 일치하면 분명 그 문제는 괜찮다. 15분에 29문제, 전자계산기를 사용한 도표 읽기 문제. 엔트리시트가 통과하면 웹상으로 이런 테스트를 하는 기업이 많다. 국어, 영어, 수학 중에서 취업 준비생이 가장 고생하는 것은 역시 수학이다.

고타로는 컴퓨터 앞에 앉아 있고, 나는 스마트폰 화면을 보고 있다. 전반 15문제를 휴대전화 카메라로 찍어 두면 이렇게 둘이 동시에 문제를 푸는 것이 가능하다.

"……오케이, 끝났다!"

"아, 나 앞으로 두 문제 남았으니 조금만 기다려."

도표 읽기 문제는 문제 번호가 커질수록 난이도가 높아진다. 마지막 몇 문제는 대부분의 사람이 맞히지 못할 테니 푸나 못 푸나 관계없지만, 전부 맞히겠다는 별난 자존심이 꿈틀거렸다.

집에서 할 수 있는 웹 테스트는 혼자 하는 게 아니다. 그런 건 취업 준비생 사이에서 상식이다. 개중에는 "이것은 실력을 재는 게 아니라 협력해 줄 친구가 있는가를 조사하는 테스트야."라고 말하는 사람도 있을 정도다. 확실히 9분 만에 사칙 연산 50문제라든가, 이번처럼 15분 만에 29문제라든가, 분량으로는 혼자서 해결하기에 어려운 점이 많다.

"오케이, 끝났다! 다쿠토!"

컴퓨터 화면에서 눈을 떼지 않고 오른손을 내미는 고타로에게 나는 메모지를 반 찢어서 건넸다. 내가 담당한 15문제의 답이 거기 적혀 있다.

"오, 완벽해. 언제나 언제나 감사합니다, 다쿠토 님."

"천만에요." 해당 번호를 빠르게 클릭해 나가는 고타로를 곁눈으로 보며 나는 냉장고를 열었다.

"근데 넌 괜찮아? 나도 도와줄까?"

"아, 뭐 됐어." 마트의 자체 상표인 보리차를 플라스틱 컵에 따랐다.

"실제로 웹 테스트란 게 전형과 별로 관계도 없고."

물론 잘하면 좋겠지만, 하고 덧붙이자, 고타로가 "과연 다쿠토 선배님이시네용." 하고 히죽거렸다. 무언가 놀림당한 기분이다. 보리차를 단숨에 마시고 뜨거워진 머리를 정리했다.

벌써 2월도 말에 가깝다. 봄이 두 번 다시 오지 않을 거란 착각이 들 만큼 매일매일 춥지만, 충분히 따뜻하게 해놓은 방에서는 차가운 음료가 맛있다.

2월 말은 엔트리시트 제출 러시 후반과 웹 테스트 러시 전반이 겹치는 시기다. 성미 급한 벤처 기업은 벌써 면접을 시작해, 매일의 일정도 머릿속의 사고도 취업활동 문제로 메워져 갔다. 웹으로 엔트리시트를 제출하는 기업이 늘었다고는 하지만, 손으로 철저히 지망 동기 등을 쓰게 하는 기업도 아직 적지 않다. 개중에는 넉 장, 다섯 장에 이르는 기획서며 '그림이든 사진이든 문장이든, 뭐든 좋으니 자유롭게 당신을 표현하세요' 하는 색다른 종류의 시트까지 있다.

엔트리시트를 통과하면 대체로 다음에는 웹 테스트라고 하는 것도 친다. 이 두 가지에 합격해야 비로소 면접을 볼 수 있다. 이것이 정석이다. 하지만 웹 테스트는 그 이름대로 각자 컴퓨터 앞에서 테스트를 보는 것이어서 아까의 우리 같은 부정이 통한다. 테스트 센터라는 장소에 가서 확실한 감시 아래 치는 곳도 있지만, 그냥 형식적인 절차 같다.

휴대전화 트위터 화면을 닫고, 언제나처럼 인터넷 화면을 열었다.

프로그램된 것처럼 손가락이 움직여 늘 찾던 단어를 검색한다. 이 작은 기계에 묻힌 시스템은 머리가 아주 좋아서 첫 글자를 입력하면 이미 검색하고 싶은 말이 줄줄이 떠오른다.

이것은 거의 마약 같은 것이다.

작은 화면에 낯익은 문자가 늘어섰다.

질 낮은 작품만 양산한다니까, 이 극단은.
여러 발 쏘다 보면 하나쯤 맞을 거라 생각하는 건가.
프로의 세계는 그렇게 우습지 않다고 누가 말 좀 해 줘라.
시간이 지나도 여전히 학생 극단 ^^ 같다.
주제가 다 비슷해, 역시 머릿속이 학생 그대로야.

"그러고 보니 말이야……."

귀 바로 옆에서 고타로의 소리가 나서 움찔하며 손목이 튀었다. 얼른 파카 앞주머니에 휴대전화를 넣었다.

"리카는 웹 테스트 전혀 보지 않았대."

고타로는 냉장고에서 종이 팩에 든 커피우유를 꺼냈다. 고타로는 목이 탈 듯이 단맛 나는 그것을 좋아한다.

지금 봤을까.

"웹 테스트를 안 봐?"

자연스럽게 대화를 이어갔다. 심장이 쿵덕거렸다.

본 것 아닐까.

"응. 고등학교 때부터 줄곧 영어만 해서 수학 머리가 전혀 없대. 특히 웹 테스트처럼 짧은 시간에 얼마나 많이 푸는가, 하는 테스트를 할 때는 초조해서 머리가 텅 비어 버린대."

탁 하고 소리를 내면서 냉장고 문이 닫혔다. 사다 둔 김치 냄새가 흘러넘쳤다.

"게다가 리카는 대기업 지향인데, 계속 탈락해서 큰일인 것 같아."

고타로는 몸을 펴면서 좀 전까지 마주하고 있던 컴퓨터 앞으로 돌아갔다.

어쩐지 보지 않은 것 같다.

"……그렇게 고역이라면 친구들한테 도와 달라고 하면 될걸."

밝게 말하려다 되레 조금 부자연스러워졌다. 여기서는 이제 고타로가 어떤 표정을 짓고 있는지 보이지 않는다.

"웹 테스트는 도와줄 친구가 있는가 없는가를 테스트하는 거라는 전설, 뜻밖에 정말일지도 몰라."

내게는 다쿠토란 친한 친구가 있지, 놀리듯이 얘기하는 고타로의 목소리를 흘려들으면서 나는 리카의 과거 트위터를 떠올렸다.

내 속에서 축(軸)이 확고해진 만큼 얘기가 매끄러워지니 말이 빨라지기 쉽다고. 의식한다는 것은 중요! 다음 면접에서 살리자!

웹 테스트를 치지 않는다는 것은 면접 단계로 나아가지 못한다는 말이다. 대기업을 희망한다면 면접까지 가기 위해서는 더욱 웹 테스트를 통과할 필요가 있다.

"……근데 누구한테 들은 거야, 그런 소리? 미즈키?"

미즈키가 그런 말을 할 리 없지만, 하고 덧붙이자, 고타로는, "아아, 다카요시."라고 했다.

"다카요시?"

"주말에 한잔하러 가서."

"다카요시라니 그 다카요시? 리카의 남자 친구? 한잔하러 가다니, 둘이서?"

"뭐야, 그 질문 공세." 다카요시를 얼마나 좋아하는 거야, 하고 고타로가 능글맞게 웃었다.

"토요일날 라인 보냈더라, 근처에서 한잔하지 않겠냐고. 돈이 없어서 무리라고 했더니 자기가 쏘겠다고 해서 이거 땡잡

았네, 이렇게 된 거지. 넌 선배네 집에 가서 부르지 못했지만. 말 안 했던가?"

그 녀석 뜻밖에 라인 같은 것 하더라, 고타로는 히죽거렸다. 고타로는 여러 사람과 거리를 좁히는 데 능숙하다. 내가 줄줄 놓치는 기회를 고타로는 냉큼 낚아챈다. 토요일은 폐점까지 아르바이트를 해야 해서 나는 사와 선배 집에서 잤다.

깜짝 놀랐는데 말이야, 하고 고타로는 의미 있는 미소를 흘렸다.

"출판사며 광고 회사에 대한 취업 정보를 꽤 여러 가지 들었어. 엔트리시트 내용이나 시험 흐름 같은 것. 취업활동에 흥미 없는 것처럼 그러더니만."

고타로는 그 자리 분위기를 살리는 피에로가 될 줄 아는 것뿐, 절대 바보가 아니다.

"좀 교활하고 유치하지 않냐, 그거?"

가끔 고타로의 그런 면을 미처 보지 못한 사람이 밝은 빛에 모이는 벌레처럼 고타로에게 접근할 때가 있다.

"……그 녀석, 취업활동을 하는 거야?"

엉겁결에 흘러나온 '그 녀석'이란 호칭을 고타로는 그대로 받아들여 주었다.

"몰라, 그런데 뭔가 수상하다고 생각하지 않냐? 언제까지 빈

둥거리며 지낼 수는 없잖아, 그 녀석도."

고타로가 무선 마우스를 살짝 움직이자, 잠시 후 낯익은 노트북 끄는 소리가 났다.

아주 깨끗한 소리인데, 이 소리를 들은 뒤로는 방 안이 한없이 고요해진 듯한 기분이 들었다. 좀 전까지 들리지 않던 정적 소리가 갑자기 들리는 것 같다.

"굳이 나를 불러내지 않아도 동거인인 취업 준비생한테 물어보면 될걸 말이야."

뭐, 얻어먹은 건 행운이었지만, 하고 고타로는 단숨에 노트북을 닫았다.

"고맙다, 다쿠토. 큰 도움이 됐어! 오늘 저녁은 내가 준비할게."

정말 언제나 생큐, 하고 여느 때와 같은 웃는 얼굴로 주방으로 가는 고타로에게 오른손을 들어 보였다. 순간, 파카 주머니에 쑤셔 넣었던 휴대전화가 부우 하고 떨렸다. 누군가에게서 메일이 온 것 같다.

휴대전화를 만진다.

아까 당황해서 블랙 아웃시킨 화면이 되살아났다.

고타로가 봤을까. 역시 봤을지도 모른다. 고타로는 나보다 키가 크고, 그때 바로 옆에 서 있었던 것 같은데. 그 녀석은 착해서 아무 말 하지 않았지만 정말 보였을지도 모른다.

양말을 신지 않아서 발바닥이 차갑다. 2월의 실내 공기가 내 표면을 왔다 갔다 한다.

부우 하고 한 번 더 휴대전화가 떨렸다. 누군가에게서 온 메일인가 싶기도 했지만, 간격이 짧은 것으로 보아 분명 술집의 스팸 문자일 것이다. 발가락이 시려 왔다.

주머니 속에 들어 있는 이 작은 기계만이 심장처럼 새빨간 열을 띠고 있다. 몹시 뜨겁다.

첫 글자를 입력하면 입력한 적 있는 단어를 바로 표시해 주는 이 기계는 아주 정확하다. 그러나 어쩌면 휴대전화나 컴퓨터를 켤 때마다 그 말을 검색하는 내 뇌에 훨씬 정확한 장치가 되어 있을지도 모른다.

9

창밖에 정장 차림으로 뛰어가는 사람의 옆얼굴이 낯익었다. '어?' 하고 생각했지만, 가슴에 걸린 밥 덩어리를 물로 흘려 내리는 쪽이 먼저였다.

음식물을 씹어서 삼키면 에너지라고 하는 것이 몸속에서 생성된다. 머리를 너무 사용해서 녹아 없어진 뇌의 곳곳을 수북한 밥과 돼지고기 생강구이 정식에서 나온 에너지가 차례대로 메워 주고 있다.

"피곤하고, 배도 고프고, 완전히 파워 제로 상태야."

미즈키도 같은 것을 주문해서 놀랐다. 하지만 오늘이라면 이해할 수 있다. 나도 이미 파워 제로다.

한겨울인데도 나와 미즈키는 정장 상의를 벗고 있다. 머릿속 심지까지 뜨거워 체온이 좀처럼 내려가지 않았다.

"대체 오늘 필기시험을 몇 시간이나 친 거야? 8시에 시작해 벌써 오후 1시가 지났으니……, 다섯 시간?"

"미대 시험 수준이었지."

"미대 시험 쪽이 차라리 낫겠어."

미즈키는 곱게 접은 종이 냅킨으로 입술을 닦았다.

"그리고 말이야, 마지막에 가사를 쓰라고 하는 건 미친 짓 아냐? 그럴 거라면 차라리 데생 같은 걸 시키는 쪽이 낫겠어. 가사라니, 너무 창피해, 정말로."

여기 차가운 물 좀 주세요, 미즈키가 종업원에게 오른손을 들었다. 겨울이 되니 날씨가 추운 탓에 뜨거운 차를 내는 가게가 많아졌지만, 가게 안에는 난방을 해놓았고 사람들은 두꺼운 옷을 입고 있어, 이렇게 차가운 물을 찾게 되는 것이다.

두 사람 다 한동안 먹는 데 집중했다. 미즈키가 양배추도 포함해 음식을 거의 다 먹어 치웠을 즈음에야, 겨우 냉정하게 얘기할 수 있을 정도로 차분해졌다.

"광고 회사의 필기시험이란 게 사람을 이렇게 지치게 하는 구나. 머리도 지쳤지만, 마지막 가사 문제에서 정신까지 못 쓰게 됐다고 할까."

혀가 까슬까슬해질 정도로 뜨거웠던 된장국이 겨우 적당한 온도가 되었다. 나는 조금 남은 고봉밥을 잘 씹어서 된장국으로 목구멍에 흘려 넣었다. 미즈키도 된장국만 남긴 것 같다.

"국·영·수 문제도 많고, 독자적인 문제도 생각보다 많았지?"

"진짜 뭐냐, 그 크리에이티브 시험이란 거."

75문제씩인 국어, 수학, 영어 시험이 겨우 끝났다고 생각했는데, 마지막에 크리에이티브 시험이란 게 있었다. 시험장이 몇백 명이나 수용할 만큼 넓은데, 필기시험은 오전 그룹, 오후 그룹으로 나뉘어 사흘 동안이나 치른다. 그만큼 지원자가 많다.

"출판사며 텔레비전 방송국이며 전부 그런 시험뿐이겠지? 나한텐 절대 무리야. 그런 시험 또 칠 마음이 들지 않아."

크리에이티브 시험에는 크게 두 가지 문제가 있었다. 한 가지는 1절 가사만 주고, '2절 가사를 생각하라'는 것. 그리고 또 한 가지는 이야기의 첫 부분만 주고, '이것은 기승전결에서 '기'입니다. 승, 전, 결을 각각 써 주세요' 하는 것이었다.

"지금 생각해도 창피해. 아마 4년 차나 5년 차 실력 있는 젊은 사원이 우리가 쓴 가사를 보며 웃겠지. 분명히 그럴 거야."

나는 시험장 접수대에 앉아 있던 사원으로 보이는 인물들을 떠올렸다. 이 좋은 회사에 들어가고 싶어요, 하고 밀려드는 학생들의 욕망을 전부 아이우에오 순으로 늘어놓으며, 담담하게 접수 업무를 하고 있었다. 음악을 듣거나 친구와 얘기하며 수험생 쪽이 아무리 태연함을 가장해도 사원들에게서 감도는 '나는 이겼습니다' 하는 냄새에는 절대 이길 수 없었다.

"가사는 그렇게 제대로 보지 않는대."

"아냐, 분명 비웃을 거야, 난 알아. 내가 쓴 가사는 벌써 실컷 웃고 난 뒤 인터넷에 올렸을 거야."

아, 몰라, 몰라, 몰라, 하면서 갖다 준 물을 단숨에 들이켜는 모습을 보며, 미즈키의 진지함을 통감했다. 분명 지금까지 이런 식으로 부끄러운 경험을 한 적이 없었을 것이다.

"그런데 미즈키가 광고 회사에 시험 칠 줄은 생각지도 못해서 깜짝 놀랐어."

"그건 내가 할 말이네."

가사를 쓰거나 기승전결을 생각한 뒤, 필기시험장 출구에서 딱 마주쳤을 때 서로 '앗, 들켰네' 하는 심정이었다. 화장실에도 들르지 않고 바로 시험장을 빠져나가려다 딱 부딪쳤으니, 미즈키도 당장 이 시험장을 떠나고 싶었던 것이다. 만나자마자 공범자처럼 둘이서 식당을 찾았다. 카페나 파스타 가게가 아니라 밥을 수북이 주는 그런 식당을.

"광고는 아무래도 즐거워 보이고, 화려한 이미지가 있어서 한 번은 쳐 봐야겠구나 생각했어. 누구나 동경하잖아, 그런 세계."

조금 변명하듯이 말하더니, 미즈키는 말을 이었다.

"그런데 이제 그만 된 것 같아. 나한테는 어울리지 않는다는 걸 알았으니."

"그건 내가 할 말이네."

그렇게 말하자, 미즈키가 재미있다는 듯이 웃었다. 길고 긴 필기시험이 끝나 평소보다 마음이 개방적이 된 것 같다.

"그런데 고타로는 이런 시험만 쳤구나."

차가운 물 한 잔 더 주세요, 미즈키가 손을 들자, 종업원은 차가운 물이 든 용기째로 갖다 주었다.

고타로가 출판사를 중점으로 취업활동을 하는 것은 누구에게나 뜻밖이었다. 해가 바뀌고 모두 본가에 갔다 돌아와서 바로 모였을 때 명확해졌지만, 고타로는 "나는 전부터 출판사에 치려고 마음먹고 있었는데, 그게 왜?" 하고 능청을 떨었다. 그때까지 자주 쳤던 IT 벤처나 인재 컨설턴트에 엔트리시트 내는 걸 모두 멈추고, 한 회사 한 회사에 충분히 시간을 쓰게 되었다.

"호오, 출판 관계라면 아는 사람이 몇 명 있는데 소개해 줄까?" 컴퓨터에서 눈을 떼지 않고 말하는 다카요시에게 "진심으로 부탁할게!" 하고 손을 모으는 고타로는 역시 피에로가 될 줄 아는 어른이구나, 생각했다.

리카는 그때 면접에서 이런 점이 잘 안 되더라는 얘기만 하고 있었다. 웹 테스트를 통과하지 못했다는 소문을 눈곱만치도 느끼게 하지 않는 분위기였다.

물이 떨어졌다. 잔에 또 따랐다.

"나는 고타로가 음악 쪽으로 칠 줄 알았어. 레코드 회사나 그런 곳."

"그런 곳도 치는 것 같던데. 그리고 기왕 치는 것 담력 테스트 삼아 텔레비전 방송국도 쳐 보겠다고 했어."

"담력 테스트라……. 뭐, 지금 우리도 그런 느낌이지."

그럴지도 모르지, 하고 엉겁결에 웃어 버렸다. 이런 인기 순위 톱3에 들어가는 회사 시험에 힘을 백 퍼센트 써 버리기는 아깝다. 담력 테스트라는 말로 자신을 속이고, 복권 사는 기분으로 시험을 치지 않으면 체력이 아깝다.

"출판사의 엔트리시트나 필기는 상상이 안 돼. 뭘 쓰게 할까. 시 같은 것?"

미즈키는 평소보다 단어 선택이 대충이어서, 정말로 머리를 풀회전시킨 뒤라는 게 느껴졌다.

"역시 꽤 까다로운 것 같아. 작문이 중요하다는 말은 자주 들지만, 면접까지 가는 사람이 거의 없대."

출판사에 가고 싶어 하는 취업 준비생이 많다. 좋아하는 작가며 인상에 남는 작품을 SNS상으로 얘기하고, 자기 마음에 들지 않는 작품은 누구에게나 악(惡)이라는 시점에서 비평한다. 그런 사람을 보고 있으면 나는 1년 전 나를 보는 것 같은 기분이 든다.

지금보다도 시야가 좁았다. 그래서 나는 타인과 다르다고 생각하고 싶었고, 그런 방법으로밖에 누군가가 될 수 없다는 기분이 들었다.

하지만 고타로가 출판사를 지향하는 이유는 그런 것과 조금 다른 것 같다.

"어째서 출판사인지는 모르겠지만, 어울린다는 느낌은 들더라. 별로 독서가 이미지는 아니지만."

"확실히 독서가 이미지는 없지." 패션 잡지의 야한 페이지만 보고, 라고 말하려다 그만두었다.

"독서가는 다카요시려나? 항상 뭔가 어려워 보이는 책을 읽는 것 같던데."

"사상을 전전한다는 것 말이지?"

무심결에 웃음이 새어 나와 얼른 입을 다물었다.

"고타로 이야기로 돌아가자면, 그 녀석 웹 테스트 수학 같은 건 헥헥거리지만, 새하얀 A4 종이 한 장에 '자신을 자유롭게 표현해 주세요' 같은 문제는 단번에 마치더라고."

게다가 나름대로 타율도 높은 것 같고, 하고 나는 또 물을 마셨다.

"그래?"

후훗, 하고 미즈키가 웃었다.

"고타로, 뜻밖에 진지해."

잔 속의 얼음이 이에 닿자 시큰했다.

종업원이 드디어 전부 비운 두 사람의 접시를 치워 주었다. 가게에 들어갈 때는 너무나 큰 해방감에 "디저트까지 먹자!" 하고 의기투합했으나, 막상 식사를 마치고 나니 여기서 좀 쉬다 나가고 싶을 정도로 배가 불렀다.

투명한 물이 든 투명한 잔 두 개만 덜렁 놓인 테이블 위에 어쨌든 여러 가지 이야기의 씨를 뿌렸다. 첫 면접에서 너무 티나는 가발을 쓴 면접관 때문에 웃음을 터트린 친구가 있다든가, 첫 회식 때 4월인데 한여름 옷을 입고 온 그 유리나는 한결같이 아나운서를 목표로 하고 있다든가. 취업활동과는 관계 있지만, 자신과는 상관없는 이야기가 서로에게서 연신 튀어나왔다.

"시험이나 면접을 치르고 나면 사람들과 얘기하고 싶어지더라. 무슨 얘기든 좋으니."

벌써 물이 다 떨어져 가는 것 같네, 하고 미즈키가 내 잔에 물을 더 부어 주었다.

사람들과 얘기하고 싶어진다, 그럴지도 모르지. 분명 미즈키는 지금 나와 얘기하고 싶은 게 아니다. 상대가 나라면 식사를 마치고 난 뒤 좀 전처럼 고타로의 얘기를 실컷 할 수 있다. 아마 그 사실이 기쁜 것이리라.

"그러고 보니, 말이야."

아, 드디어 다 떨어졌네, 미즈키는 물이 들어 있던 용기를 거꾸로 들어보면서 흘끗 창밖을 보았다.

"다카요시 봤어. 우리가 시험장에서 나올 때 화장실에서 나오더라."

얼음은 벌써 옛날에 다 녹아 버려 물은 미지근했다.

"다카요시?"

오늘 시험 본 대형 광고 회사는 엔트리시트와 필기시험을 나란히 '1차 시험'으로 하고 있다. 그래서 시트 합격 여부와 관계없이 필기시험을 칠 수 있다.

"그 사람도 취업활동을 하고 있었구나. 좀 의외네. 광고 회사라는 게 그 사람답긴 하지만."

미즈키는 더는 리필을 요구할 수 없는 물을 소중한 듯이 마셨다.

"다카요시 혼자만 아주 편안한 차림이어서 꽤 튀더라. 주위 사람 모두 정장 차림이라."

나는 흘끗 미즈키를 보았다. 눈은 마주치지 않았다.

미즈키는 말을 말의 의미 그대로 사용한다. "각본을 쓰다니 대단해." 하고 순수하게 말해 주었던 그 눈은 지금 어떤 눈빛을 하고 있을까. "꽤 튀더라" 하는 말에는 아무런 저의도 포함되어 있지 않은 걸까.

이미 오후 시험이 시작됐을 것이다. 나와 미즈키가 이 가게에 들어온 지 벌써 50분 가까이 지났다.

시험장에 혼자만 사복으로 왔다는 것보다 접수 한 시간 전에 시험장에 도착했다는 사실 쪽이 다카요시를 잘 웅변하는 것 같다.

나는 마지막 물을 다 마시고 커다란 창밖을 흘끗 보았다.

"나는 리카를 봤어."

"정말?"

이 창밖으로 달려간 낯익은 옆얼굴과 정장 차림.

"우리가 막 밥을 먹으려고 할 때, 요 앞으로 달려가더라. 접수 시간이 아슬아슬한지 상당히 다급해 보였어."

당신은 식사에 몰두하느라 눈치채지 못하셨겠지만, 하고 놀려 보았지만, 미즈키는 별로 반응하지 않았다.

"리카도 여기 지원했구나."

미즈키는 천천히 잔을 내려놓았다.

"뭐야, 그러면 그렇다고 말을 해 주면 좋을걸."

그랬더라면 함께 대책을 세울 수도 있었을 텐데, 중얼거리는 목소리가 아까보다 조금 작다. 이런 말 하지 않는 게 좋았을 지도 모른다. 이제 와서 그런 생각 해 봐야 늦다.

"나는 여기 온다고 리카한테 말했는데."

물잔 옆면에 물방울이 한 방울 타고 내린다.

취업활동에 흥미 없다면서, 정장을 입지 않겠다는 주의를 관철하면서, 한 시간이나 일찌감치 시험장에 온 다카요시. 취업 정보 센터에 다니면서 모의 엔트리시트를 몇 장이나 쓰고 몇 번이나 유명 기업 취업 예정자에게 첨삭을 받으면서, 늦잠을 잤는지 시험 시작 시간에 아슬아슬하게 맞춰 달려온 리카.

"리카하고 다카요시 같이 살잖아."

응, 나는 끄덕였다.

"그런데 여긴 같이 오지 않네."

잠깐 화장실, 하고 미즈키는 바로 자리에서 일어나 버렸다. 그래서 또 눈이 마주치지 않았다.

미즈키가 제일 오른쪽 끝자리를 일부러 비워 두고 앉아 있어 나는 "고마워." 하고는 그 빈자리에 앉았다. 혼잡할 거라 예상했던 전철 안은 식당에 오래 있었던 탓인지, 별로 그렇지도 않았다. 초저녁으로 가고 있는 2월의 오후 3시 전철 안에는 목적지를 향해 가는지 집으로 돌아가는지 어느 쪽인지 모를 사람들이 목도리에 얼굴을 반쯤 묻고 있다.

전철 안은 더워서 코트를 벗어 반으로 접어 다리 위에 올려두었다. 입고 올까 말까 한참 망설이다 결국 입고 온 내의가 너무 온기를 많이 내뿜어 스르르 졸렸다.

할 얘기가 떨어져 나는 휴대전화를 꺼냈다. 고무 제품의 케이스가 정장 주머니에 걸려서 초조해졌다.

가라스마 긴지 @account_of_GINJI 1시간 전
연극×신장르, 새로운 기획 준비 중. 여러 분야의 여러 사람과 미팅을 거듭하는 날들. 모 인기 프로그램 방송 작가도 미팅에 응해 주어 일이 착착 진행 중. 매일 재미있는 사람들을 만나고 있다. 최고의 작품이 될 것 같은 예감.
리트윗 2 관심글 1

고─타로─! @kotaro_OVERMUSIC 58분 전
아침에 일어나니 집에 아무도 없어서 알몸으로 레토르트 카레를 데우는데 뜨거운 물이 거기로 튀어 식겁했다!! 나의 그것은 레토르트가 아니라고!!

미야모토 다카요시 @takayoshi_miyamoto 45분 전
지금 내 주위에 있는 사람들은 모두 지도를 잃은 것 같아 보인다. 큰 파도에 휩쓸려 본래의 목적을 잊고 있다. 힘내자, 힘내자, 라니. 무엇을 위해?

"머리가 멍—해."

전철 벽에 뒤통수를 기대고 있던 미즈키가 너무 오래 씹은 껌을 뱉듯이 말했다.

"조금 추운 것과 조금 더운 것이라면, 조금 추운 쪽이 머리도 몸도 움직이기 쉽지."

"그건 알아. 정장 아래에 내의를 입는 날은 필기시험 때 완전 졸려."

내의를 입고 있다는 것을 괜히 감추면서 나는 휴대전화를 닫고, 목에서 술술 목도리를 풀었다. 목둘레가 시원해지니 해방감이 배가되었다.

몸에서 힘이 빠진다. 졸음이 온몸을 돌아다닌다.

"동거는 어때?"

"엉—?" 하고 소리를 흘렸더니 "졸려?" 하고 조금 웃었다.

"무슨 소리야, 갑자기?" 나는 천천히 코로 하품을 토해 냈다.

"다쿠토는 고타로와 동거하고, 리카는 남자 친구와 동거하잖아. 가족이 아닌 사람과 같이 살면 어떤가 해서."

이유를 듣고 나서 한 번 더 "무슨 소리야, 갑자기?"라고 말하고 싶어졌다. 그만큼 미즈키의 질문은 갑작스러워서, 정말로 묻고 싶은 것이 무엇인지 알 수 없었다.

상대가 정말로 듣고 싶은 것에 대답하기. 이것은 취업활동의 기본 같다. 리카가 리트윗해 온 '취업활동 스타일리스트'라고 하는 누군가의 블로그 글 중에서 그런 얘기가 쓰여 있었던 것 같다.

전철이 속도를 늦추기 시작했다. 열차가 최고 속도를 내는 시간은 고작 1~2분이다.

"가족이 아닌 사람과 함께 사는 것이 어떠냐니……."

미즈키의 진의를 모르는 채 다음 말을 찾다가 어떤 사실을 떠올렸다.

"미즈키도 유학 중에 룸메이트가 있었잖아?"

그쪽 사람 몇 명과 함께 산다고 하지 않았나, 하고 말했을 때 전철이 본격적으로 속도를 늦추었다.

"어, 내가 그런 얘기를 했어?"

"했어. 전에 한번 미즈키하고 스카이프할 때 외국인 소리가 들려서."

거기까지 얘기하다 아차 싶었다.

그때 마침 전철이 멈추었다.

"아아……, 그때."

잡음이 완전히 사라지고 미즈키의 목소리가 백 퍼센트 순도로 내 귀에 들어왔다. 아주 작은 소리였는데 거기에 포함된 감정까지 또렷이 알아들어 버렸다.

미즈키가 유학하는 동안 딱 한 번, 둘이서 얘기한 적이 있다. 좀처럼 사용하지 않던 스카이프로 수신 알림이 와서 놀랐던 기억이 생생하다.

"그립네. 다쿠토가 카메라 사용하고 싶지 않다고 해서 내 화면이 계속 새까맸잖아."

"미즈키는 컴퓨터고 나는 휴대전화였으니까."

그렇게 대답했지만, 사실은 집 밖으로 나가야 했기 때문이었다. 극단 플래닛에 있던 무렵에는 곧잘 긴지네와 스카이프로 회의를 해 카메라는 갖고 있다.

그날 룸메이트의 목소리가 시끄럽다고 미즈키는 컴퓨터를 든 채 아파트 베란다로 이동했다. 나도 잠깐 기다려, 하고 하던 게임을 그대로 두고 집을 나와 해가 저물어 가는 길의 가드레일에 몸을 기댔다. 미즈키는 외국의 밤의 끝자락에서 내가 이동을 마칠 때까지 기다려 주었다.

울면서.

피시식, 하는 바람 빠지는 소리가 나는가 싶더니 전철이 다시 움직였다. 몇 명인가 내리고 그 이상의 사람이 새롭게 탔다.

플랫폼만 밝은 지하철은 출구 없는 동굴 같다.

"그런가, 그렇구나. 나도 동거 같은 것 했었구나."

전철이 속도를 올렸다. 덜컹, 덜컹, 덜컹, 소리가 난다.

"즐거웠는데, 유학 때."

잡음 속에서도 미즈키의 목소리는 커지지 않았다.

"……왜 그래?"

옆에 앉아 있으면 상대의 모습을 보지 않아도 된다. 그러고 있으면 평소에는 말할 수 없는 것을 말할 수 있을 것도 같은 기분이 든다.

"……부러워서. 다쿠토와 고타로, 리카와 다카요시."

맞은편 자리에는 지금 아무도 없다.

"부럽다니, 뭐가? 함께 산다는 것이?"

"……음, 그것도 그렇지만."

나는 맞은편 차창 너머를 확인할 수 있었다.

"나 말이야, 사실은 한 달 정도 더 남아 있었어, 유학 기간."

지금, 내 옆에서 미즈키는 외로운 듯이 고개를 숙이고 있다.

"사실은 말이야, 12월에 돌아올 예정이었어, 여기. 취업활동 시작할 타이밍에 맞춰서."

그랬구나, 하고 나는 끄덕였다. 고타로는 미즈키와 사귈 때 어떤 표정으로 이런 분위기에 섞였을까 생각하면서.

"나 있지, 지금 엄마하고 살아."

"엄마하고?"라는 말을 내가 그대로 반복하자, 미즈키는 응, 하고 고개를 끄덕였다.

"유학 중에 엄마가 이제 집을 나와 나하고 살겠다고 말을 꺼내서 말이야."

아하, 나는 다리를 꼬았다.

"우리 엄마, 좀 약해. 몸보다 마음이."

다리를 꼬지 않으면 무언가가 안정되지 않는 기분이었다.

"우리 집은 아주 시골이어서 소문 같은 게 정말 바로 퍼지거든. 내가 미야마대학에 합격했을 때도, 다음 날에는 전혀 모르는 할머니까지 길에서 만나면 축하한다고 말할 정도로."

그건 놀랍네, 웃음을 섞어 대답해도 미즈키는 표정이 풀어지지 않았다.

전철은 소리를 내면서 달렸다. 하지만 바로 또 속도가 떨어졌다

"아빠가 데이트를 했대."

전철 속도가 점점 떨어졌다.

"나도 모르는 여자하고. 아마 회사 사람이겠지. 누군가가 목격했다는 정보가 온 마을에 퍼져 엄마가 그 일 때문에 아빠하고 싸운 것도 전부 퍼지고……."

열차의 속도가 점점 떨어졌다.

"우리 엄마는 굉장히 얌전한 사람이어서 학생 시절부터 집단 괴롭힘을 당했대. 다행인지 불행인지 얼굴이 예뻐서 여자아이들이 더 못살게 굴었다더라고."

미즈키는 붓으로 그린 듯이 쌍꺼풀 진 눈을 조금 감은 채 얘기를 계속했다.

"지금까지도 누가 하는 사소한 말 한마디 한마디에 몹시 침울해지고 히스테리를 일으켜서 아빠나 나한테 의존하는 일이 많았어. 뭐랄까, 연약한 소녀가 그대로 어른이 된 느낌이지."

전철이 천천히 멈추었다. 역 플랫폼에 쏙 끼워지듯 멈춘다.

"이제 아빠하고는 같이 살 수 없다, 이 마을에도 있을 수 없다, 너하고 살겠다, 하고 갑자기 연락이 온 거야. 울부짖어서 전화로는 무슨 말인지 도통 알아듣지 못했지만."

어른이 전화기 앞에서 울부짖다니, 하고 미즈키는 깊은 한숨을 토했다.

"엄마는 그 집에 돌아갈 마음도 없고, 이제 돌아갈 수도 없다며 아직도 매일 울어. 마을 사람들이 모두 엄마를 비웃는다면서."

전철 문이 열리고 많은 승객이 탔다. 맞은편 자리가 메워졌다.

"아빠와는 얘기 안 해 봤어?"

문이 닫히기 직전, 하트 모양의 작은 크로스백을 어깨에 멘 여자아이가 엄마 손을 잡고 전철에 올라탔다. 작고 하얀 구두가 귀엽다.

　"아빠하고 얘기해 봤지만, 지금은 무슨 말을 해도 들리지 않을 테니까 분노가 식을 때까지 엄마가 원하는 대로 해 줄 수밖에 없다고 하시더라. 물론 죽도록 사과했지, 아빠는."

　엄마, 전철 안은 따뜻해.

　작은 크로스백을 멘 여자아이가 톤 높은 목소리로 젊은 엄마에게 말을 걸었다.

　"나, 아빠 기분도 이해해. 내가 상경한 뒤 그렇게 작은 마을에서 엄마하고 둘이서만…… 아마 많이 지쳤을 거야."

　자기 부모 얘기를 이런 식으로 하는 것도 그렇지만, 하고 미즈키는 순간 표정에서 힘을 뺐다.

　"아빠가 들켰다고 해서 모텔에서 나오는 걸 들켰거나 한 건 아냐. 들어 보니 같이 밥을 먹었나 봐. 나는 아빠가 그 사람에게 손을 대거나 하지는 않았을 거라고 생각해."

　잠시 왔다 갔다 하던 작은 크로스백의 여자아이와 젊은 엄마는 우리 앞에 멈춰 섰다. 엄마는 큰 짐을 들고 있다. 하지만 그걸 바닥에는 내려놓지 않았다.

　"그런데 엄마는 냉정해지지 않나 봐. 나와 둘이 도쿄에서 살

겠대. 사실은 그게 옳지 않다는 걸 알고 있으면서 말이야. 나도 돌아가라고 할 수도 없고, 지금은 아빠가 생활비를 보내 주지만 앞으로는 어떻게 될지 몰라."

"서 있을 수 있겠어?" 하는 엄마의 목소리에 여자아이는 "응!" 하고 통통거리듯이 끄덕인다.

나는 냉정한 자세로 미즈키의 얘기를 듣고 있었다. 다리를 다시 꼬기도 하고 주위에서 들려오는 소리를 같이 듣지 않으면 무언가 괜한 소리를 해 버릴 것 같았다.

"그래서 난 말이야……."

나는, 미즈키는 한 번 더 주어를 되풀이했다.

"제대로 된 곳에 취업해야만 해."

전철이 움직이기 시작했다.

"정말 이대로 엄마가 돌아가지 않더라도 같이 살 수 있도록, 독신자 기숙사가 없어도 월세 보조금이 나오는 그런 제대로 된 곳에 취업해야만 해."

균형을 잃은 여자아이가 "나 앉고 싶어." 하고 그 자리에 주저앉으려 했다. 참을 수 있다고 했잖아, 하는 엄마의 목소리가 조금 지쳐 있다.

미즈키는 평소보다 조금 많이 숨을 들이마셨다.

"힘내야지."

그래야지, 내가 대꾸하자, 힘내자, 하고 미즈키는 한 번 더 말했다. 혀는 분명히 움직였지만, 아주 작은 목소리였다.

긴지는 트위터에 이렇게 썼다. '나는 더욱더 힘낼 수 있다.'

다카요시는 트위터에 이렇게 썼다. '힘내자, 힘내자, 라니. 무엇을 위해? 누구를 위해?' '나는 내 인생을 위해 할 일을 한다. 목적이 희미해진 상태에서 너무 힘내 봐야 의미 없다.'

미즈키는 말했다. "힘내야지." 그것만이 진실이라고 나는 생각했다.

더욱더 힘낼 수 있다, 가 아니다. 아무것도 형태가 되지 않은 시점에서 자신의 노력만 어필할 때가 아니다. 무엇을 위해서라든가 누구를 위해서라든가 그런 것 신경 쓸 때가 아니다. 진짜 '파이팅'은 인터넷이나 SNS 어디에도 굴러다니지 않는다. 바로 바로 서는 전철 안에서, 너무 센 2월의 난방 속에서 툭 굴러 떨어진 것이다.

전철을 타고 있으면 도쿄는 생각보다 얌전한 도시라는 사실을 느끼게 된다. 시골 마을을 떠나 동경하던 도쿄에 왔다고 해도, 도쿄조차 마을과 마을이 이어져서 생긴 장소구나, 하는 걸 깨달을 수 있다.

심기일전하여 작은 마을을 뛰쳐나와 딸과 새 출발하려고 하는 미즈키의 어머니도 일찌감치 그 사실을 깨달았으면 좋겠다. 싫어서, 너무 싫어서 뛰쳐나온 작은 마을에서 하나씩 마을이 이어진 그 끝에 도쿄가 있을 뿐이다. 도쿄 역시 작은 마을과 아무것도 다를 바 없다.

"미즈키가 힘낸다면 나도 힘내야지."

겨우 내뱉은 한마디는 말과 반대로 너무 힘이 없어서 내가 생각해도 설득력이 없었다. 하지만 미즈키는 묵묵히 끄덕여 주었다.

가슴속에 무언가가 치밀어오르는 것 같았다.

예쁜 검은 머리칼을 한 번만이라도 좋으니 쓰다듬어 주고 싶다.

그리고 그다음 아무 근거도 없지만 "미즈키는 잘될 거야"라고 말해 주고 싶다.

이런 감정을 만난 것은 처음이 아니다. 그때, 유학 중인 미즈키와 스카이프를 한 그날 밤에도 나는 똑같은 충동에 치달렸다. 그때는 바로 옆에서 얘기를 들어 줄 수 없는 것이 안타까웠다. 옆에 있었더라면 아무것도 신경 쓰지 않고 꼭 껴안고 머리를 쓰다듬어 주었을 텐데.

하지만 이렇게 바로 옆에 있다 해도 나는 미즈키의 머리를 쓰다듬어 주지 못한다.

"앉을래요?"

갑자기 미즈키가 자리에서 일어났다. 다리가 아프다고 칭얼거리는 여자아이에게 조금 짜증이 난 어머니가 "괜찮을까요?" 하고 안도하는 표정을 지었다. 가만 보니 엄마가 들고 있던 큰 짐은 홀 케이크 같았다. 그거라면 쉽게 바닥에 내려놓을 수 없을 것이다.

"괜찮아, 내가 설 테니까 미즈키는 앉아 있어."

"아냐, 아냐. 나 다음 역에서 내릴 거야."

"엉?"

당연히 함께 신주쿠 역까지 가는 줄 알고 있어서 무심결에 이상한 반응이 나왔다. 결국 미즈키가 일어서고 내 옆에 여자아이가 앉았다. "고맙습니다는?" 엄마가 그렇게 말하자, 여자아이는 수줍은 듯이 미즈키를 향해 머리를 숙였다. 엉덩이에 깔리지 않도록 하트 모양의 크로스백을 무릎 위에 얌전히 올려놓았다.

"나 4시 40분부터 면접이 하나 있어."

나는 서 있는 미즈키를 올려다보았다.

"뭐야, 그 미묘한 시간은?"

"5시까지는 끝내고 싶은 거겠지. 맨 마지막 타임을 골랐어."

채용 시즌에는 면접 시간이 정해질 때도 많지만, 1차 면접, 2차 면접 정도까지라면 많은 시간대에서 편한 시간을 골라 예약할 수 있다.

"면접은 아침 일찍 아니면 점심시간 뒤 첫 번째인 1시나, 마지막 시간을 고를 것. 리카가 이렇게 말해 주었는데, 혹시 잘못된 건 아닌가 몰라."

하루에 몇십 명이나 되는 취업 준비생과 만나는 면접관의 머리가 개운한 타임은 이때뿐이라고 언젠가 리카가 가르쳐 주었다.

"오늘은 제일 마지막을 골라 봤어. 필기시험 끝난 뒤 한참 쉬고 싶기도 했지만."

열차가 지상으로 나왔다. 빛이 선이 되어 차 안을 찌른다.

마주 보는 위치가 된 순간, 왠지 대화를 끊어서는 안 된다는 생각이 들었다.

"저기."

"오늘."

동시에 말을 꺼내서, "뭐?" "다쿠토가 먼저 얘기해." "괜찮아, 네가 먼저 해." 나는 미즈키에게 차례를 양보했다.

"그냥 오늘 마지막 문제 다쿠토한테는 유리했겠다는 말을 하려고 한 것뿐이야."

다섯 시간 가까이 필기시험을 친 것이 벌써 아득한 옛날처럼 느껴진다.

이야기 시작 부분만 살짝 써 놓고 '이것은 기승전결에서 말하는 '기'입니다. 승, 전, 결을 각각 써 주세요'라고 한 마지막 문제.

"나 실은 아까 시험 때 다쿠토의 대각선 뒤쪽에 있었어. 알고 있었지?"

가사 쓴 게 창피해서 얼른 돌아가려고 했지만, 하고 미즈키는 말을 이었다.

"그 문제에 고민하는 모습이 말이야, 왠지 좀 반갑다는 생각이 들었어. 다쿠토는 어학 수업 시간에 언제나 각본을 썼잖아. 다쿠토는 무언가 생각할 때 자나 싶을 정도로 고개를 앞으로 숙이지. 그 모습을 오랜만에 봐서, 뭐랄까, 음."

"고양이 등 같아?"

"뒤에서 보면 목이 없는 사람처럼 보여, 그거."

꽤 무서워, 하고 미즈키가 웃었다. 웃는 얼굴을 보는 것이 오랜만이어서 나는 조금 안심했다.

"그 수업 중에 쓴 연극, 너 보러 와 주었지."

"기억하니?"

"잊을 리가 없잖아."

나는 미즈키와 둘이서 고타로의 공연을 보러 간 적이 있다. 미즈키는 고타로와 둘이서 내 연극을 보러 와 준 적이 있다.

"그러고 보니 그때도 마지막 회, 골라서 보러 왔었지."

"맞아, 맞아, 잘 기억하네."

미즈키는 즐거운 듯이, 그리운 듯이 두 번 끄덕였다. 무대에서는 객석이 잘 보인다. 객석에 앉아 있는 사람들이 생각하는 것보다 훨씬 더 선명하게 한 사람 한 사람의 얼굴이 보인다.

"나, 니노미야 다쿠토가 생각하는 이야기, 좋아했어. 연극, 재미있었는걸."

아, 도착했다, 하고 미즈키는 창밖을 보았다. 어느새 전철은 문을 열고 또 한 박자 쉬고 있었다. 눈높이에 있는 간판에는 내린 적 없는 역 이름이 쓰여 있다.

"그럼 또 리카네 집에서라도 보자." 그렇게 손을 흔드는 미즈키에게, 수고, 하고 나도 오른손을 들어 답례했다. 마지막 타임의 면접에 가기 위해 목도리를 다시 감는 미즈키의 뒷모습은 2월의 찬바람 따위 전혀 느낄 수 없는 강철 정장을 입은 것 같아 보였다.

—— 난 말이야, 제대로 된 곳에 취업해야만 해.

좀 전 동시에 얘기를 시작했을 때, 나는 뭐라도 다정한 말을 건네고 싶었다. 머리를 쓰다듬어 주지 못한 대신 부드러운 말로 마음을 쓰다듬어 줄 수 없을까, 그런 생각을 했다. 미즈키가 동시에 말을 꺼내 주어서 다행이었어, 하고 혼자 남은 전철 안에서 생각했다. 그러고 보니 하트 모양의 작은 크로스백을 멘 여자아이도 젊은 엄마도 전철 안에서 사라지고 없었다.

10

"이 녀석이 마지막 공연이 좋다면서 말을 듣지 않아서 말이야."

"당연하지, 원래 마지막 공연이 제일 좋은 법이라고."

"오늘은 나도 바쁜데 말이지."

고타로는 좁은 어깨에서 기타 넥을 조절했다.

"됐어, 됐어. 결국 이렇게 일정 조정해서 왔잖아."

고타로는 짓궂은 눈으로 미즈키를 보았다.

"너 뭘 그렇게 흥분하는 거야." 여기 있는 건 매일 강의실에서 얼굴 보는 다쿠토라고. 아기라도 달래듯이 손바닥을 팔랑거리는 고타로를 보고, 미즈키는 어이없다는 듯이 한숨을 쉬었다.

"아냐, 여기 있는 건 다쿠토(拓人)가 아니라 히라가나 이름인

다쿠토(たくと)라고."

"다쿠토는 다쿠토지!"

너 바보 아냐! 하고 어째선지 오카마(여장 남자—옮긴이) 캐릭터 같아진 고타로를 무시하고 미즈키는 여기저기 두리번거렸다. 지하에 있는 아담한 극장이 신기했을지도 모른다.

두 사람이 보러 와 준 연극은 극단 플래닛의 첫 발표작이었다. 대학 근처에 있는 미야마 신극장 소강당은 수용 인원이 백 명 남짓해서 학생 극단이나 아마추어 극단이 공연하기에 안성맞춤이었다. 공연이 시작되기 전, 등받이가 없는 좌석 위에는 공연 전단 다발이 잔뜩 쌓여 있었다.

가라스마 긴지×니노미야 다쿠토 극단 플래닛의 간판 콤비가
만든 완전 오리지널 부조리극. 낯선 행성을 헤매는 소년들이
더듬어 가는 또 하나의 세계 역사.

이때 공연 전단을 똑바로 볼 수가 없었다. 스태프에게 이 카피는 쓰지 말아 달라고 그렇게 말했는데, 그런 모습을 오히려 재미있어했던 것 같다.

두 사람이 공연 마지막 날 보러 온다고 들었지만, 공연 전 자동판매기 앞에서 맞닥뜨릴 줄은 생각지도 못했다. 미야마 신

극장 소강당은 아주 작아 출연자가 사용하는 분장실 쪽에는 자동판매기가 없었다. 그래서 개장한 뒤에는 손님이 우글거리는 곳에 백 엔짜리 동전을 쥐고 나가야만 한다. 그래도 별 소동 일어나지 않는 수준의 단체가 공연하는 소극장이라고 바꿔 말할 수 있을지도 모른다.

"그런데 부조리극이란 게 뭐야?"

내가 자동판매기에 동전을 넣고 있는데, 고타로가 고개를 움츠리면서 그렇게 말했다.

"인간 부조리를 그린 연극이란 말 아냐?"

〈고도를 기다리며〉 같은 작품 유명하잖아, 하는 미즈키에게 "고도? 고도가 안 온다는 얘기야?" 하고 되묻는 모습이 슬프다.

"고타로는 봐도 전혀 이해하지 못할 거야."

내가 질렸다는 듯이 그렇게 중얼거리자, 고타로가 "넌 이거나 마셔!" 하고 멋대로 나타데코코 요구르트 단추를 눌렀다. 공연 시작 전에 나타데코코를 마시고 싶지 않아 나온 캔을 고타로에게 떠맡기고 대신 120엔을 빼앗았다.

"시작하기 전에 이런 식으로 만나지 않는 편이 좋았으려나."

미즈키는 페트병에 든 생수를 샀다. "어째서?" 나타데코코 무지 맛있는데, 하고 고타로는 눈을 동그랗게 떴다.

"그렇잖아, 연극하는 사람은 역에 집중해야 하니까. 니노미

야 다쿠토(二宮拓人)에서 니노미야 다쿠토(にのみやたくと)로 변신한다, 이런 느낌으로."

순수한 눈으로 그렇게 얘기하는 미즈키는 연극하는 사람에 대해 약간의 환상 같은 걸 갖고 있는 것 같아 보였다.

"아냐, 아냐. 무대 위에 있는 다쿠토와 집에서 술 마시고 배 내놓고 자는 다쿠토는 같은 사람이라고. 의외로 다쿠토 배에 털이 꽤 많이 났어."

고타로가 쓸데없는 한마디를 덧붙여 분위기가 묘해지자, 당사자는 뭔가를 얼버무리듯이 나타데코코를 단숨에 마셨다.

"다쿠토."

그 소리와 달칵, 하고 녹차 페트병이 떨어지는 소리가 포개졌다.

"빨리 분장실로."

돌아보니 검은색 무지 티셔츠를 입은 긴지가 서 있었다. 반소매 티셔츠에 청바지. 나와 같은 차림이다. 이번 무대 의상이다. 어쨌든 연기자의 차림새는 단순하게, 연극 이외의 것에 관객의 의식이 향하지 않도록 하자는 의논 끝에 이런 의상으로 정했다.

"알아."

말하지 않아도, 라는 한마디를 꿀꺽 삼키고 나는 고타로와 미즈키를 향해 웃었다.

"그럼 나 간다. 즐겁게 볼 수 있도록 열심히 할게."

졸면 다 안다, 고타로, 하고 못을 박자, 미즈키가 "어?" 하고 고개를 조금 빼면서 눈을 크게 떴다.

"혹시 가라스마 긴지 씨세요?"

아차, 했을 때는 이미 늦었다.

"다쿠토한테 얘기 많이 들었어요."

"어, 누구? 누구?"

"넌 잠자코 있어." 미즈키는 찌익 째려보는 행위만으로 고타로의 입을 다물게 했다.

"오늘 이 연극도 오래전부터 기대하고 있었어요. 마지막 공연 잘하세요."

아, 간식 가져온 게 있었지, 하고 미즈키는 가방에서 물색 종이에 싼 상자를 꺼냈다.

"지역 명물인 과자야. 연극 끝난 뒤에 줄까 했는데, 정신없이 보느라 잊어버릴 것 같아서."

고마워, 하면서 나는 땀이 나기 시작한 손바닥으로 그걸 받아들었다.

긴지와 사이가 좋았을 무렵, 나는 곧잘 고타로와 미즈키에게 긴지 얘기를 했다. 미즈키의 생각 속에서는 아직 나와 긴지가 마치 버디 영화 같은 관계를 유지하고 있다.

"다쿠토 친구세요?"

네, 미즈키는 씩씩하게 끄덕였다.

"와주어서 고맙습니다."

늘 보아오던 장신이 빙그레 미소 지었다.

"오늘 마음껏 즐기고 가세요."

그날 무대를 마지막으로 긴지는 학교를 자퇴하겠다고 선언했다.

무대 위에서 긴지와 마주 섰다. 몇 번이고 리허설을 되풀이해서 머릿속에 새겨진 대사가 좁은 공간에 반향했다.

〈여기…… 어디야? 여기 온 지 얼마나 지났을까?〉

마지막으로 긴지와 마주 선 것은 4일 전 심야, 장소는 사와 선배의 아파트였다. 나는 그때 담배를 피우고 있었다.

〈잘 모르겠지만, 어쩐지 지구가 아닌 건 확실해……. 태양이 없어, 그림자가 없어.〉

그날 최종 검토를 하다 각본 마무리 부분에서 의견이 충돌한 것이 사소한 언쟁으로 발전했다. 마지막에는 이걸 전하고 싶다, 하는 데서 처음으로 긴지와 정면으로 대립했다. 그래서 어디를 어떻게 양보해야 좋을지 몰라, 서로 탐색하는 듯한 언쟁이 한참 이어졌다.

〈그래도 빛은 있다. 빛은 있는데 그림자는 없다……. 어떻게 된 거야?〉

우리가 말싸움을 시작하자 사와 선배는 담배를 갖고 베란다로 나갔다. 나중에 들었는데, 사와 선배는 우리가 말싸움을 시작할 때 조금 안심했다고 한다. 그렇게 둘이서 연극을 만들어 오며 충돌한 적이 없다니, 그쪽이 더 재수 없잖아. 관계를 돌이킬 수 없게 된 뒤에야 그렇게 힘없이 중얼거리던 걸 기억한다.

〈몰라. 무엇을 해도 아프지 않고, 배도 고프지 않고, 졸리지도 않아. 지구의 상식은 여기서 하나도 통하지 않아.〉

이번 공연에 잔뜩 기합이 들어가 있던 만큼, 나는 끝내 연극과는 관계없는 긴지까지 공격하게 되어 버렸다.

〈우리, 살아 있는 거냐?〉

전부터 하고 싶었던 말을 서로 터트리다 보니 상상했던 것보다 더 걷잡을 수 없어졌다. 감정보다 말이 먼저 나오고, 자신이 던진 말이 기름처럼 튀어 또 자신을 뜨겁게 했다. 내 속에 1이나 제로밖에 남지 않게 되어 버렸다. 문이 열린 만원 전철처럼 균형을 이루지 못한 말이 데굴데굴 튀어나왔다.

〈……그것도 몰라. 그런데 심장은 움직이고 손목의 맥도 뛰고 있어. 분명 살아 있는 거라고.〉

줄곧 생각했던 거지만, 긴지, 아직 다 해내지 못한 단계에서 '이거 열심히 하고 있습니다' 하고 어필하는 건 관둬. 각본을 다 쓰고 나니 아침이 됐더라, 어쩌고 하는. 그런 건, 공연이 전부 끝난 뒤에 할 말이지 않아? 누구누구하고 미팅 어쩌고 하는 건 공연 끝난 뒤에 '누구누구 님에게 조언을 받아서 만든 공연입니다'로 충분하잖아. 자신을 위해 누군가를 이용하지 마. 그리고 요 며칠 사이 책을 몇 권 읽었느니, 연극을 몇 편 봤느니 그런 것도 아무 상관 없잖아. 중요한 것은 수가 아니라고. 그리고 연극계 인맥을 넓히겠다고 늘 말하지만, 알아? 제대로 살아 있는 것에 뛰고 있는 걸 '맥'이라고 하는 거야. 너, 여러 극단의 뒤풀이 같은 데 가는 모양인데, 거기서 알게 된 사람들과 지금도 연락하고 있나? 갑자기 전화해서 만나러 갈 수 있어? 그거, 정말로 인'맥'이라고 할 수 있는 거야?

보고 있으면 딱하더라, 너.

〈어이! 누구! 누구 없어요!〉

언제나 긴지 바로 옆에 있기 때문에 아주 사소한 일조차 눈에 거슬렸다. 지적하면 할수록 그런 사소한 일에 일일이 반응해 온 내 그릇이 얼마나 작은지 부끄러웠지만, 그래도 멈추지 못했다.

〈……조용! 무슨 소리가 들려.〉

1학년 때부터 의기투합해 공연 준비를 많이 했던 우리는 언젠가 둘이서 극단을 만들자고 줄곧 얘기해 왔다. 나는 긴지의 가장 가까이에서 그런 얘기를 하면서 그런 우리 자신을 조금 객관적으로 보고 있었다.

〈소리가 들려, 봐, 저쪽.〉

그런 건 절대 무리야, 하고 어딘가 차가운 눈으로 우리를 보고 있는 내가 있었다.

〈소리……?〉

우리에게서 떠도는 애처로움을 나는 도저히 간과할 수 없었다.

〈봐, 뭐라고 말하잖아! 손을 흔드는 게 보여! 이쪽, 이쪽, 하고 말하는 것 같지 않아?〉

그때는 마가 끼었을지도 모른다. 우리 주위에 떠도는 애처로운 것을 어째서 나만 보고 있는 걸까, 생각했다.

〈잠깐!〉

미팅이니 워크숍이니 연출가의 인맥이니, 그럴듯한 단어를 사용하는 것만으로는 아무것도 되지 않아. 그런 것을 누군가에게 보이고 싶다고 생각하는 한 절대 그 무엇도 될 수 없어.

머릿속에 있는 동안은 언제든, 무엇이든 걸작이겠지. 너는 줄곧 그곳에서 나오지 못해.

〈지금 들리는 이 목소리, 혹시…….〉

그렇게까지 말할 생각은 없었다. 하지만 그때는 어떡하든 긴지 눈앞에 무언가를 들이대고 싶었다. 지금까지 줄곧 옆에 있으면서 마음속 깊은 곳에 뿌리 내리고 있다고 생각한 그 '무언가'는 생각했던 것보다 얕은 곳에서 보글보글 끓어올랐다.

〈우리 목소리가 아닐까?〉

긴지가 말했다.

〈무슨 소리야……?〉

나, 줄곧 생각했는데 지금 정했어. 이 공연이 끝나면 극단 플래닛 그만둘래. 대학도 그만둘래.

나 스스로 내가 하고 싶은 것을 하겠어. 취업은 하지 않을 거야. 무대 위에서 살래.

〈우리가 우리에게 손을 흔들고 있다……?〉

긴지는 분명 내가 그렇게 해 주고 싶었던 것처럼 자신의 결의를 내 눈앞에 들이밀고 싶었을 것이다. 마지막 한 수를 서로 보여 준 우리는 그 이상 아무런 말도 할 수 없었다.

〈……뭐야, 뭐라고 하는 거야.〉

아주 좁은 극장이어서 미즈키가 똑바로 이쪽을 보고 있는 것을 알았다. 그 눈은 회식에서 스스로 회계를 자청했던 그 여자아이를 대단하다, 하고 칭찬하던 눈과 같았다. 연극 각본을 쓴다고 하는 나를 대단해, 하고 존경해 주었던 눈이다. 그런 눈이 나를 똑바로 보고 있었다.

〈저기 있는 우리는 우리를 부르는 게 아냐.〉

보지 않았으면 좋겠다. 그때 나는 그렇게 생각했다.

〈우리가 우리에게…… 바이바이하고 있어.〉

무대가 어두워졌다.

나와 긴지는 무대에서 내려와 다음 장면을 준비했다.

11

"실례합니다~."

고타로의 두 손이 비어 있지 않아 내가 아파트 문을 열어 주었다.

"자, 이거 조공이랄까, 날마다 프린트 감사합니다 하는 값."

"에이, 그런 건 괜찮은데, 일부러 이렇게."

리카는, 지저분하지만, 하면서도 언제나처럼 깨끗하게 청소된 방으로 우리 두 사람을 맞아 주었다. 다카요시는 아르바이트하러 간 것 같다. 미술관에서 아르바이트하는 다카요시는 아르바이트를 '일'이라고 한다.

"우아, 딸기다!"

고타로의 두 손에 들려 있는 봉지의 내용물을 본 리카의 얼굴이 반짝거렸다.

"엄마가 보내 줬습니다! 친척 집에서 딴 딸기라고 합니다! 나를 닮아 딸기도 잘생겼습니다!"

"기뻐라! 슈퍼에서는 비싸잖아, 딸기가."

잘생겼느니 하는 쓸데없는 말을 완전히 무시하고, 리카는 싱크대 앞에 섰다. 리카는 우리가 가져오는 간식을 언제나 바로 대접해 준다.

리카의 집에는 이렇게 모두 모일 때 외에도 프린터를 빌리러 곧잘 오고 있다. 물론 다카요시가 있을 때는 문자 그대로 '잠깐 실례'가 되기도 하지만, 여러 차례 방문하다 보니 그런 것도 별로 신경 쓰이지 않는다. 본인은 분명 느끼지 못하겠지만, 정장을 벗은 리카는 어딘가 편안해 보여 '정장을 입고 있을 때도 이런 분위기라면 좋을 텐데.' 싶은 생각이 든다.

벽에 걸린 달력에는 알기 쉽게 빨간 글씨로 기업 이름이 쓰여 있다. '엔트리시트 마감 웹', '엔트리시트 마감, 반드시 우편으로'. 웹상으로 제출하는지 손으로 써서 제출하는지까지 세세히 적어 놓았다. 3월 가득 누구나 알 만한 기업의 이름으로 채워진 그 달력은 마치 무적의 방패처럼 보이기도 했다.

붙을지 어떨지 모르는 대기업의 나열과 영원히 이어질지 모르는 그와 그녀의 시간. 이곳을 정사각으로 도려내 유리 상자에라도 넣어 놓을 수 있다면, 어쩌면 가장 행복할지도 모른다.

"어, 뭐야, 이거?"

고타로가 물색 줄무늬 넥타이를 풀면서 테이블 위를 보았다. 거기에는 가로로 한 줄 예쁘게 늘어놓은 카드 같은 것이 있다. 나도 넥타이를 풀고 셔츠 제일 윗 단추를 풀었다.

"이거라니?"

고타로가 순간 나를 본 것 같은 기분이 들었다.

"혹시 명함?"

"응, 명함, 명함. 한번 만들어 봤어."

자, 하고 리카가 딸기를 수북하게 담은 하얀 접시를 갖고 왔다.

"연유가 없어서 미안해."

작은 씨를 잔뜩 품은 새빨간 피부가 투명한 물을 톡톡 튀기고 있다.

"명함 같은 건 인터넷에서 바로 만들 수 있어. 돈도 별로 들지 않고."

여러 디자인 중에서 골라서 말이야, 빠르게 얘기하면서 꼭지 딴 딸기 한 개를 조그만 입속에 던져 넣었다. "이거 되게 맛있는 딸기네." 눈을 동그랗게 뜨는가 싶더니, 리카는 명함 모서리를 맞추어서 얼른 치우려고 했다.

"잠깐, 잠깐. 우리한테도 줘!"

"엉? 응."

"딸기 말고 명함!!"

고타로는 리카가 건네준 딸기를 냉큼 받아먹고, 한 번 더 양쪽 손바닥을 내밀었다.

"아, 뭐 괜찮지만……."

리카는 그다지 싫지 않은 모습으로 하얀 명함 다발 속에서 두 장을 꺼냈다. 어쩐지 내게도 주는 것 같다.

"대단하다, 명함이라니! 어른들 틈에 낀 것 같은 느낌인걸."

미야마대학교 외국어학부 국제교육학과
다케모토 세미나 학생 부대표
세계 어린이를 위한 교실 프로젝트 홍보부
미☆레이디 대학 기획 운영
미야마제 실행위원 홍보반장
고바야카와 리카

"생각보다 본격적이네. 명함이란 것 사회인답고 멋있구나."

그렇게 말하면서 고타로는 또 흘끗 나를 보는 것 같은 기분이 들었지만 나는 모르는 척하고, 받은 명함을 지갑 속에 넣었다.

"백 장에 320엔으로는 보이지 않지?"

리카가 좌식 의자에 앉았을 때, 호오, 하고 고타로의 입이 벌어지는 걸 보았다.

명함이래.

그런 목소리가 들리는 듯한 기분이 들어 나는 입가에 힘을 주었다.

"그럼 오늘도 좀 빌리겠습니다~."

전통 여관 여주인이 장지문을 여는 듯한 정중한 몸짓으로 고타로가 컴퓨터 전원 버튼을 눌렀다. 오늘은 나도 프린트해야 할 수험표가 몇 장 있다.

그때 갑자기 리카가 당황한 모습으로 일어섰다.

"아, 잠깐만! 잠깐만, 나도 급히 볼일이 있어서, 미안."

의자에 앉으려는 고타로를 밀어젖히듯이 하고 리카가 컴퓨터 앞에 진을 쳤다.

"고타로는 잠깐 딸기라도 먹고 있어." 평소보다 빠른 말투다.

리카는 "메일 답장 보낼 데가 밀려 있어서~." 하고 투덜거리면서, 화면에 바싹 다가앉아 마우스를 조종했다.

나는 흘끗 고타로 쪽을 보았다. 하지만 고타로는 내 시선을 전혀 눈치채지 못하고 텔레비전을 보고 있다.

카펫 위에 앉아 고타로와 둘이서 딸기를 먹었다. 새빨간 딸기와 새하얀 명함을 사이에 두고 정장 차림으로 고타로와 마주 앉아 있으니 괜히 이상했다. 미지근한 딸기에 단맛이 가득

해서 자꾸자꾸 먹었다.

고타로가 멋대로 테이블에 놓인 리카의 명함 다발을 손가락으로 흩뜨렸다. 어쩐지 거기 있는 대량의 명함은 리카의 것만이 아닌 것 같다. 낯선 사람의 이름과 누구나 아는 대기업 이름이 보였다.

"두 사람은 오늘 뭐했어? 같이 OB 방문이라도 한 거야?"

딸칵, 딸칵 하고 다급한 클릭 소리 사이로 리카의 목소리가 들렸다.

"아니, 면접, 면접. 그러고 보니 나 OB 방문 같은 것 전혀 하지 않았네."

"나도 면접."

맞장구를 치면서 나는 리카의 것이 아닌 명함을 손에 들었다. 은행, 가정용품, 식품, 다양한 업계 사람의 명함이다. 한 가지 공통된 것은 하나같이 누구나 다 아는 큰 회사라는 것이다. 낯익은 회사 로고와 마크가 명함 왼쪽 위나 오른쪽 위에 얌전하게, 그러나 당당하게 프린트되어 있다.

"리카는 OB 방문을 많이 다닌 것 같네. 페이스북이나 트위터에서도 합격자나 OB와 연결되지 않았었나?"

사회인과 대화를 주고받는 걸 본 적 있는 것 같기도 하네, 고타로는 명함을 넘기면서 딸기를 입안 가득 물었다. 자기가 갖고 온 선물이면서, 꼭지만 남한테 따게 하고 혼자 다 먹어 치울 기세다.

"이 명함도 혹시 OB 방문한 사람들 것?"

내가 그렇게 물었을때, 리카가 "내 용건 끝." 하고 컴퓨터 앞에서 일어났다. 자, 쓰세요, 하듯이 구글 검색 화면이 준비되어 있다.

"아, 왜 멋대로 남의 명함을 보고 그래."

입술을 삐죽거리면서도 리카의 표정은 환했다.

"내가 명함을 건넸더니 OB 방문한 사람도 명함을 주었어. 그거 엄청난 행운이잖아? 다음 단계로 이어졌다는 기분도 들고."

배턴 터치하여 고타로가 컴퓨터로 향했다. 리카는 우리가 방에 들어왔을 때는 보란 듯이 테이블에 놓여 있던 명함을 새삼스럽게 감추듯이 정리했다.

"OB 방문을 받아 주는 사람들은 정말로 좋은 사람이 많아서 몇 번이나 만난 사람도 있어."

엔트리시트 첨삭도 해 주고 이야기도 굉장히 자극적이고, 잘되면 그 사람의 상사를 소개받을 수도 있고, 등등 리카의 이야기는 멈추지 않았다.

"SNS 계정까지 서로 가르쳐 줘?"

리카의 명함에는 메일이나 전화번호 외에 정중하게 페이스북과 트위터 계정명도 적혀 있다. 그런 걸 보여 주는 것 싫지 않아? 라고 말할까 하다가 딸기의 단맛과 함께 그 말도 삼켰다.

왜 싫어? 보여 주기 싫은 거라도 있어?

그렇게 되물어 버리면 그 시점에서 나의 패배가 된다.

"계정을 서로 가르쳐 주는 건 아니지만, 개인 메일 주소를 알면 그걸로 계정이 검색되니까."

리카는 휴지로 손가락 끝을 닦으면서 아무렇지 않은 듯이 말했다.

"검색?"

순간, 딸기를 들고 있던 손가락에 힘이 들어갔다.

"응. 몰라? 메일 주소로 트위터 계정 검색할 수 있어."

조금 무른 딸기에서 배어 나온 과즙이 지문과 지문 사이를 메웠다.

"평소 그 사람과 트윗을 주고받는 사람도 다 함께 팔로우하면 이야기 듣는 것보다 더 진짜 회사 생활을 알 수 있기도 해."

리카는 주저 없이 얘기했다.

"OB 방문에서는 그렇게 말했지만, 사실은 이렇게까지 야근을 하고 있다든가, 이 업계 사람은 평소 이런 뉴스에 관심이 있다든가. 실제로 이야기는 멋있었는데 현실에서는 불평만 하는 사람도 있고."

애기 듣는 것보다 그쪽이 목적일 수도 있고.

리카는 미소를 지으면서 사람들에게 받은 명함을 한 장씩 파일링했다. 카드 게임에 빠진 중학생이 갖고 있을 법한 투명한 카드 파일이다. 명함 뒤에 적힌 '왜소한 체구, 안경, 휴일에는 황궁 산책', '북유럽을 좋아함, 얘기가 통함' 같은 짧은 메모도 한눈에 볼 수 있게 했다.

모두 정리한 뒤, 리카는 마치 카탈로그처럼 된 그 파일을 만족스러운 듯이 바라보았다.

차라락, 하는 소리와 함께 프린터에서 A4 종이를 토해 낸다. 고타로가 프린트를 시작한 것 같다.

"다들 최근에 어때, 솔직히?"

고타로가 획 등을 젖히고 이쪽을 향해 말을 걸었다. 프린터 옆에 있는 대량의 A4 용지는 최소한의 성의 표시로 나와 고타로가 산 것이다.

"벌써 3월 중순인데, 솔직히 어떤 느낌이야?"

아, 내 딸기도 남겨 놔, 하고 입술을 삐죽거리는 고타로는 딸기를 선물로 들고 온 장본인으로 보이지 않는다.

"너는 별로 힘들어하지도 않는 주제에."

뭘 물어, 하고 내가 빈정거리자, "아, 들켰나?" 하며 고타로는 애니메이션 캐릭터처럼 혀를 내밀고 이쪽을 휘릭 돌아보았다. 동작 하나하나가 과장스러워서 짜증이 났다.

고타로의 취업활동은 순조로운 것 같다. 함께 살고 있어도 힘들어하는 걸 별로 본 적이 없다. 떨어졌을 때는 "떨어졌다!" 하고 큰 소리로 외쳐서 쉽게 알지만, 그것은 시험에 통과했을 때도 마찬가지여서 어느 쪽 횟수가 많은지와 관계없이 고타로의 취업활동에는 항상 긍정적인 이미지가 있다.

"아직 출판계는 제대로 시작하지 않았지만, 실은 요즘 꽤 순조로워."

"그래?"

리카는 휴지로 깨끗이 닦은 손가락 끝으로 또 딸기를 집었다.

"특히 난 면접관이 여자면 웃기고 싶어서 열심히 하게 돼! 뭐, 종종 너무 과해서 떨어지지만."

멋지게 정장을 입은 여자가 풋 하고 웃어주면 설레잖아, 고타로는 기쁜 듯이 얘기한다. 자못 일반론처럼 얘기하지만, 분명 무슨 구체적인 에피소드가 있을 것이다. 그러고 보니 몇 번 그런 얘기를 들은 적 있는 것 같기도 하다.

"최근에 어때?" 하고 묻는 사람은 상대의 이야기를 듣고 싶은 게 아니라, 분명 자신의 얘기를 하고 싶은 것이다. 그 정도는 안다. "고타로답네." 하고 딸기에서 눈을 떼지 않고 맞장구를 치는 리카도 어쩐지 알고 있는 것 같다. 깊이 얘기를 들으려 하지 않았다.

"다쿠토는?"

갑자기 얼굴을 이쪽으로 돌려, 나는 '에' 하는 입 모양을 한 채 굳어 버렸다.

"다쿠토는 역시 연극 계통이나 그런 회사 시험 쳤니?"

"아니."

무심결에 딸기를 한 개 집어 입에 던져 넣었다.

"치지 않았어."

단단해서 별로 달지 않다. 잘못 고른 것 같다.

"애초에 채용 인원이 적어서 경쟁률이 장난 아냐. 나 정도 연극한 놈들은 널려 있고, 장래를 생각해도 쉬운 업계는 아니니까."

뭐, 그렇다, 별로 흥미도 없는 모습으로 중얼거리자, 리카는 고타로 쪽으로 얼굴을 돌렸다.

"고타로는 출판업계?"

갑자기 부우우우 하고 거친 소리가 났다.

"전화다. 맙소사, 발신인 정보 없음이네!"

분명 이거 어딘가의 결과 발표야! 고타로는 컴퓨터 앞에서 일어서더니 오른손에 전화를, 왼손에 딸기를 한 개 들고 황급히 방에서 나가 버렸다.

다다다닥 하고 울리는 발소리가 시끄럽다. 구두를 신는 것이 귀찮았는지, 멋대로 다카요시의 슬리퍼를 끌고 나간 것 같다.

"······진짜 시끄럽다니까, 저 녀석은."

집 안에는 텔레비전 소리와 이따금 들려오는 프린터의 신음 소리만 남았다.

"집에서도 저래?"

고타로? 리카는 어이없다는 듯이 중얼거렸다.

"좀."

"그래도 두 사람 잘 맞나 보지."

"뭐, 그것도 좀."

좀 뭐야, 하고 리카는 살짝 웃었다. 막상 둘만 있으니 여자의 집에 둘만 있는 상황이 짙게 느껴져 어떻게 해야 좋을지 몰랐다.

"고타로의 1지망은 출판계지?"

"응."

"그건 왜야? 다쿠토는 이유를 알아?"

으음, 대답을 망설이고 있는데 내 대답 같은 건 필요없다는 듯이 리카는 말을 계속했다.

"미즈키하고 전화할 때 물어봤는데, 미즈키도 정확한 이유는 모른대."

그런가, 하고 맞장구를 치면서 리카와 미즈키는 개인적으로 연락을 주고받는구나, 생각했다. 리카와 미즈키는 원래 취업활동을 시작하기 전부터 친구였다는 사실을 이따금 잊어버린다.

하지만 어째서일까, 두 사람이 이른바 걸즈토크라는 것을 하면서 카페에서 얘기하는 모습이라든가 볼일도 없는데 전화를 걸어 길게 수다 떠는 모습은 도저히 상상이 되지 않는다.

"다쿠토도 모르다니, 대체 이유가 뭘까?"

"어째서일까?"

물어본 적도 없어, 나는 확실한 어조로 대답했다.

"저래 보여도 실은 아주 책을 좋아한다거나 그럴 수도?"

"없지."

즉답, 하고 리카는 웃었다.

"그렇지만 출판사 경쟁률이 엄청나다고 들었는데?"

책을 좋아하는 것도 아닌 사람이 흥미 위주로 쳐 봐야 절대 붙을 리 없어.

소리 내어 말은 하지 않았지만, 나는 거기까지 들은 것 같았다.

"……프린터, 지금 사용해야겠다."

그 녀석 프린트 다 한 것 같으니, 하면서 나는 마우스를 쥐었다. 고타로가 남기고 간 컴퓨터 화면의 '돌아가기' 버튼을 누르려다 손이 멈추었다.

"성적 증명서네."

엉겁결에 소리 내어 말했다.

방 안이 순간 고요해졌다.

방 안에는 두 사람밖에 없어서 원래 조용했을 텐데, 더욱더 심지까지 고요해져 버렸다.

"……이따금 고타로 같은 사람이 있지."

있지, 하고 리카는 말을 흐렸다.

성적 증명서는 대체로 최종 면접에서 필요한 것이다. 3월 중순이 되면 후기 성적도 포함한 증명서를 발행할 수 있다. 최종 면접 때, 건강 진단서와 함께 이 성적 증명서를 제출하게 하는 기업이 많다.

"웃기고 싶다든가, 그런 자세로 임하니 면접도 술술 잘 받았을 테지. 아마 지금까지도 그렇게 해 왔을 테고, 앞으로도 그렇게 잘 해 나갈 거야."

한껏 만들어 낸 아주 약간의 말의 가시는 누구의 어디도 찌르지 않았다. 가시 끝이 뭉뚝해져서 마음 어딘가를 찌르려고 해도, 흉한 자국을 남길 뿐이다.

나는 "전화, 어디서 결과 발표가 나온 건가." 중얼거리면서, 시험을 친 기업의 홈페이지에 접속하기 위해 ID와 비밀번호를 쳤다. 메모를 갖고 오지 않았지만, 몇 번이나 입력해서 손이 기억하고 있다.

"결과 전화라면 붙었다는 거겠지. 떨어지면 전화 안 와."

한참 동안 깎지 않아서 길어진 열 개의 손톱이 익숙해 있는 타이핑을 방해했다.

'고타로는 대단해.' 라든가 '난 저렇게 되지 못하겠지.' 라는 말을 나는 절대로 하고 싶지 않았다. 리카와 같은 입장에서 같은 각도로 고타로를 바라보는 사람이 되고 싶지 않았다.

많이 있는 면접 시간 중 아침 제일 이른 타임을 고르려고 했지만, 그 시간에는 언제나 먼저 한 사람이 있다. 다들 생각하는 것이 비슷하다.

"딸기, 마지막 한 개 내가 먹을게."

할 얘기가 없어졌는지, 리카는 텔레비전 소리를 높였다. 하지만 화면 가득 흐르는 것은 AC의 광고로 고요함은 달아날 곳을 잃었다.

우리에게, 할 수 있는 일이, 있을 겁니다.
모두가 함께하면, 큰 힘으로.

텔레비전 속에서는 그렇게 말하지만, 우리는 눈앞의 일로 머리가 꽉 찼다. 작은 화면에 뜬 성적 증명서를 본 것만으로 이렇게도 꼼짝 못하게 되었다.

할 수 없이 일단 오전 타임을 적당히 고르고 프린트 버튼을 눌렀다. 프린터에서는 불규칙한 소리를 내면서 종이가 나왔다. 그 끝의 여백을 보면서 생각했다.

미즈키는 자기 이야기를 아무에게도 하지 않는다.

고타로는 물론 리카도 분명 미즈키가 지금 처한 상황을 모른다. 알고 있다면 텔레비전 음량을 키우기 전에 그 얘기를 했을 것이다. 리카라면 절대로 텔레비전으로 도망칠 정도로 할 얘기가 없어지기 전에 그 얘깃거리를 사용했을 것이다.

요전에 지하철에서 들은 미즈키의 목소리가 되살아났다.

정말로 중요한 이야기는 트위터에도, 페이스북에도, 메일에도, 그 어디에도 쓰지 않는다. 정말로 호소하고 싶은 이야기는 그런 데에 쓰고 답장을 받는다고 만족할 수 있는 게 아니다. 하지만 그런 곳에서 보여 주는 얼굴은 항상 존재하는 것처럼 느껴지기 때문에 어느 순간 현실의 얼굴과 괴리가 생긴다. 트위터에서는 전혀 그런 기색을 보이지 않았으면서, 하고 멋대로 불평한다. 자신의 프로필 사진만이 건강한 모습으로 줄곧 그곳에 있다.

── 난 말이야……, 제대로 된 곳에 취업해야만 해.

우리는 남몰래 결의한다. 아무것도 아닌 것 같은 일을 가볍게 발신하게 되었기 때문에, 오히려 정말로 중요한 것은 점점 그 속에 묻고 숨긴다.

고타로가 성적 증명서가 필요할 정도의 단계까지 올라간 일 역시, 트위터도 페이스북도 메일도 아무것도 없었다면 숨겼다는 기분이 들지 않았을지도 모른다. 그저 얘기할 타이밍이 없었구나, 생각했을 것이다. 하지만 일상적으로 고타로를 보완해 주는 것이 많이 존재하기 때문에, 의도적으로 숨긴 듯한 기분이 들었다.

나는 종이의 여백을 보았다.

진짜 이야기가 묻혀 간다. 가볍게, 간단하게 전하는 이야기가 늘어난 만큼, 정말로 전하고 싶은 것을 전하지 못하게 된다.

—— 열심히 해야지.

전철에 흔들리면서 그렇게 중얼거리던 미즈키의 옆얼굴이 리카가 만든 새 명함과 다카요시가 중얼거리는 140문자를 한껏 사용한 트윗, 그런 것들의 깊고 깊은 속으로 묻혀 간다.

"벌써 3월이구나."

리카의 목소리가 들렸다.

"졸업 시즌이네."

생각하지 않으려고 했던 말을 갑자기 들으니 마음속이 술렁거렸다.

"그러네."

"기모노 대여 전단을 보면 정말로 기분이 우울해져. 주위 친구들은 다들 즐거운 것 같은데."

"여자들은 특히 분위기가 고조되더라. 그거 아침에 엄청나게 일찍 일어나야 되지?"

취업활동 같은 건 전혀 생각하지 않았던 시절, 그야말로 고타로나 미즈키처럼 대학교 1학년 때 만났더라면 나는 리카와 다카요시와 무슨 얘기를 할까. 순간 그런 생각을 했다.

"내년에 벌써 졸업이라니, 상상이 안 돼."

문득 정신을 차리고 보니 프린트가 도중에 멈춰 있었다. 컴퓨터 화면에 '잉크를 갈아 주세요' 하는 무기질한 문자가 표시되었다.

"……전혀 상상이 안 되네."

나는 중얼거렸다. 진심으로.

◆

가라스마 긴지 @account_of_GINJI 6일 전
4월. 머릿속에 새로운 것이 싹텄다. 며칠 전에 갔던, 친하게 지내는 유카코 호시(@yukayukayuka) 씨의 개인전 뒤풀이. 사람들과의 만남이 내 속에서

크게 자라고 있다. 새로운 것을 낳을 수 있을 것 같은 기분이 든다. 오늘도 한밤중에 산책하면서 머릿속 생각을 정리한다.

RICA KOBAYAKAWA @rica_0927 4일 전
목표한 OB 방문 20인 달성! 명함 효과가 대단한 건지도. 디자인을 포함해 마음에 드는 아이템이 되어 만족. 다카요시에게 받은 명함 지갑 색도 멋지고, 빨리 이 100장이 없어지면 좋겠다. 앞으로 이만큼의 사람을 만날 수 있다고 생각하니 가슴이 두근두근! 더 많은 사람을 만나 잔뜩 흡수하자.

다나베 미즈키 @mizukitanabe 1일 전
벌써 4월이 시작된 지 일주일 가까이 지났지만, 아직도 꽤 춥다. 지금 생각났는데, 나는 10월부터 목도리를 하니까 1년의 반이나 목도리를 하고 다닌다.

고―타로―! @kotaro_OVERMUSIC 1일 전
면접관이 정말 귀여워서 말똥말똥 쳐다보았더니 그 사람도 나를 말똥말똥 쳐다보았다! 정말? 나 가능성 있는 거야? 생각했더니, 내 바지 지퍼가 활짝! 당연히 보겠지! 떨어졌겠지, 이게! 사타구니에 음표 마크가 있는 팬티였고! 그것도 16분음표♬

니노미야다쿠토@극단 플래닛 @takutodesu 19시간 전
면접을 마치고 지치고 허기져서 집에 돌아오니 마침 세면실에 가던 고타로가 알몸으로 노래를 부르고 있었다. 밥맛이 뚝 떨어졌다.

미야모토 다카요시 @takayoshi_miyamoto 18시간 전
일이 일단락된 이번 주는 사진작가인 유카코 호시 씨의 개인전에. 사진이 살아 있다. 세상을 포착하는 법, 색채를 느끼는 법이 멋있다. 뒤풀이에서 가라스마 긴지(@account_of_GINJI) 군을 만났다. 최근 흥미를 갖기 시작한 연극계 사람. 그의 명함 지갑은 유니크하고 센스가 있다. 4월, 좋은 출발.

◆

12

몇 번밖에 온 적 없지만, 그래도 느낄 정도로 흡연실에 있는 얼굴들이 변화하고 있다. 시간을 주체 못하는 4학년생이 없어지고, 불과 며칠 전까지 고등학생이었던 대학 1학년생이 들어온다는 것은 역시 큰 변화다.

이제 정장용 코트는 필요 없다. 물론 내의도 필요 없다. 화창한 날이 늘어나 집을 나설 때 준비할 것이 적어졌다. 이즈음에는 이미 IT계 벤처 기업과 텔레비전 방송국 등에 시험을 쳤던 스타트러시형 취업 준비생과 그 밖의 취업 준비생이 같은 라인에 선다.

별로 나아지지 않은 날을 보내는 동안, 눈 깜짝할 사이에 겨울이 끝났다. 면접 횟수가 늘어나 아르바이트 근무를 줄인 것 말고, 나머지는 지금까지대로 집과 학교와 면접장, 그리고 사와 선배의 집을 오가는 변함없는 생활이다. 사와 선배의 집에는 역시 여전히 고다쓰가 나와 있다. 면접을 보기 위해 모르는 이름의 역에서 내리는 일도 많았지만, 건물 안에 들어서면 그 동네 이름이 어떻건 아무 상관 없어진다.

4월이 되자 캠퍼스 안에 정장 차림의 학생이 부쩍 늘어났다. 정장을 입는다는 것이 특별한 일이 아니게 되었기 때문인지, 넥타이며 머리 모양에 대한 위화감도 없어지고 한층 단순해졌다. 목도리도 장갑도 코트도 걸치지 않은 시커먼 모습은 불필요한 지방을 빼고 체중 측정을 통과한 권투 선수 비슷하다. 이제는 싸울 수밖에 없다.

모양이 예쁘지 않은 벚꽃 잎이 벤치에 붙어 있다. 나는 그 위에 걸터앉았다.

옆에서 1학년생으로 보이는 남자들이 이번 주에도 강의를 땡땡이치고, 아르바이트 끝난 뒤 그대로 다트 게임을 하러 가는 바람에 늦잠을 잤다는 얘기를 하고 있다. 그것이 아직 신선한 화제로 성립하는 것 자체에 부러움과 함께 답답함을 느꼈다.

머리가 띵했다. 어제 오랜만에 늦게까지 술을 마셨기 때문일지도 모른다.

어젯밤, 고타로의 휴대전화는 울리지 않았다. 리카네 집에서 프린트한 성적 증명서를 들고 간 최종 면접, 그 결과가 나오는 날짜가 어제였다. "○일 ○시까지 전화로 결과를 연락하겠습니다."라고 한 경우, 합격자에게는 늦어도 그 3일 전에 연락이 온다는 것은 취업 준비생에게 상식이다. 하지만 전화가 울리지 않는 처지로서는 합격에 대한 기대가 그날 그 시각까지 희미하게 계속 이어진다.

어제는 드물게 종일 둘 다 집에 있었다. 그때까지는 아무것도 특별한 이야기를 하지 않았지만, 오후 4시쯤 드디어 참을 수 없었는지 고타로가 중얼거렸다.

"실은 오늘까지야, 결과."

그리고 뭔지 모르게 두 사람 다 안절부절못하고, 안절부절못한 채 편의점에 다녀와서 안절부절못한 채 술을 마시기 시작했다. 둘이서 전철이 끊어지는 걸 신경 쓰지 않아도 되는 집 안에서 장기전을 예측하고 마시는 것이 얼마나 오랜만인지 나는 왠지 조금 긴장했다.

막상 마주하고 보니 고타로와 이야기하고 싶었던 일이 이렇게도 많았는지 나 자신도 놀랐다. 대화는 끊이지 않았다. 그 사실이 아주 편안했다.

고타로가 친 곳은 특별히 가고 싶어 했던 것도 아닌 인재 개발 회사였던 것 같다. 최종 면접에서 "이 회사에 대한 생각을 말이 아닌 형태로 표현해 주세요."라고 하는데 나도 놀랄 정도로 아무 생각도 나지 않는 거야, 하고 고타로는 웃었다.

"다들 아무도 이런 회사 따위 제1지망이 아니야! 최종 면접에 있던 전원이 그렇게 생각하는 게 눈에 훤히 보여서 아주 재미있었어!"

자자, 하고 내가 술을 권하자 고타로는 그대로 잔을 다 비웠다.

"언제 어디서나 제1지망인 것 같은 표정을 짓는 건 힘들어. 그럴 리 없잖아, 랄까. 면접관 너도 취업활동 때 그랬을걸? 하게 돼."

돼, 돼! 하고 손뼉을 치자, 고타로는 평소보다 힘껏 빈 맥주 캔을 찌그러뜨렸다.

"최종 면접을 하는데 집단으로 하는 거야. 이건 그냥 얼굴 보여 주기 수준인가 했더니 결과가 이거야. 뜻밖에 만만하지 않네."

아직 저녁 7시 조금 지난 터라 전화가 와도 이상하지 않을 시간대였지만, 솔직히 나도 고타로도 이미 전화가 오지 않을 거라고 마음 어딘가에서 확신하고 있었다.

"별로 가고 싶지 않은 회사였잖아? 그럼 됐지."

"절대로 가고 싶지 않았어." 홈페이지부터 수상하더라니까, 하고 고타로는 트림을 한다.

"그런 회사 떨어져도 노데미지잖아."

"뭐, 그렇긴 하지."

뭐 그렇긴 하지만 그래도, 하고 말을 흐리는 고타로를 흘끗 보면서 나는 냉장고에서 안주가 될 만한 것을 찾았다.

아무리 내쪽에서 거절한다 해도 최종적으로 뽑히지 않았다는 것은 거기까지 뽑혔으면서 결정적으로 부족한 무언가가 있었다는 것이다. 엔트리시트나 필기시험에서 떨어지는 것과 면접에서 떨어지는 것은 데미지 종류가 다르다. 결정적인 이유가 있을 텐데, 그것이 무엇인지 모른다. 지금까지의 인생에서 몇 번이나 경험해 온 시험처럼 수학을 못했다거나 작문할 때 시간이 부족했다던가, 그런 분석조차 할 수 없다.

취업활동에서 무서운 것은 그 점이라고 생각한다. 확고한 잣대가 없다. 실수가 보이지 않으니까 그 이유를 모른다. 자신이 지금 집단 속에서 어느 정도 위치에 있는지 모른다. 면접이 진행되는 중에 인원수가 줄어들어, 내 순위가 어디쯤인지 어렴풋이 짐작하다가도 다시 처음으로 되돌아가고 만다. 마라톤과 달리 처음부터 골이 정해져 있는 게 아니어서, 속도 조절을 한다든가 하는 두뇌전으로 갈 수도 없다. 쿨함을 가장하기에는 안심 재료가 너무 없다.

그래서 그 속에서 무리하게 쿨한 척하려고 하면 잘못된 방향으로 가게 된다. 설명회에서 자신만 사복이었던 것을 어필

해 보기도 하고, 취업활동이라는 제도 자체를 비판하는 것으로 개성이니 꿈이니 그런 거창한 이야기로 전환을 시도해 보기도 하고.

"아무리 버린 패여도 합격하길 바랐는데……. 다른 회사에 합격했습니다, 하고 다른 곳 면접에서 말해 보고 싶었다고!"

내가 만들어준 아지다마(반으로 자른 삶은 달걀을 국수장국에 담근 것)를 덥석덥석 먹으면서, 고타로는 맥주를 계속 마셨다. 그리고 갑자기 내 눈을 보고 말했다.

"그런데 말이야, 주소로 검색하는 것, 무섭지 않았어?"

나는 꿀꺽 침을 삼켰다.

"왜, 리카가 메일 주소로 SNS 계정 검색하는 것 말이야. 너도 황당한 표정 지었잖아."

"아아, 그거."

명함을 발견한 그때, 고타로는 타이밍을 재듯이 내 쪽을 힐끔힐끔 보았다.

"난 절대로 싫어. 나중에 OB 방문 온 아이가 트위터로 말을 걸어오면 오싹할 것 같아, 생각만 해도."

그지? 고타로가 몸을 앞으로 내밀었다.

"리카의 이전 트윗을 찾아보니 말이야, '오늘은 귀사의 면접에 간답니다. 어떤 이야기를 해 주실지 굉장히 기대됩니다' 하고 그 사람에게 말을 걸더라고? 너무하지 않냐? 진짜 깜짝 놀랐어. 뭐야, 그 어필 방법."

삶은 달걀이 뻑뻑해서 목이 막히니까 그걸 넘기려고 맥주를 더 마시게 되었다. 그럴수록 말을 선택하는 필터 같은 것이 점점 멍텅구리가 되어갔다.

"그거 분명히 친구들 사이에서 입에 오르내릴 거야. 의식이 높은 취업 준비생이 트위터로 얽혀 가지고 어쩌고 하며 욕먹을걸."

"뭔가 학급 임원인 아이가 그대로 대학생이 된 것 같은 느낌이야."

"그거야! 나, 어릴 때부터 학급 임원 하던 여자아이를 엄청나게 놀렸잖아! 과연 다쿠토 님, 언제나 냉정한 분석을 하시네요."

이런 얘기를 주고받는 분위기가 오랜만이어서 몹시 즐거웠다. 어떤 사람의 과거 트윗을 더듬는 행위에는 악취 나는 듯한 악의가 포함되어 있지만, 어제 우리에게는 그런 것을 통째로 간과시키는 분위기가 있었다.

"애초에 명함이라니. 학생 주제에 명함이라니! 뭐냐, 그거!"

"정중하게 우리한테도 주셨지요, 한 장씩."

"필요 없다고! 네가 학술제 실행위원이었거나 말거나 무슨 상관이냐고!"

이제 샤워하고 올게! 고타로는 마지막 캔을 짓이기더니 벌떡 일어섰다. 역시 휴대전화는 울리지 않았다.

지금도 어제 마신 맥주와 많은 양의 삶은 달걀이 배 속에 남아 있는 것 같다. 흡연실에 바람이 휙 지나가서 담배 냄새가 화악 퍼졌다.

구수하고 쌉쌀한 냄새가 문득 내 머릿속에 그늘을 만들었다.

── 그런데 말이야, 주소로 검색하는 것, 무섭지 않았어?

담배를 꺼내기 전에 휴대전화를 꺼내 잠금을 해제했다. 혹시, 하고 의심하는 마음과 분명 그럴 거야, 하고 확신하는 기분이 같은 질량으로 교차했다.

── 왜, 리카가 메일 주소로 SNS 계정 검색하는 것 말이야.

살짝만 건드려도 반응하는 터치 패널. 정중하게 손가락으로 눌러서 메일 주소를 복사한다. 그리고 다른 화면에 이동해서 붙여 넣기.

검색.

눈앞에 앉아 있던 남자가 벌떡 일어나 재떨이에 담배 끝을 톡톡 쳤다. 수업이 시작될 시간인지도 모른다.

검색 종료.

찾았다, 고 생각했을 때.

"다쿠토."

들켰구나, 생각했다.

"담배 피웠었어?"

"……가끔."

흐응, 하고 다카요시는 별로 흥미 없는 표정으로 새 담배를
문 채 라이터를 꺼냈다. 선명한 물색 라이터는 액세서리 중 하
나처럼 보인다.

"다카요시는 뭐해?"

지금 휴학 중이던가, 했었던가, 순간 생각했지만, 그 말은 하
지 않았다.

"강연회. 저거."

다카요시가 턱으로 가리킨 끝에 나무로 만든 선간판이 있었
다. 여기서는 잘 보이지 않지만, '도시문화연구회 주최', '패션
과 거리', '14시부터 7호관 105호실에서' 등의 글씨가 쓰여 있
다는 것은 안다.

"저런 게 있구나."

몰랐네, 하고 중얼거리자, 다카요시는 알고 있으리라고 별로

기대하지 않았다는 표정을 지었다.

"도시문화연구회 고문 교수님에게 신세를 져서 말이야. 주제도 흥미롭고 강사인 패션 칼럼니스트도 유명한 분이야."

다카요시는 후우 하고 연기를 내뱉더니 새삼스럽게 내 차림을 보았다.

"취업활동은 어때?"

다카요시는 서 있다. 나는 벤치에 앉아 있다.

"어때, 라고 물어도……."

시선이 위에서 내려온다.

"올라갈 곳은 잘 올라가고, 떨어질 곳은 엔트리시트 단계에서 떨어지고. 한마디로 이렇다 할 수 없는 상황이라고나 할까."

나는 그렇게 대답하면서 빨아 놓은 셔츠를 입고 올걸 그랬네, 하는 생각을 했다.

"리카도 같은 말을 하더라."

이렇게 다카요시를 올려다보고 있으니 왠지 빨지 않아서 벌게지기 시작한 칼라 부분을 들여다보고 있을 것 같은 느낌이 들었다.

"아직 아무도 합격한 사람 없는 거야?"

그다지 흥미는 없지만. 다카요시는 그런 부연이 들릴 듯한 목소리로 배기바지 주머니에서 휴대전화를 꺼냈다.

다카요시가 누군가가 되기 위한 단 하나의 도구.

쓰는구나, 나는 생각했다.

"아직 아무도. 고타로는 최종까지 갔지만, 합격은 하지 못한 것 같아. 나도 비슷하고."

미즈키의 이름은 꺼내지 않았다. 다카요시는 미즈키에 대해 아무것도 몰라도 된다, 그렇게 생각했다.

"그러고 보니, 다카요시도 광고 회사 같은 데 시험 쳤다며?"

마가 낀 것처럼 목소리가 흘러나왔다.

순간, 다카요시의 눈이 커졌다.

"리카에게 들었는데." 무언가를 지키듯이 입이 멋대로 움직이며 말을 덧붙인다.

"카피라이터나 그런 것 노리는 거야? 이른바 크리에이티브 직이란 것."

위험하다, 고 생각했다. 이 감각을 나는 알고 있다.

"그런데 광고 회사 채용은 대부분이 영업직이더라. 크리에이티브 테스트 해답 같은 건 사실 별로 안 본다는 얘기도 있고."

말을 거는 것 같으면서 말을 거는 게 아니다. 상대의 대답을 원하는 게 아닌 이 느낌.

"다카요시, 곧잘 트위터에서 광고 디자인이나 카피 비평하던데, 그런 것 좋아해? 그런 건 무엇 때문에 하는 거야?"

나는 내 말을 막듯이 벌린 입에 담배를 쑤셔 넣었다.

침착해라, 생각한다. 몸속의 공동(空洞) 부분을 채우고 있던 불쾌한 감각이 조금씩 밖으로 발산되고 있다.

아주 비슷했다. 사와 선배의 아파트에서 긴지에게 하고 싶은 말을 전부 퍼붓던 그때의 느낌과. 내 눈에 보이는 것을 상대의 눈앞에도 내밀어 주고 싶은 그 느낌.

"뭐, 광고는 보는 것도 좋아하니까."

질문의 답이 되지 않는 목소리가 돌아왔을 무렵에는 주위가 몹시 고요해졌다. 좀 전까지 즐겁게 얘기를 나누던 2인조 남학생도 한쪽이 수업에 가 버린 것 같다. 흡연실에서 대화하는 사람은 없다.

"……정장은 몇 벌 갖고 있어?"

대화를 위해 억지로 만들어 낸 질문이라는 것이 확실히 느껴져서, 나는 "뭐, 다들 두세 벌 갖고 있지 않나." 하고 적당히 대답했다.

"호오, 그렇구나."

잘 모르겠지만 고생스러울 것 같군, 하는 말이 덧붙여지기 전에 얼른 새 담배에 불을 붙였다.

나는 좀처럼 담배를 피우지 않는다. 제대로 되지 않는 일이 많거나 내 속에서 무언가가 정리되지 않을 때만 담배를 피우고 싶어진다.

"그러고 보니 다카요시, 가라스마 긴지와 친구 됐다며?"

끊어진 대화를 잇기 위해 그만 묻고 말았다.

"아무개라는 사람 뒤풀이에서 만났다고 트위터에 쓰지 않았던가?"

순간 또 끓어오르기 시작한 불쾌한 감각을 감추듯이 나는 연기를 깊이 빨아들였다.

"긴지?"

누구더라, 하면서 다카요시는 가방에서 작은 가죽 케이스를 꺼냈다. 그리고 그 속에서 몇 장의 명함을 꺼내 부채처럼 펼쳤다.

"아, 그 애."

다카요시는 거기서 꺼낸 한 장의 명함을 찬찬히 보았다. 내 쪽에서는 명함 뒷면이 보였다. '나중에 연락, 일 이야기'라고 작은 글씨로 메모되어 있다.

일 이야기, 하고 무심결에 마음속으로 그 글씨를 읽었다.

지금 이곳에 고타로가 있다면 뭐라고 할까. 리카 때처럼 멋지네, 라고 말할 수 있을까. 아니면 어제 내 눈앞에서 소리 질렀던 것처럼, 학생 주제에 명함이라니! 하고 웃어넘길까. 그 녀석이라면 말할 것 같다. 그 녀석은 말해도 용서받을 수 있는 무언가를 가진 것 같은 느낌이 든다.

"개인전 끝나고 뒤풀이 자리에서 처음 만났는데, 말이 잘 통하더라고. 다음에 같이 일하기로 했어."

일이라고 하지 마라, 자기가 하고 있는 것을.

또 나도 모르게 쏟아질 것 같은 말을 삼킨다. 내게는 그런 말을 해도 용서받을 만한 무언가는 분명히 없다.

"나 다카요시 명함 한 장 갖고 싶네."

리카의 것도 받았으니, 하고 말하자 다카요시는 "리카한테는 내가 권했어, 명함 만드는 것." 하면서 자랑스럽게 한 장 건네주었다. 리카의 것은 세로쓰기 디자인이었지만, 다카요시의 것은 가로쓰기 디자인 같다. 생큐, 하고 한 장 받아들었다.

현대종합미술관 학예원 수습
창조 극단 '세계의 프롤로그' 소속(제4기)
미야모토 다카요시

"우아, 역시 어른 같다!"

생각지도 않은 말을 술술 하는 재주는 몇 번이나 도전한 면접에서 익혔다. 면접에서는 계속 떨어졌으니, 그 재주는 잘못된 것일지도 모르지만.

문득 뒷면을 돌려 보니 영문으로 같은 내용이 있었다.

앞에도 뒤에도 미야마대학이나 학생이라는 글자는 한 자도 없다.

"긴지 것도 보여 줘봐."

긴지의 명함도 역시 가로쓰기 디자인이었다. 겉면을 찬찬히 들여다볼 용기가 나지 않아 바로 뒷면으로 돌렸다.

Actor, Writer, Director Karasuma GINJI

"재미있네, 이 녀석."

잘 봤어, 하고 긴지의 명함을 다카요시에게 돌려주었다. 더는 1초도 봐선 안 될 것 같은 느낌이 들었다.

"명함, 갖고 있으면 편리해?"

난 가진 적이 없어서, 하면서 새 담배에 불을 붙여 보았다. 깊이 들이마셔서 몸속에 싹트기 시작한 심술을 감추려고 시도했다.

"역시 편리하지. 뒤풀이 같은 곳에서라면 특히."

더더, 연기를 빨아 보았다. 더더더 감추지 않으면 무언가가 튀어나올지도 모른다. 줄곧 깊은 곳에 있다고 생각했는데, 꺼내 보면 뜻밖에 얕은 곳에 뒹굴고 있는 듯한 무언가가.

"다쿠토는 가라스마 친구?"

그러고 보니 가라스마 연극을 했었지, 다카요시가 그렇게 말했을 때, 그 등 뒤에 낯익은 얼굴이 나타났다.

나는 후우 하고 크게 숨을 토했다.

"사와 선배."

"뭐야, 다쿠토. 너 아직 있는 거냐, 이 캠퍼스에?"

사와 선배와 이쪽 캠퍼스에서 만나는 일은 아주 드물다. 이 공학부 동이 있는 캠퍼스, 아르바이트하는 곳, 그리고 늘 고다쓰가 나와 있는 아파트 이외의 곳에서 사와 선배가 이렇게 활동하는 것이 내게는 별로 현실적이지 않다.

"드디어 긴지도 포함해 후배들 다 없어진 이 캠퍼스에서 너를 보니 신기한 기분이 드네."

사와 선배 벨트의 은색 버클이 반짝 빛나고, 내 속의 연기가 조금 걷혔다.

다카요시가 서 있던 곳에서 조금 이동했다. 사와 선배와 눈이 마주치고 두 사람 다 아주 약간 고개를 끄덕였다.

"다쿠토, 이분은?"

다카요시가 명함을 꺼낼 듯한 기세로 말했다. 만나는 사람 전부를 자신의 '인맥'이라고 부를 수 있는 그 정신을 도저히 이길 수 없다.

"사와타리 씨라고, 아르바이트하는 곳의 선배야."

순간적인 판단으로 사와 선배가 긴지와 연결되어 있다는 것은 말하지 않기로 했다. "아하" 하고 다카요시는 금세 흥미를 잃은 표정이 되었다.

"안녕하세요, 사와타리입니다. 대학원 이공학부 2학년."

잘 부탁합니다, 사와 선배는 모자를 쓴 채 꾸벅 머리를 숙였다.

"아, 자연계 대학원생이시군요."

다카요시는 잘 부탁합니다, 라고만 하고 입을 다물었다. 자연계 대학원생이라는, 자신의 잣대로는 잴 수 없는 사람을 멋대로 '인맥으로 불필요함'이라고 판단한 것이 그 표정에 생생하게 드러났다.

그런 다카요시를 보고 있으니, 또 어두운 색이 마음을 덮기 시작했다. 모조리 눈앞에 들이대 주고 싶다. 네 명함이 외국인에게 전해질 일도 없을 텐데 그 뒷면의 잉크값 아까워! 하고 소리쳐 주고 싶다. 긴지도 옆에 나란히 세워 두고 일본어를 모르는 상대한테 Actor, Writer, Director라는 허풍 떨지 말라고 소리쳐 주고 싶다.

잠시 후, 사와 선배가 입을 열었다.

"너는 다카요시 군이지?"

앗, 나는 두 사람 사이에 끼어들고 싶어졌다.

"다쿠토에게 얘기 자주 들었어."

사와 선배가 흘끗 나를 본다.

위험하다. 무슨 얘기든 꺼내서 이 자리를 어떻게든 해야 한다.

그렇게 생각했지만, 구체적으로 어떻게 해야 좋을지 알 수 없었다.

나는 언제나 사와 선배에게 하고 싶은 말을 다 해 왔다. 현실에서는 하지 못할 말. 모두가 모인 그 방에서는 모르는 척하고 있었던 말.

긴지에 대한 부정적인 감정을 터트렸던 그 방과, 좁은 베란다에서 담배를 피우면서 그 전부를 들어주었던 사와 선배는 나의 그런 부분을 받아 주는 유일한 장소, 유일한 사람이다.

그런 사람과 다카요시를 접촉하게 하고 싶지 않다.

"사와 선배, 어째서 이 캠퍼스에 있어요?"

다카요시와 마주 보고 설 것 같은 사와 선배의 몸을 조금이라도 내 쪽으로 돌리려고, 나는 애써 밝은 목소리를 냈다.

사와 선배는 이쪽을 보았다. 하지만 역광과 모자의 그늘로 그 표정은 보이지 않았다.

"이런, 어째서 캠퍼스에 있어요, 는 내가 할 말인걸."

웃기지 않은 농담은 치우고, 하면서 사와 선배는 말을 이었다.

"연구에 필요한 책이 그쪽 도서관에 없어서 말이야. 검색했더니 여기 도서관에 있다고 나오더라."

마침 잘됐네, 사와 선배는 숨을 토했다.

"나 여기 캠퍼스 잘 모르니까, 다쿠토, 네가 잠시 도서관까지 안내해 줄래?"

사와 선배는 똑바로 내 쪽을 보고 있지만 역광과 모자의 그늘로 역시 그 표정은 보이지 않았다.

사와 선배는 "그럼." 하고 다카요시에게 가볍게 인사하고 흡연실에 등을 돌렸다. 나는 황급히 그 뒤를 쫓았다.

긴소매 셔츠의 흰색이 4월 오후의 햇빛을 받아 눈부시게 빛났다. 나는 눈을 한 번 꼭 감았다가 그 흰색을 쫓아갔다.

흡연실에 왔으면서 사와 선배는 담배를 한 개비도 피우지 않았다.

"선배, 사와 선배."

접어서 무릎 위에 올려 둔 정장을 걸치면서 앞에 가는 선배에게 말을 걸었다.

"이리로 가면 도서관 좀 멀어요."

"어, 알고 있어."

도서관은 캠퍼스 제일 구석에 있고, 여기서라면 거리가 좀 된다.

"그 녀석, 네가 늘 얘기하던 다카요시라는 녀석이지?"

리카의 남자 친구였던가, 하고 사와 선배는 계속 걸었다.

"……맞아요."

"너, 내가 말 걸기 전에 보던 것, 혹시 그 녀석 명함이니?"

"과연 선배, 예리하세요."

"그야, 네 얼굴 엄청나게 볼 만했었거든."

지지지진짜요? 능청을 떨어 보아도 말로 표현하지 못할 허무함 같은 것이 내 발치를 감쌌다.

도서관까지 가는 길에 많은 신입생과 스쳐 지났다. 새로운 생활이 막 시작되어 아직 사복과 타협하지 못한 1학년생을 보고 있으니, 명함 한 장에 얼굴을 찡그리는 자신이 얼마나 작은 인간인지 느껴졌다.

"네가 말한 대로 저 녀석 확실히 앞머리가 너무 길구나."

"그렇죠?"

그리고 피부도 정말 하얗네, 사와 선배는 덧붙였다. 내가 허무해지지 않을 얘기를 덧붙여 주었다.

나는 휘청거리는 발밑을 탄탄히 하는 방법을 하나밖에 모른다.

"아까 나 다카요시의 두 번째 트위터 계정을 발견했어요."

"두 번째?"

사와 선배는 이쪽으로 고개를 돌리지 않고 대답했다.

"프로필을 전부 가리고 아무도 정체를 모르도록 해서 속내 털어놓기용 계정을 가진 사람이 꽤 있어요. 트위터 같은 걸로."

휘청거리던 발밑이 탄탄해졌다.

"……프로필 같은 것 가렸는데, 그게 그 녀석 계정이라는 걸

어떻게 알았어?"

사와 선배가 이해 안 된다는 식으로 물었다.

"메일 주소로 검색할 수 있어요."

—— 몰라? 메일 주소로 트위터 계정 검색할 수 있어.

리카는 OB 방문으로 획득한 명함을 테이블에 탁탁 쳐 깨끗하게 모으면서 그렇게 말했다.

사와 선배는 걸음이 빠르다.

"누구한테 보일 것도 아닌 트위터인데 '비망록'이니 하는 좀 멋스러운 이름을 붙여서. 그런 계정에서조차 잰 척한다고 할까."

나는 그 등이 나를 두고 가지 않도록 지저분한 구두를 필사적으로 움직였다.

언제나 선배의 아파트에서 얘기하듯이 얘기했다. 조금 일그러진 시점에서 본 누군가의 이야기를 선배는 늘 웃으며 들어주었다.

"그걸 보며 좀 비웃고 있을 때 흡연실에 그 녀석이 들어와서 완전 깜짝 놀랐어요."

그다음에 사와 선배가 와서 또 깜짝 놀랐지만, 하고 가볍게 웃으면서 얘기하자, 사와 선배의 걸음이 조금 느려졌다. 그러다 이윽고 멈춰 섰다.

"선배?"

따라서 멈춰 선 내 구두 끝에 작은 돌멩이가 부딪쳐 데구루루 굴러갔다.

"다쿠토, 너 전에 말했었지?"

그 작은 돌멩이는 사와 선배 발밑까지 굴러가서 멈추었다.

"다카요시와 긴지가 닮았다고."

사와 선배는 내게 등을 돌린 채 말했다.

"누군가가 되고 싶어 하거나 그 과정을 어필하는 모습이, 그런 모습이 닮았다고 했지?"

사와 선배는 줄곧 내 조금 앞에 서서 언제나처럼 큰 보폭으로 이쪽 캠퍼스 도서관으로 가는 길을 곧장 걸었다. 조금도 헤매지 않았다.

"전혀 달라, 그 두 사람."

사와 선배는 흡연실에서 담배를 한 개비도 피우지 않았다.

"아무리 쓰는 말이 같아도 아무리 네 마음에 들지 않는 부분이 겹친다 해도 두 사람은 전혀 다른 사람이야."

사와 선배가 담배를 한 개비도 피우지 않고 흡연실을 나온 것은 도서관 가는 길을 모르는 척하면서까지 내게 하고 싶은 말이 있었기 때문이다.

"너, 이런 말도 했었지."

대답을 하지 못하자, 사와 선배의 목소리가 조금 작아졌다.

"메일이나 트위터나 페이스북이 유행해서 다들 짧은 말로 자기소개를 하거나, 타인과 대화를 하게 되었다고. 그러므로 그 속에서 어떤 말을 선택하는지가 중요하다는 생각이 든다고."

사와 선배는 트위터도 페이스북도 하지 않는다.

"난 그건 다르다고 생각해."

사와 선배는 볼일이 있으면 메일이 아니라 전화해, 하고 늘 내게 말한다.

"짧고 간결하게 자신을 표현해야 하니까 거기 선택되지 못한 말이 압도적으로 많은 거잖아."

사와 선배는 이 현실 속에만 있다.

"그러니까 선택되지 못한 말 쪽이 더 그 사람을 잘 표현할 거라고 생각해."

나는 사와 선배의 등을 바라보았다.

"겨우 140자 겹쳐진 것으로 긴지와 그 녀석을 한데 묶어 버리지 마라."

어느새 눈앞에 목적한 도서관이 있다.

"그 짧은 말 너머에 있는 인간 그 자체를 상상해 주라고, 좀 더."

상상.

"나, 너는 그래도 상상력이 있는 놈인 줄 알았다."

상상력.

내가 다카요시와 긴지에게 부족하다고 생각했던 것.

사, 그럼. 뒷모습인 채로 손을 흔드는 사와 선배와 나 사이에 바람이 조금 불었다. 담배 냄새도 뭣도 섞이지 않은 바람은 흡연실에서 불어온 그것과도, 사와 선배 집 베란다에서 불어온 그것과도 전혀 다른 듯이 느껴졌다.

◆

질 낮은 작품만 양산한다니까, 이 극단은.

여러 발 쏘다 보면 하나쯤 맞을 거라 생각하는 건가.

프로의 세계는 그렇게 우습지 않다고 누가 말 좀 해 줘라.

시간이 지나도 여전히 학생 극단 ^^ 같다.

주제가 다 비슷해, 역시 머릿속이 학생 그대로야.

3월 공연 보러 간 사람, 어땠어요?

잘 모르겠어.

시시해.

── 나는 내게 마약을 계속 놓고 있다.

비망록. @BIBOUROKU 57일 전

광고 회사 H 필기시험. 요코하마에서 오후부터. 국·영·수를 마치고 크리에이티브 테스트. 시간이 끝나고 시험지를 뒷줄부터 모을 때, 얼핏 다른 사람들 해답지가 보였다. 설명문 같은 문장으로 해답란을 메워서 질림. 딱 봤을 때 얼마나 사람을 끄는가가 중요한 것. 설명은 필요 없다.

가라스마 긴지 @account_of_GINJI 60일 전

2월 들어 다양한 연극과 영화를 보았고 책도 읽었다. 요즘 세상에는 지나치게 말이 많다고 생각했다. 주제를 너무 얘기하고 있다고 생각했다. 그렇지 않은 것을 만들자고 생각했다. 그렇지 않은 것을 표현하는 것이 내 역할이라고 생각했다.

—— 짧고 간결하게 자신을 표현해야 하니까 거기 선택되지 못한 말이 압도적으로 많은 거잖아.

비망록. @BIBOUROKU 49일 전

출판사 D의 필기시험. 여전히 엄청난 수의 사람들. 그러나 주위의 대화를 듣는 한, 말을 소중히 하는 인상은 얻을 수 없었다. 책을 읽으며 기다리는 사람도 있지만, 나 책 읽는다, 하는 인상. 이 회사에서조차 그런 느낌이라니, 내가 찾는 것이 어디에 있는지 알 수 없어졌다.

가라스마 긴지 @account_of_GINJI 45일 전

자신의 의견을 관철하는 것과 대중 사회에 영합하는 것. 공연을 만들어 가면서 어떻게 균형을 취해야 좋을지 알 수 없을 때가 있다. 단원들은 그런 건 나답지 않다고 하지만, 나 역시 그럴 때가 있다. 초심으로 돌아가자. 내가 원하는 것이 어디에 있는지, 한 번 더 확인하자.

—— 그러니까 선택되지 못한 말 쪽이 더 그 사람을 잘 표현할 거라고 생각해.

비망록. @BIBOUROKU 32일 전
광고 회사 A 1차 면접. 면접이란 건 정말로 어이가 없었다. 큰 소리를 지르며 달리고 싶어진다. 그 자리에 있는 전원이 협력해 면접이라는 공간을 연출하고 있다는 느낌. 아무래도 나는 내가 있는 환경을 위에서 내려다보는 버릇이 있어서 냉정해진다. 그게 좋지 않은지도 모른다.

가라스마 긴지 @account_of_GINJI 29일 전
각본이나 연출을 시작한 뒤로는 다른 극단의 공연을 봐도 100퍼센트 그 세계관에 빠져들지 못한다. 대사를 치는 법에 리얼리티가 없다든가 연출가가 연기자의 장점을 제대로 이끌어 내지 못했다든가, 어딘가 객관적이 된다. 그러나 만드는 사람은 원래 그런 거라고, 최근에는 그렇게 생각하기로 했다.

—— 겨우 140자가 겹쳐진 것으로 긴지와 그 녀석을 한데 묶어 버리지 마라.

비망록. @BIBOUROKU 16일 전
출판사 S 1차 면접. 인생을 바꾼 한 권은? 이라고 물어서 정직하게 대답했는데, 그 면접관 딱히 와 닿지 않았던 모습. 새삼 나의 사상과 스탠스는 말로 설명할 수 없는 것이란 걸 실감. 요컨대 앞으로 하고 싶은 일도 말로 전할 수 있는 게 아니어서 내게 면접은 무의미하다.

가라스마 긴지 @account_of_GINJI 11일 전

4월. 신년도. 내가 앞으로 하고 싶은 일의 첫걸음을 새삼 다시 내디뎠다. 올해는 친구들이 모두 사회로 나간다. 모두 파이팅. 나도 파이팅. 나도 열심히 해야지. 열심히 하는 것을 말이 아니라 연극으로 전하기로 하고, 오늘도 무대 위에 있다.

—— 그 짧은 말 너머에 있는 인간 그 자체를 상상해 주라고, 좀 더.

◆

13

싱크대와 다이닝 테이블이 있는 이 집에는 벽시계가 없다. 그래서 나는 집에서도 손목시계를 차고 있다.

"나 아마 천재인가 봐, 요리에."

가지를 큼직하게 써는 고타로의 콧김이 거칠어졌다. 고타로는 싱크대 주위에서도 맨발로 돌아다닌다. 기름도 사방으로 튀게 하고 설거지할 때 스펀지 거품도 튀게 하면서 걸레로 닦지도 않고 맨발로 돌아다닌다. 실은 그것이 한참 전부터 마음에 걸렸다.

"이른바 살짝 보태기 식이랄까? 간단 요리랄까? 난 정말 아이디어가 뛰어나다니까."

"간단 요리?" 리카가 테이블에 턱을 괸 채 즐거운 듯이 웃었다.

"뭐야, 그게? 어감으로는 별로 맛있어 보이지 않는데."

언제나 리카의 프린터를 빌려 쓰고 이것저것 맛있는 것 얻어먹기만 하고, 라면서 고타로가 식사 모임을 제안한 것은 3일 전이었다. 그리고 눈 깜짝할 사이 오늘 이런 자리가 마련되었다. '가끔은 한 층 아래여도 괜찮지 않나 파티~ 고타로 셰프가 수제 요리를 대접합니다~'라는 제목의 메일을 미즈키와 다카요시에게도 보냈지만, 두 사람은 시간이 맞지 않아 못 온 것 같다.

"뭐 만들어?"

"고타로 셰프 특제! 키마카레."

이쪽으로 등을 돌린 채 고타로는 흥얼거렸다. "못 온 녀석들 언젠가 후회해서 울게 될 거야~ ♪"

"너 그렇게 세련된 요리를 만들 수 있어?"

고타로 셰프 특제 라면을 만드느라 물 끓이는 것밖에 본 적이 없는데, 놀렸더니 "쳇쳇쳇, 너는 여전히 관찰력이 부족해." 하고 굳이 이쪽을 돌아보며 말했다. 화가 났다.

"너희 모르지? 파스타에 쓰는 인스턴트 미트 소스, 그거 카레 가루가 안 들어갔을 뿐 키마카레 재료하고 똑같다는 것."

뭐어, 거짓말, 의혹의 목소리를 흘리는 내 옆에서 리카는 "듣고 보니 그런 것 같네." 하고 놀랐다.

"그래서 레토르트 미트 소스에 취향대로 카레 가루와 좋아하는 채소를 적당한 크기로 넣으면 간단히 키마카레가 완성된 다는 것. 기호에 따라 치즈 같은 걸 넣으면 더욱 취향에 맞는 맛이 되지."

"네 취향대로 하고 싶은 것뿐이잖아."

무심결에 반격하자 리카가 깔깔 웃었다. "진짜 재미있어." 하고 말하며 눈 밑을 눌렀다. 고타로는 '멋있어'라는 말보다 '재미있어'라는 말을 듣고 더 기뻐하는 남자다.

손목시계를 본다. 오후 7시 32분. 앞으로 28분.

"오늘 다카요시는?" 앗, 뜨거, 하고 소란을 피우는 고타로를 무시하고 리카에게 물어보았다.

"일이 있대."

"오, 그것은 유감~ 일이라면 어쩔 수 없지 일이라면~ ♪"

내가 생각할 틈도 없이 고타로가 노래를 불렀다.

"참고로 미즈키는 잠깐 볼일이 있대. 봐서 어쩌면 올지도 모른다고."

그런데 그렇게 말하면 분명 못 오지, 하고 리카는 남의 일처럼 얘기했다.

미즈키와는 광고 회사 필기시험 이후 만나지 못했다. 오늘처럼 모이자고 제안해도 일정이 계속 맞지 않았다. 무엇보다 내게는 뜬금없이 미즈키에게 만나자고 연락할 만한 배짱이 없다.

"참, 가라스마 군이 다쿠토의 친구라며?"

다카요시에게 듣고 깜짝 놀랐어, 리카는 식은 보리차에 입을 댔다. 나와 고타로의 집에는 그릇이 딱 2인분밖에 없어서 일회용 컵이며 종이 접시가 항상 준비되어 있다.

"응, 뭐 친구라고 할 수 있지."

내 대답은 언제나 상관없는 모양이다. 리카는 자기 얘기를 계속했다.

"같이 무슨 공연을 만들기로 한 것 같아. 뭐라더라, 가라스마 군 극단 이름이?"

"독과 비스킷?"

튀어오르는 기름처럼 고타로의 목소리가 날아왔다.

"그거, 그거. 그 5월 공연하고 무슨 개인전을 링크시킨대. 사진작가도 불러서 같은 시기에 '비스킷과 독'이라는 개인전을 기획하겠다고 하는 것 같아. 스카이프로 회의하는 걸 훔쳐 들은 거지만."

개인전을 기획하겠다고, 나는 입속으로만 따라 해보았다.

"꽤 죽이 잘 맞는지 둘이 밖에 있을 때도 갑자기 전화하고. 내가 모르는 말만 떠들지만."

다카요시는 한번 빠지면 그런 면이 있어, 미간에 주름을 짓지만 리카는 행복해 보이는 얼굴로 말했다.

"뭐야, 결국 자랑하는 거얏."

"아니라니까!"

"자, 시끄러운 리카에게만 녹즙을 추가합~니다 ♪"

몸 상태 안 좋은 개의 똥색 같은 카레를 만들어주지~요♪, 고타로는 신나는 모습으로 데운 미트 소스에 카레 가루를 뿌렸다. 더우니까 나도 좀 줘, 하고 플라스틱 컵에 찰랑찰랑 보리차를 따라서 갖고 갔다.

페트병에는 이제 차가 조금 남았다.

"처음 알게 된 극단이어서 좀 조사해 봤는데, 원래 가라스마 군하고 다쿠토하고 같이 만든 극단이었다며? 정말 깜짝 놀랐어."

나는 손목시계를 보았다.

"대학 그만두고 '독과 비스킷'을 발족한 뒤로 매달 공연을 하고 있대. 블로그 톱 페이지에 쓰여 있어."

"그런 것 같더라."

7시 41분. 앞으로 19분.

머리카락을 왼쪽에서 하나로 묶은 리카는 또 보리차를 한 모금 마셨다.

"극단 홈페이지나 블로그 글을 읽으면 말이야, 다카요시하고 가라스마 군은 삶의 방식이랄까 신념이랄까, 그런 게 좀 닮은 것 같다는 생각이 들어."

나는 내 컵에도 보리차를 따르려고 했다. 하지만 컵이 반도 차기 전에 보리차가 떨어졌다.

"다쿠토도 그렇게 생각하지 않아?"

리카가 옆에서 내 눈을 들여다보았다. 나는 낮은 위치에 있는 보리차의 흔들림이 사라지는 것을 보고 있었다.

"그 두 사람, 닮았다고 생각하지 않아?"

—— 두 사람은 전혀 다른 사람이야.

"완성됐습니다!"

짜잔, 하고 손바닥에 종류가 다른 접시를 올린 고타로가 이쪽으로 돌아섰다.

"와, 맛있겠다!"

레토르트 미트 소스에는 다진 쇠고기가 들어 있고, 표면에는 녹은 치즈가 원을 그리고 있다. 다진 쇠고기 외에 콩과 가지도 추가해 마치 개인이 경영하는 카페에서 나온 메뉴 같다.

나는 손목시계를 보았다.

7시 50분.

테이블 끝에 놓여 있는 휴대전화를 보았다.

미동조차 하지 않는다.

"멋지다, 멋져, 정말 맛있겠다."

생각보다 제대로 된 키마카레네, 리카가 몸을 앞으로 내밀었다. 집에는 나와 고타로 두 사람 몫의 그릇밖에 없어서 이런 카레나 스튜를 담을 속이 깊은 접시도 두 개밖에 없다. 그래서 내 몫의 접시가 부족하다.

"그렇다고 프라이팬째 먹는 건 말이 안 되잖아……."

"엥? 어째서? 최종적으로 최고의 키마카레를 맛볼 수 있는 건 다쿠토잖아? 살짝 눌은 것이 맛있는데."

자, 잘 먹겠습니다, 하고 고타로가 두 손을 모았다. 나는 프라이팬 위에 수북한 흰밥을 젓가락으로 무너뜨렸다. 스푼 역시 두 개밖에 없어서 나는 젓가락이다. 미즈키와 다카요시가 왔더라면 어떻게 됐을까.

먹기는 상당히 힘들었지만, 맛은 확실히 좋았다. 고타로가 이런 걸 만들 줄 알다니 전혀 몰랐다.

"와, 이거 맛있잖아."

리카도 한입 먹고 바로 눈을 동그랗게 떴다.

"토마토가 듬뿍 들어간 맛. 내가 만들면 이렇게 안 될 거야."

"그렇지? 이 기존 제품에 뭔가 보태기만 하면 되는 간단 요리가 꽤 있어. 예를 들면 푸딩도!"

"뭐, 뭐?"

7시 55분.

아이우에오 순으로 하면 니노미야는 후반이다. 아직 모른다. 아직 '나' 행까지 오지 않은 것뿐인지도 모른다.

"푸딩은 프렌치토스트 만드는 재료와 완전히 똑같아. 그래서 식빵 양쪽에 마구 으깬 푸딩을 발라 그대로 프라이팬에 구우면 프렌치토스트 완성~♪ 게다가 캐러멜 맛~♪"

고타로는 집 안에서 걸핏하면 노래를 부른다.

"그거 프라이팬 엄청 더럽혀서 완전 민폐라고."

"시끄럽네. 지금 그 프라이팬으로 밥 먹고 있는 주제에!"

네가 준비했잖아! 프라이팬을 어깨에 짊어지는 시늉을 하자, "까악, 폭력 반대!"간지, 도와줘! 하고 새된 소리를 냈다. 간지, 도와줘는 무슨 의미인지 모르겠네, 하고 리카는 단숨에 남은 보리차를 마셨다.

7시 58분.

"아."

긴장했던 어깨가 삐끗 움직였다.

"그러고 보니 지금 우리 집에 좀 특이한 초콜릿이 있어. 호스트 가족이 보내 준 것. 디저트로 갖고 올까?"

가는 길에 차도 좀 갖고 오는 게 나을까? 리카가 비어 있는 2리터짜리 페트병을 곁눈으로 보면서 의자에서 몸을 일으켰다.

순간, 어깨를 흠칫거린 것이 부끄러워졌다.

"정말? 갖고 와!"

"사양이란 걸 모른다니까, 고타로는⋯⋯."

잠깐 기다려, 리카가 바로 일어섰을 때 고타로가 "그럼 식후에는 고타로 셰프가 특제 커피라도 끓여 드리지." 하고 팔을 걷었다. 나는 그 옆에서 아무도 눈치채지 못하게 조그맣게 한숨을 토했다.

8시.

테이블 끝에 놓인 휴대전화는 캄캄한 화면 그대로 잠들어 있다.

오늘 ○○의 3차 면접에 와 주셔서 감사합니다. 4월 24일 20시까지 합격한 분에게는 전화로, 불합격한 분에게는 메일로 결과를 통지하겠습니다. 또한 합격 여부에 관한 문의는 받지 않습니다. 양해 바랍니다.

나는 테이블 끝에 놓여 있던 휴대전화를 옆으로 끌어당겼다.

고타로는 직접 만든 요리를 맛있다, 맛있다 하며 아구작아구작 먹고 있다. 리카는 바로 위층인 자기 집에 가기 위해 신기 어려워 보이는 구두끈을 풀었다가 묶었다가 하고 있다.

나는 지금 아무도 눈치채지 못하게 가장 골대 가까이까지 갔던 기업의 선고에서 떨어졌다.

콱 하고 문이 닫히는 소리가 났다. 리카의 발소리가 머리 위로 사라져 간다.

황금연휴가 다가오고 있다. 그런데 합격된 곳은 하나도 없다.

"저기, 고타로."

8시 1분.

천장을 가리키던 긴 분침이 째깍 움직였다. 그런 작은 움직임이 어떤 계기가 되는 순간이 있다.

"미즈키하고 연락하니?"

"뭐야, 갑자기."

고타로는 얼버무리듯이 웃고는 휴지로 입가를 닦았다.

"너, 미즈키하고 왜 헤어진 거야?"

줄곧 묻고 싶었던 것이다. 왠지 모르겠지만, 지금이라면 물어도 되겠다고 생각했다.

── 난 말이야……, 제대로 된 곳에 취업해야만 해.

"왜라니……."

입을 닦은 뒤 돌돌 뭉쳤던 휴지가 천천히 풀어졌다.

"고타로, 너 미즈키가 지금 어떤 상황인지 알고 있어?"

휴지의 움직임이 멈추기 직전이었다.

휴대전화가 울렸다.

고타로의 시선이 순간 진동하는 내 휴대전화 화면을 향했다.

나는 신경에 직접 진동이 온 것처럼 통화 버튼을 눌렀다.

"예."

"다쿠토?"

바로 지금 얘기하는 인물의 목소리가 들려서 순간 굳어 버렸다.

"깜짝 놀랐네. 갑자기 전화를 다 하고."

"나 합격했어, 처음으로."

"엉?"

엉겁결에 큰 소리가 나왔다.

"합격했어, 나."

흥분이 말을 따라가지 못했다.

"됐어."

미즈키는 한 번 더 말했다.

"합격이라니……."

내가 말을 찾지 못하고 있자, 미즈키가 떨리는 듯한 목소리로 계속했다.

"오늘 결과 발표였거든, 아무래도 너희하고 즐겁게 놀지 못할 것 같아……. 어떡하지? 깜짝 놀랐어, 처음이야."

"미즈키?"

고타로가 소리를 냈다. 내가 아니라 내가 들고 있는 휴대전화를 보고 있다.

"……고타로?"

순간, 이 공간에서 나와 전화기만 그대로 소실된 것 같은 기분이 들었다.

"지금 옆에 있어?"

전화기 너머에서 미즈키의 목소리가 살짝 밝아졌다.

"있어."

그냥 얘기했더라면 모를 정도의 변화였을지도 모른다. 하지만 전화기 너머로는 소리 이외의 정보가 없어서 아주 작은 변화도 바로 안다.

미즈키는 고타로와 얘기하고 싶구나.

"바꿔 줄까?"

미즈키의 대답을 기다리지 않고 나는 휴대전화를 고타로에게 건넸다.

"……여보세요?"

휴대전화를 받아든 고타로는 어둠 속에 있는 무언가를 찾아내듯이 조심조심 소리를 냈다.

"오랜만이다."

고타로의 눈썹이 내려가며 아주 부드러운 표정이 된다.

아, 그런가, 나는 생각했다. 이 두 사람이 둘이서만 얘기하는 것은 미즈키가 유학에서 돌아온 뒤로 처음이다.

머리 위에서 리카의 발소리가 내려왔다. 계단을 두 칸씩 건너뛰며 오고 있을 것이다. 나는 그 발소리가 우리의 발과 같은 높이까지 내려오기 전에 집을 나왔다. 문을 닫기 직전 "정말 축하해."라는 고타로의 목소리가 들려왔다. 그것은 지금까지 같이 살면서 한 번도 들은 적 없는 부드러운 목소리였다.

미즈키가 우는 모습을 본 것은 한 번밖에 없다. 아니, 그때도 실제로 우는 모습을 본 건 아니었다.

작년 여름, 미즈키가 콜로라도 주에서 유학하고 있을 때. 일본은 밤 7시가 지났고, 그쪽은 새벽 4시가 지난 시간이었다. 나는 고타로와 술을 마시면서 '위닝 일레븐'을 하고 있었다. 내 것보다 4인치 큰 텔레비전이 있는 고타로의 방에는 게임을 하거나 영화 DVD를 보기 위해 곧잘 둘이서 모였다.

내 휴대전화 화면이 '다나베 미즈키'라는 이름과 함께 반짝거렸을 때, 고타로의 표정이 굳어졌다. 나는 아무것도 눈치채지 못하고 "신기하네, 미즈키한테서 스카이프가 왔어." 하고 고타로에게 웃어 보이며 통화 버튼을 눌렀다. "잘못 걸었나." 그런 말을 했을지도 모른다.

통화 버튼을 누르고 바로 모든 것을 깨달았다.

미즈키는 울고 있고, 고타로는 말없이 있었다.

"……왜 그래, 미즈키?"

나는 당황해서 슬리퍼를 끌고 집 밖으로 나왔다. 저녁 7시가 지났지만 바깥은 아직 밝았다.

"오랜만이야. 다쿠토, 잘 지냈어?"

"내가 잘 지내고 말고는 상관없잖아."

"응?"

"네가 지금 울고 있잖아."

"그러게. 울고 있어."

이때 우는 소리 중에 살짝 웃음이 들어가 있어, 나는 몹시 안심했다.

"지금 거기 새벽 아니야? 어쩐 일이야?"

멈춰 서 있을 수 없어서 나는 적당히 아파트 주변을 걸어 다녔다. 아직 밝은 동네 안에서 나는 이대로 어디에 숨을 수 없을까 생각했다. 어딘가에 숨지 않으면 들어서는 안 될 얘기를 지금부터 듣게 될 거라는 예감이 들었다.

"룸메이트가 모두 잠든 뒤에 하려다 보니 이렇게 되어 버렸네."

밖으로 나와 아파트 방의 창문을 보았다. 고타로와 한창 시합 중이었던 위닝 일레븐 화면을 그대로 남기고 온 방. 커튼은 쳐져 있지 않아 방 안까지 보였지만, 고타로의 모습은 확인할 수 없다.

"아, 그런데 누가 일어났네. 성가시니까 베란다로 나갈게."

명확히 일본인은 아닌 룸메이트와 두세 마디 대화를 나눈 뒤, 달그락거리는 소리가 들렸다. 미즈키는 노트북을 안은 채 베란다로 나온 것 같았다.

"하아, 지쳐."

홀쩍, 미즈키는 콧물을 들이마셨다. 아마 이런 시간에 울면서 베란다로 이동하는 자신의 모습에 좀 웃음이 나는 모양이라고 생각했다.

"고타로한테 아무 얘기도 못 들었어?"

못 들었어.

아직 밝은 오후 7시. 저녁과 밤 사이. 미즈키가 아주 잠깐 입을 다문 동안에도 거리 색이 짙어지며 어둠이 내리고 있었다.

"어제 나 차였어."

들어야 할 말에 대비해 나는 언젠가부터 가드레일을 꽉 잡고 있었던 것 같다. 손바닥에 하얀 가루 같은 것이 묻었다.

"······미안, 이런 전화 해서."

아냐, 그런 건. 나는 모호한 대답밖에 할 수 없었다.

"어, 어쩌다 깨진 거야?"

이럴 때 무엇을 어떻게 해야 좋을지 전혀 모른다. 이유 같은 걸 물어도 되는지 모르지만, 대화를 이어나갈 방법이 이 정도밖에 생각나지 않았다.

"고타로한테 줄곧 잊지 못하는 사람이 있대."

1년 넘게 같이 살았지만, 고타로에게 단 한 번도 들은 적 없는 이야기가 멀리 떨어진 미즈키의 입에서 쏟아져 나왔다.

"내가 일본에 있을 때도 줄곧 그 사람을 잊지 못했던 것 같아."

어째서 나는 새벽의 콜로라도 주 어느 베란다에 웅크리고 있는 사람에게 이런 얘기를 듣고 있는 걸까.

"만날 수 있을지 어떨지 모르겠지만, 역시 그 사람을 한 번 더 만나고 싶대. 그래서 그런 마음으로 나와 계속 사귈 수는 없다고."

이런 이야기는 여기서 보이는 저 창 너머에서도 들을 수 있다.

"나는 아무것도 잘못한 게 없고, 내가 싫어진 게 아니라고, 그런 드라마에서밖에 들은 적 없는 얄미운 대사를 실제로 들었어."

들을 때는 좀 웃었어, 하고 말하는 목소리는 들떴지만, 역시 미즈키는 울었다.

"……차라리 마구 불평을 늘어놓을 수 있는 일이 있으면 좋을 텐데, 그런 게 없네."

그렇구나, 나는 끄덕였다.

"뭐 구체적으로 들어주길 바라는 얘기가 있어서 전화했다거나 그런 건 아냐."

그래, 나는 한 번 더 끄덕였다.

"다만 외롭고 슬플 뿐이야. 그래서 이 전화, 아무리 시간이 지나도 끝나지 않을 거야. 다쿠토가 끊어 주지 않으면 끊을 수 없어."

미안해, 미안해. 전화기 너머에서 울면서 계속 사과하는 미즈키를 향해 나는 바보처럼 그래, 그렇구나, 하고 끄덕이기만 했다.

하마터면 나 예전부터 너 좋아했어, 라고 말해 버릴 뻔했다. 어느샌가 완전히 어두워진 좁은 보도 구석에서 나는 몇 번이나 그 말을 삼켰다. 문득 우리 집 창문을 올려다보니 고타로의 방 커튼이 쳐져 있었다.

14

가라스마 긴지 @account_of_GINJI 6시간 전

생각했던 5월 공연 계획이 백지로. 그러나 괜찮다. 이야기는 내 속에 있다. 부글부글부글, 만들고 싶은 욕심이 끓고 있다. 지금이라면 쓸 수 있다. 쓸 수 있다.

RICA KOBAYAKAWA @rica_0927 4일 전

오늘 밤은 친구 축하 모임. 동료 중에 첫 합격! 정말로 기쁘다! 서로 협력해 왔던 아주 좋아하는 친구여서 소식을 들었을 때 깡충깡충 뛰었다. 미즈키, 정말 축하해! 밤에 신나게 놀 수 있게 오후 첫 면접 열심히 봐야지! 지망도가 높은 만큼 경쟁률도 높다. 후회하고 싶지 않으니까 말하고 싶은 것 다 말해야지!

미야모토 다카요시 @takayoshi_miyamoto 24분 전

최근 주위에서 편집자나 아티스트가 되면 어떠냐는 말을 종종 듣는다. 그러나 초조해하며 서두른다고 좋은 일이 생기진 않는다는 것. 나는 그렇게 생각한다. 50점을 열 번 받는 게 아니라, 단 한 번이어도 100점을 목표로

하고 싶다. 그런 신념만큼은 무슨 일이 있어도 바꾸고 싶지 않다.

불길한 예감은 있었다.

"……토, 다쿠토."

뒤에서 말을 걸어왔다.

"다쿠토, 이케부쿠로에서 도에이시티선으로 갈아타지?"

나도 같아, 하고 리카가 옆에서 나란히 걷기 시작했다. 자연스레 나보다 빠른 속도로 걷는 리카의 속도에 맞추게 된다.

"제일 가까운 역까지 가는 길 아니? 나는 길치여서 불안해."

벌써 기억이 하나도 안 나, 하고 주위를 두리번거리는 리카의 옆얼굴을 보고 있으니, 언젠가 광고 회사 필기시험장으로 달려가던 그녀의 정장 차림이 떠올랐다.

패스트푸드로 점심을 때우면서 트위터를 볼 때부터 불길한 예감은 들었다. 혹시, 하고 생각했지만, 막상 빈 강의실에 들어가 리카의 모습을 발견했을 때는 마음이 벌렁 뒤집히는 줄 알았다.

접수를 받는 인사부 직원을 포함해 아무도 말을 하지 않는 조용한 강의실. 그곳에서 딱 한 사람, "아, 그 대학이라면 인턴하다 알게 된 친구가 있어." 하고 연신 옆 사람에게 말을 거는 여자가 있었다.

하필 이곳에서 만나다니. 뇌에 땀이 축축이 배어날 정도로 그렇게 생각했다.

"피곤하네, 엄청나게. 생각보다 시간도 길어졌고."

지금 해방감 대박, 하고 리카는 묶고 있던 머리를 풀었다. 목을 죄는 것 같던 머리칼 한 올 한 올이 좌우로 펼쳐져 자유롭게 호흡을 시작하는 게 느껴졌다.

"나 원래 그룹 디스커션이 제일 고역이야."

지금까지 본 면접 중에 제일 많이 떨어진 게 그루디스야, 리카는 가방 안에서 생수를 꺼냈다. 산소가 많이 들어 있어서 일반 생수보다 조금 비싼 것이다. "그루디스라." 나는 그 말을 따라 했다. 그룹 디스커션을 그루디스라고 줄이는 사람은 말이 짧아지기만 하면 뭐든 상관 없을 테지.

"근데 깜짝 놀랐어."

"나도. 설마 같은 날, 같은 시간대를 고를 줄이야." 나는 얼른 대답했다.

"아니, 그게 아니라."

얼른 대답하고 이야기의 초점을 돌리려 했더니, 내 말을 되밀어내듯이 리카가 이야기를 계속했다.

"전에는 이런 곳 전혀 안 칠 거라고 했으면서."

'전혀'라는 단어에 힘을 주는 것 같아 나는 무언가를 부정하고 싶었다. 하지만 그 방법이 보이지 않는다.

걷는 속도를 조금 빨리 해 보았다.

"역시 다쿠토는."

리카는 그 속도를 따라왔다.

"이런 곳도 보는구나."

"응."

부자연스러울 정도로 또렷한 목소리가 나왔다.

"미안, 나 다른 전철 탈게. 볼일이 있어서."

어머, 그렇구나, 하고 눈초리를 내리는 리카는 내가 다른 전철 타는 것을 서운해하는 것처럼 보이지는 않았다.

이 사람은 내게 아주 비참한 말 한마디를 듣지 못한 것이 분해서 눈썹을 내리고 있다, 그렇게밖에 생각할 수 없었다.

"그럼 이따 저녁에 보자."

"7시에 음식 한 가지씩 지참하고 우리 집이야."

"오케이."

다쿠토 셰프 특제 수제 요리도 좋아, 하고 놀리는 리카에게 손을 흔들고 나는 그대로 역 화장실로 향했다. 개인 칸으로 들어가 문을 잠그고 바지에는 손도 대지 않고 변기에 앉았다. 그리고 10분 정도 그 자세 그대로 있었다.

"자, 영광스러운 제1호 합격자 님의 인사가 있겠습니다!"

우리 집에서 가져온 플라스틱 컵을 머리에 쓴 고타로가 마이크 대신 진저에일을 오늘의 주역에게 건넸다.

"응? 아…… 오늘 저를 위해 이렇게 일부러 자리를 만들어 주셔서 감사합니다."

인사라니 무슨 말을 해야 하지? 당황하는 미즈키를 보고 우리는 웃었다. 주방에서 차갑게 해 놓았던 진저에일 페트병은 작은 물방울들에 덮여 온몸이 부옇다. 미즈키가 꼭 쥐고 있는 부분만 캐러멜 색으로 투명하다.

"하여간 경사스러운 날이니 오늘은 마십시다!"

고타로가 캔 맥주를 들어 올렸다. 나도 리카도 뒤를 이었다. 맥주를 마시지 않는 다카요시는 아무것도 들지 않았다.

"건배! 미즈키, 축하해!"

미즈키가 현관문을 열자마자 리카는 "축하해~! 미즈키~!" 하고 날듯이 뛰어가 껴안았다. 아직 미즈키가 구두도 벗지 않았는데, "나 아직 미즈키가 어디 합격했는지 못 들었어~. 합격했을 때는 제일 먼저 가르쳐 주기로 약속했잖아." 하고 리카는 끈적거리는 목소리로 말했다.

"별로 대단한 데는 아니지만"이라고 전제한 뒤, 미즈키는 자신이 합격한 회사 이름을 말했다. 누구나 다 아는 곳으로, 통신

업계에서도 규모가 큰 회사였다. 대단하네, 하고 솔직한 감상이 그대로 입에서 나올 뻔했지만, 미즈키가 "종합직이 아니라 에리어직이고."라며 미리 견제했다.

축하해, 가 아니라 "에리어직이구나." 하고 리카가 확인하듯이 말하는 것을 나는 놓치지 않았다.

건배를 마치자 리카의 호스트 가족이 보내준 독특한 초콜릿과 고타로의 특제 키마카레, 고타로 친척의 특제 딸기는 물론, 여러 가지 음식이 테이블 위에 차려졌다. 그것만으로 이미 배가 부른 느낌이었다.

"다이니치 통신이라, 대단하네. 나도 알아, 그 회사. 아니, 우리나라 사람들 다 알걸."

"진짜 아냐?"

내가 히죽거리자 "진짜야!" 하고 고타로는 정색했다.

"그, 느낌 되게 좋은 광고 하는 곳이잖아? 감동스러운 광고, 운동선수들 잔뜩 나오는."

그래, 거기야, 미즈키가 쓴웃음을 지으면서 페트병의 진저에일을 잔에 따랐다. 네모난 얼음이 톡톡 소리를 내며 녹기 시작했다.

"그 광고, 영상업계에서 유명한 감독이 제작 지휘했지. 광고상도 받았을걸."

그 감독이 최근에는 단편 영화도 찍은 것 같더라, 하고 다카요시는 누구에게랄 것도 없이 중얼거리면서 블랙 올리브와 베이컨이 든 계란말이를 먹었다. 다카요시가 좋아하는 블랙 올리브를 사용하여 리카가 만든 것 같다.

"인기 많지, 다이니치 통신. 합동 설명회 부스에서 서서 보는 사람도 꽤 많았어."

뭐, 합동 설명회의 그 인파, 지금 생각하면 병이지만, 하고 고타로는 조금 웃었다.

"설명회에서도 그 광고 빵빵하게 흐르고, 되게 감동적이더라."

"그런데 미즈키가 다이니치에 합격하다니. 그동안 아무 말도 없어서 정말 깜짝 놀랐어."

그런데 말이야, 말을 계속하려는 리카에게 미즈키가 "말하지 않아서 미안해." 하고 사과했다.

"대체 에리어직이란 게 무슨 뜻이야? 주위에서 흔히 듣긴 했지만, 난 에리어직에 지원한 적이 없어서 잘 모르겠어."

일반직인 건 아니지? 리카는 내가 만든 아지다마를 입안 가득 물었다. 베이컨과 블랙 올리브를 사용한 계란말이 옆에 양념장국에 담근 아지다마가 있는 테이블은 통일감이 없다.

"회사에 따라 에리어직 위치는 다를 거라고 생각하는데, 우리 회사 경우는 종합직과 일반직 중간 느낌이야."

중간, 이라고 고타로가 중얼거린다. 아마 의미를 잘 모르는 것이리라.

　"종합직은 자리가 빈 지역에 전근해서 그곳에서 승진이란 게 있는 것 같지만, 에리어직은 절대 전근 같은 게 없어. 그래서 승진이라든가 그런 것을 바랄 수 없다, 그 차이려나."

　"그렇구나." 리카는 꿀꺽 소리 내어 맥주를 마셨다. 한 모금 준 만큼 가벼워진 맥주 캔을 테이블에 내려놓았다.

　톡, 하고 기분 좋은 소리가 났다.

　"그럼 종합직과는 전혀 다르구나."

　미즈키가 어떤 설명을 해도 이렇게 대꾸하기로 정했나 싶을 정도로 리카의 목소리에는 망설임이 없었다.

　"뭐, 어느 쪽이든 상관없잖아, 그런 것."

　나는 그만 이야기에 끼어들듯이 그렇게 말했지만, 리카는 전혀 개의치 않는 모습이었다.

　"나도 다이니치 통신 설명회에 갔었어. 엔트리시트 내는 걸 깜박해서 못 쳤지만."

　리카는 한입 크기 치즈를 싸고 있는 셀로판 양 끝을 당기면서 빙그레 웃었다.

　"나도 쳤더라면 지금쯤 동기가 됐을지도 모르겠네!"

　나는 한가운데가 울렁거리는 리카의 목을 보았다.

하지 않아도 될 말이 저 목을 잔뜩 지나갔다. 없더라도 충분히 대화가 성립할 것 같은 말들이 지금 이 방에 수없이 굴러다니고 있다.

"리카와 동기라면 정말 즐거울 것 같아."

미즈키는 하지 않아도 될 말은 한마디도 발견하지 못한 것처럼 밝게 말했다.

"그렇지만 동기가 아니어도 언젠가 리카와 일로 만나고 싶어."

투명한 셀로판 양 끝을 당겨 치즈를 꺼내면서 미즈키는 미소 지었다.

"그런데 다나베는 좀 더 글로벌한 곳에 지원하지 않았어?"

이 방에서 단 한 사람, 미즈키를 성으로 부르는 다카요시가 진저에일이 든 페트병을 열었다. 다카요시는 맥주를 못 마신다.

"일본의 통신 회사 에리어직이라면 글로벌과는 대극(對極)의 가치관에 있는 것 같은데."

대극의 가치관, 이라고 고타로가 놀리듯이 따라 해도 다카요시는 움쩍도 하지 않았다.

"그래, 그건 나도 걸리더라."

리카가 부자연스럽게 팔짱을 꼈다.

"처음에는 같이 외국계 회사 대책을 세웠는데 언젠가부터 따로따로 대책을 세우게 됐지, 우리."

좀 외로웠어, 리카는 눈초리를 내렸다.

"응, 미안. 여러 가지 일이 있어서 지원하는 회사를 외국계 회사에서 바꾸었어."

'여러 가지' 부분을 메울 만한 말이 좀 더 나오리라 생각했는지, 리카도 다카요시도 잠자코 있었다. 그러나 아무리 기다려도 미즈키의 입에서 더는 설명이 없었다. 그리고 고타로가 "누가 내 키마카레 좀 먹어! 아직 한 입도 안 먹었네!" 하고 소리를 질러 이 이야기는 끝났다.

에리어직이라고 하는 전근 없는 직에 취업하기로 한 이유를 미즈키는 고타로에게 얘기했을까. 자기가 하고 싶은 것만 좇으며 살 수 없게 된 이유. 합격을 알려 준 그 전화에서 미즈키는 고타로와 무슨 얘기를 했을까.

고타로의 키마카레는 완전히 식어 버렸다. 고타로는 자신을 위해서는 전혀 요리를 하지 않지만, 누군가를 위해서라면 맛있는 요리를 잘 만든다.

"그런데 말이야, 오늘 깜짝 놀랐어, 다쿠토."

갑자기 리카가 내 쪽을 보았다.

"뭐, 뭐? 무슨 소리야?"

이 두 사람에게 무슨 일이 있다니 신기하네, 하고 고타로가 테이블에 다가왔다.

이 얘기가 나올 거라고 생각하긴 했지만, 막상 얘기가 나오니 벗어날 방법이 없었다.

리카가 숨을 들이마셨다.

"오늘 그룹 면접, 다쿠토하고 같이 봤어."

"정말?"

"그런 어색한 일이 이 세상에 있다니!" 하고 고타로는 손뼉을 치며 웃었다.

"나는 절대 싫어, 아는 사람하고 같이 그룹 면접이라니!"

"어째서?"

나는 그 기분을 이해할 수 없네, 하는 표정으로 다카요시가 물었다.

"그렇잖아, 부끄럽게. 당연히 면접 중에는 자신을 꾸며야 하는데, 그걸 평소 아는 사람에게 보여야 하니까."

"면접 중에 자신을 꾸미지 않으면 되는 거 아냐?"

"다카요시는 강하구나."

미즈키가 집에서 가지고 온 감자 샐러드를 나눠 주기 시작했다. 감자칩이 들어 있어서 맛있었다. "고마워." 하고 다카요시도 나눠 준 샐러드를 받았다.

미즈키는 웃고 있다. 아주 자연스러운 발언과 행동으로 다카요시의 뾰족한 자기 어필을 깨끗이 봉하고 부드럽게 웃고 있다.

"그래서 어쨌어? 다쿠토를 한 방에 날려 보냈어?"

그랬을 리가 없잖아, 하고 고타로의 머리를 때리려고 했더니 싹 피해 버렸다.

"다쿠토가 그룹 면접하는 모습, 진짜로 상상이 안 되네." 하고, 책상다리를 고쳐 앉으며 즐겁게 얘기하는 고타로는 티셔츠에 짧은 반바지 차림이어서 어딘가 어려 보인다.

제일 먼저 손을 든 리카의 검은색 정장과 쾌활하게 얘기를 시작한 입술 사이로 보이는 하얀 치아. 리카의 그룹 면접은 정치가의 연설과 비슷했다.

저는 유학을 하고 왔습니다만, 미국은 역시…….

"다쿠토는 평소처럼 침착하게 주위를 관찰하는 여유가 있다는 느낌?"

저는 외국 기업에서 인턴 경험이 있습니다만, 그쪽 사고방식을 일본에도 도입한다면…….

"발언은 적었지만, 마지막으로 정리를 말끔히 잘해서 굉장하구나 생각했어. 머리가 좋구나, 하고."

제가 학술제 실행위원 홍보반장을 하던 시절의 경험으로 말하자면, 사람에게 의사를 전달할 때는……. 제가 캄보디아에서 학교를 세우는 프로젝트에 참가했던 경험을 바탕으로 말하자면, 언어의 벽이라는 것은……

"리카는 정리 역할이었지. 마지막 면접관에게 프레젠테이션
도 해 주었고."

고타로가, 애는 정리 역할 할 것 같아, 하고 깔깔 웃었다. 내
가 그 그룹이 아니어서 천만다행이네, 라고 덧붙이며. 그런 말
을 아무런 거부감 없이 할 수 있는 것은 고타로만의 특권이다.

"리카는 분명 붙을 거야." 나는 이 얘기를 끝내기 위해 단어
를 골랐다.

"에이, 그런 게 어디 있어. 나 수없이 떨어졌어."

리카는 얼굴 앞에서 팔랑팔랑 손을 젓는다.

"아냐, 리카처럼 말 잘하는 사람, 기업에서는 분명 탐낼 거
야." 하고 다카요시가 웃자, 리카는 "그럴까나?" 하고 뻔히 보이
게 이해가 가지 않는다는 표정을 지었다.

그룹 면접을 하는 동안, 고바야카와 리카라는 사람 자체의
의견은 하나도 나오지 않았다. 유학을 한 고바야카와 리카, 인
턴을 한 고바야카와 리카, 홍보반장을 하고 외국 자원봉사를
한 고바야카와 리카. 보이지 않는 명함을 나눠 주는 듯한 화법
에 그룹 멤버 전원이 진절머리 난다는 표정을 짓고 있었다. 연
신 끄덕이는 듯 보이는 면접관도 흘끗흘끗 스톱워치를 확인
했다.

명함에 죽 늘어놓은 이력을 방패로 하지 않으면 리카는 아무 얘기도 못 하는구나, 생각했다. 겨우 몇십 분의 그룹 면접 동안에 리카는 자기 자신이 아닌 누군가에 빙의하고 있었다.

"아냐, 리카는 꼭 붙을 거야. 나는 어떨지 모르지만."

"그런데 다쿠토, 여전히 좋아하지, 연극?"

리카를 칭찬하면 이 이야기를 봉인할 수 있을 거라고 생각했으나 그렇지 않았다. 나는 어깨가 굳어지는 걸 느꼈다.

"연극 관계 기업이어서 혹시, 하고 생각은 했지만 정말 만날 줄은 몰랐어. 완전 깜놀. 그룹 면접 주제도 뮤지컬이 일본에서 인기를 얻으려면 어떻게 하면 좋은가였고."

신선하고 재미있는 주제였지? 리카는 동의를 구해 왔지만, 나는 대답하지 않고 맥주에 입을 댔다.

"어라, 너."

좀 전까지는 확실히 차가웠던 맥주가 어느새 미지근해졌다.

"이번에는 그런 곳 시험 치지 않을 거라고 하지 않았냐?"

미지근한 맥주는 너무 맛없다.

"경쟁률이 높아서 그런 곳은 이제 포기하기로 했다고."

고타로의 천진난만함이 지금은 쓰라렸다.

리카가 '저요' 하듯이 손을 들고 얘기를 꺼냈다.

"나 오늘 그룹 면접 하면서 생각했는데, 다쿠토는 그런 것 좋아하지?"

온몸의 모공이 열렸다.

"창작하는 것, 좋아해."

거기서부터 마그마처럼 뜨거운 땀이 분출하는 걸 느꼈다.

"다쿠토의 의견에서 뜨거운 열정 같은 걸 느꼈어. 깜짝 놀랐어, 나."

아냐, 하는 소리가 엉겁결에 나올 뻔했는데 미즈키가 짝 하고 소리 내어 손바닥을 모았다.

"아! 그러고 보니, 고타로에게 들었는데, 다카요시, 가라스마긴지 씨하고 뭔가 같이 한다며? 그건 어떻게 되어 가고 있어?"

나는 휴우 숨을 토했다. 리카가 얘기를 시작한 뒤로 줄곧 무의식중에 숨을 멈추고 있었던 것 같다.

"아, 그 얘기."

다카요시는 바지 양쪽 주머니를 팡팡 쳤다. 담배를 찾고 있는 것이리라.

"없어졌어."

다카요시는 포기한 듯이 말했다. 담배도 찾지 못한 것 같다.

"없어졌다니? 왜?"

"어, 나도 그 얘긴 듣지 못했는데."

고타로와 리카가 저마다 한마디씩 한다.

"다쿠토, 담배 있어?"

다카요시는 도움을 요청하듯이 나를 보았다. 나는 불룩한 오른쪽 주머니를 손바닥으로 가렸다.

"없어."

이것으로 다카요시는 베란다로도 도망갈 수 없다.

"왜 없어졌어? 다카요시, 의욕이 넘쳤잖아. 연극과 협력해 개인전을 기획한다고, 처음으로 큐레이터로서 일하게 됐다고 좋아했잖아, 전에."

"안 맞았어, 사고방식이."

사고방식이라니, 하고 무언가 말하고 싶어 하는 리카를 개의치 않고, 다카요시는 누군가에게 변명하듯이 말을 계속했다.

"나는 좀 더 기획을 꼼꼼하게 하고 싶어서 공연 시기를 늦추자고 제안했어. 그런데 그쪽은 그건 무리라고. 공연은 매달 반드시 해야 한다고 마지막까지 내 의견을 들어주지 않았어."

미즈키는 페트병에 남은 진저에일을 마저 마셨다.

그건 마치 다카요시의 갈증 난 목에 수분을 주지 않으려는 것처럼 보였다.

"……나는 절대로 더 생각하고 만드는 편이 좋다고 했어. 그리고 솔직히 공연 내용도 그렇게까지 재미있지 않고. 연구를 거듭해서 질을 높여 최고의 공연을 관객에게 제공해야 한다고 생각해."

아무도 질문을 추가하지 않았는데 다카요시는 이야기를 계속했다.

"그런데 그쪽은 그럼 안 된대. 도저히 양보하지 않는 거야. 이상하다 싶어서 주위 연극 팬에게 평판을 들어 보니, 그 극단, 지금까지도 그랬대. 질 낮은 공연을 계속해서 꽤 얻어맞고 있더라고. 많이 해서 하나라도 맞으면 된다고 생각하느냐, 주제가 너무 비슷하다, 결국 학생 극단의 틀에서 벗어나지 못하고 있다……."

질 낮은 작품만 양산한다니까, 이 극단은.
여러 발 쏘다 보면 하나쯤 맞을 거라 생각하는 건가.
프로의 세계는 그렇게 우습지 않다고 누가 말 좀 해줘라.
시간이 지나도 여전히 학생 극단 ^^ 같다.
주제가 다 비슷해, 역시 머릿속이 학생 그대로야.

같은 게시판을 보았군, 생각했다. 긴지를 인정하지 못하는 자신을 정당화하고 싶어서 분명 다카요시도 나와 같은 게시판까지 찾아갔던 것이다.

"그래서 생각해 봤는데, 역시 나한테는 회사에 들어가는 게 어울리지 않는 것 같아."

취업활동 따위는 하지 않는 게 정답이야, 다카요시는 뒤쪽 벽에 기댔다. 오늘도 평상복으로 보이지 않는 평상복을 입고 있다.

"왜 그렇게 생각해?"

슝 하고 공이라도 던지듯이 어디선가 목소리가 날아들었다.

미즈키가 다카요시를 똑바로 보고 있다.

"그렇잖아. 회사에 가서도 사고방식이 맞을 리 없는 사람들과 같은 방향을 보며 일해야 하잖아?"

다카요시는 담배를 피우고 싶어서 미칠 것 같은지, 검지로 테이블 위를 톡톡 두들겼다.

"그 방향이라는 것도 회사가 정한 큰 목표잖아. 이해하지 못한 채, 자신을 죽이고 매일 아침부터 밤까지 일하는 게 무슨 의미가 있는가 싶어. 자아실현이 인간에게 가장 중요하다고 어딘가의 철학자도 말했잖아."

자아실현, 하고 고타로가 아이처럼 따라 했다.

"이번 일도 억지로 그쪽 페이스에 맞춰서 협업을 해 봐야 작품 가치만 떨어질 뿐이야. 난 그건 아니라고 생각해."

다카요시는 스읍 하고 숨을 들이마셨다.

"10점, 20점짜리를 관객에게 보이다니, 난 그런 실례되는 일을 할 수 없어."

다카요시의 이야기가 일단락되자, 방 안이 고요해졌다. 고타로가 슈퍼에서 가져온 하얀 비닐봉지에 빈 캔을 넣었다. 언제나처럼 빈 캔을 짓이기는 짓은 하지 않았다.

"잠깐 담배 좀 사 올게."

다카요시가 일어섰다. 이대로 이 이야기가 끝나면 다카요시가 옳은 게 된다. 그렇게 둘 수는 없다.

"이봐."

"저기."

바로 옆에서 내 결의를 밀어내는 듯한 소리가 났다.

"다카요시의 그 생각은 많이, 아주 많이 생각한 끝에 나온 결론이겠지?"

미즈키다.

"그렇다면 좋아. 하지만 만약 그렇지 않다면 들어주길 바라."

미즈키? 리카가 불안스러운 소리를 흘렸다.

"나 말이야, 깨달은 게 있어."

미즈키는 리카의 부름을 전혀 개의치 않았다.

"최근에 깨달았어. 인생이 선로 같은 것이라면 나와 똑같은 높이에서 똑같은 각도에서 그 선로를 봐 주는 사람은 이제 없다는걸."

미즈키는 다카요시를 똑바로 바라보았다.

"살아간다는 것은 아마도 자신의 선로를 함께 봐 주는 인원 수가 달라져 가는 거라고 생각해."

다카요시는 일어서려다 자신의 몸을 어떻게 해야 좋을지 몰라 어중간한 자세로 그곳에 있다.

"지금까지는 같이 사는 가족이 있고, 같은 학교에 다니는 친구가 있고, 학교에는 선생님이 있었어. 항상 나 이외에 내 인생을 함께 생각해 줄 사람이 있었지. 학교를 졸업해도 가족이나 선생님이 그다음 진로를 함께 생각해 주었어. 언제라도 나와 똑같은 높이, 각도로 이 다음 인생의 선로를 봐 주는 사람이 있었어."

마치 설득하는 듯한 미즈키의 목소리는 아무도 입을 열지 않는 방 안을 채워 갔다.

"이제부터는 자신을 키워 준 가족을 떠나 스스로 새로운 가족을 만들어 가지. 평생을 함께할 사람이 생기고, 자식이 생기고, 또 자신의 선로를 함께 봐 줄 사람이 나타나."

몸이 양옆으로 위아래로 작게 흔들리는 듯한 감각이 엄습했다.

"그런 거라고 생각해. 나 이외의 사람과 함께 보아 온 자신의 선로를 자기 혼자 바라보게 되고, 이윽고 또 누군가와 함께 응시할 날이 와. 그리고 그즈음에는 그 소중한 누군가의 선로를 함께 바라보겠지."

전철 안에서 미즈키와 나란히 옆에 앉아 돌아오던 길의 일이 떠오른다.

"그래서 지금까지는 결과보다 과정이 중요하니 어쩌니 하는 말을 해 왔다고 생각해. 줄곧 자신의 선로를 보아 준 사람이 바로 옆에 있었으니까. 어른들은 결과는 유감스럽지만 그 과정이 훌륭했으니 그걸로 됐다고 아이에게 말해 주고 싶은 거지. 그 과정을 함께 보아 왔으니까. 하지만 이제 그렇게 말해 줄 사람은 없어."

미즈키는 말했다.

── 난 말이야……, 제대로 된 곳에 취업해야만 해.

"우리는 이제 오로지 한 사람, 나 혼자서만 자신의 인생을 바라보아야 해. 함께 선로 끝을 봐 줄 사람은 이제 없어졌어. 진로를 생각해 줄 학교 선생님도 없고, 우리는 이미 우리를 낳아 주었을 때의 부모와 가까운 나이가 되었다고. 이제 부모님이 나를 키워 준다는 생각으로는 지낼 수 없어. 우리는 이미 그런 시기까지 온 거야."

── 우리 엄마, 좀 약해. 몸보다 마음이.

전철 안에서 들은 미즈키의 목소리가 현실의 그것과 교차한다.

"긴지 씨하고의 기획 얘기가 없어졌다는 아까 그 표현만 해도 그래. 마치 자신과는 전혀 관계없는 곳에서 얘기가 없어진 것 같은 말투잖아. 뭐야, 그거. 그런 건 지구 온난화로 남극의 얼음이 없어졌다, 같은 뉴스와 마찬가지잖아. 자신은 아무것도 하지 않았는데, 어떤 현상이 계기가 되어 없어졌다, 그렇게 말하고 싶은 거야? 해 본 적도 없으면서 나한테 회사 생활은 맞지 않다, 라니. 너를 뭐라고 생각하는 거니? 회사 생활을 하는 세상 많은 사람보다 네가 더 감각이 예민하고, 섬세하고, 감수성이 풍부해서 이런 현대에는 살아가기 괴롭다, 그런 식으로 생각하는 거야?"

다카요시는 그 자리에서 움직이지 않았다.

"그런 표현 하나로 자신을 지켜봐야 그런 너를 너와 똑같이 봐 주는 사람은 이제 없어. 네가 걸어가는 과정 따위 아무도 이해해 주지 않고, 아무도 존중하지 않아. 더는 아무도 쫓아가지 않는다고."

미즈키의 말에서 배어나는 설득력이 방에 있는 모두를 꼼짝 못하게 하고 있다.

"아르바이트를 업무라고 말해 보기도 하고, 너의 노력이 부족해서 실현하지 못한 기획을 '없어졌다'고 말해 보기도 하고, 사실은 미칠 듯 되고 싶으면서 '주위 사람에게서 편집자나 아티스트가 되면 어떠냐는 말을 듣는다'라고 말해 보기도 하고. 그런 사소한 표현 하나하나로 자신의 프라이드를 지키겠다는 그런 모습, 아무도 이해 안 해. 아무도 따라와 주지 않아."

미즈키는 아무도, 하고 말의 윤곽을 한 번 더 더듬듯이 되풀이했다.

"다카요시는 계속 자신이 지금 하고 있는 일의 과정을 모두에게 인정받고 싶어 하지. 그런 말을 늘 하고 있어. 누구를 알게 되었다, 누군가의 얘기를 들었다, 이런 것을 기획하고 있다, 지금 이런 책을 읽고 있다, 이런 것을 고찰하고 있다, 주위는 내게 이런 것을 기대한다."

미즈키는 숨을 들이마셨다.

"10점이어도 20점이어도 좋으니 네 속에서 꺼내. 네 속에서 꺼내지 않으면 점수조차 받을 수 없으니까. 앞으로 지향하는 바를 멋진 말로 어필할 게 아니라, 지금까지 해 온 것을 모두에게 보여 줘. 너와 다른 곳을 보고 있는 누군가의 시선 끝에 네 속의 것을 꺼내 놓아 봐. 몇 번이나 말하지만, 그렇게라도 하지 않으면 사람들은 이제 우리를 봐 주지 않아. 100점이 될 때까지 무언가를 숙성시켰다가 표현한들 너를 너와 똑같이 보는 사람은 이제 없다니까."

미즈키는 거기까지 말하다, 정신을 차린 듯이 입을 다물었다.

"미안."

미즈키는 발밑에 놓여 있던 가방을 낚아채듯 들고 방에서 뛰쳐나갔다. 너무나 빠른 동작이어서 아무도 막을 수가 없었다.

다카요시는 아직 그 자리에서 움직이지 않았다. 리카는 고개는 돌리지 않고 눈으로만 다카요시를 보고 있다. 고타로는 아무 말도 하지 않고 카펫 위에 떨어져 있는 한입 크기 치즈의 포장지를 만지작거렸다.

"머릿속에 있는 동안은 언제든, 무엇이든 걸작이지."

나는 그렇게 말하면서 일어서서 방문 쪽으로 걸어갔다.

"너는 줄곧 그 속에서 나오지 못할 거야."

그것은 긴지에게 퍼부은 말과 똑같았다. 지금 이 순간을 위한 말이었어, 하고 나는 생각했다.

—— 전혀 달라, 그 두 사람.

손바닥이 차가운 문손잡이에 닿자, 머릿속에서 사와 선배의 목소리가 되살아났다.

—— 긴지와 그 녀석을 한데 묶어 버리지 마라.

아끼는 스니커즈의 뒤축을 꺾어 신었다. 문을 닫고, 멀리 보이는 미즈키의 작은 등을 쫓아가면서 나는 사와 선배의 말을 몇 번이고 떠올렸다.

미즈키는 아파트 바로 근처에 있는 큰길에 멈춰 서 있었다. 인공적인 가로등 불빛을 받으면서 하얀 가드레일에 기대 있었다.

"배가 불러서…… 뛸 수가 없네."

다들 맛있는 걸 갖고 와 주어서, 미즈키는 어깨로 숨을 쉬더니 애초에 어디에도 도망갈 마음 따위는 없었다는 얼굴로 웃었다.

"이제 전력 질주를 하면 바로 지치는구나. 이상한 부분만 성장했어."

다쿠토 다리 빠르네, 하고 올려다보았다. 스니커즈 뒤축을 꺾어 신은 나는 평소보다 몇 센티미터 키가 커 보였다.

울고 있을지도 모른다고 멋대로 생각했던 자신이 부끄러웠다. 미즈키는 눈물과 전혀 어울리지 않는 개운한 표정이었다.

"나 이제 그 집에 못 가겠지?"

리카의 남자 친구에게 그런 말을 해 버려서, 하고 중얼거리더니 미즈키는 심호흡을 했다. 가까스로 숨이 차분해진 것 같다.

"그런 게 어디 있어."

"그런 것 있어." 못 간다니까, 이제, 하고 가볍게 웃었다.

"그런데 왠지 굉장히 설득력 있어서……, 아무도 화내거나 그러지 않을 거라 생각해."

"정말? 리카는 괜찮으려나."

"……걔는 화낼지도 모르지만."

"다쿠토는 솔직하네."

자신의 남자 친구에게 설교를 했으니 리카는 어떨지 몰라도, 다카요시는 화내거나 반발하거나 그러지 않을 거라고 생각했다. 그런 일을 할 수 없을 거라고 생각했다.

어느새 4월도 끝이다. 밤하늘 한복판에는 아주 커다란 달이 무슨 인증 표시처럼 떠 있어, 지금 서 있는 이곳과 이어진 그 끝에 우주가 있다는 사실을 새삼 깨닫게 해 주었다.

"생각했던 말들이 전부 나와 버렸어. 내가 이렇게 어린애였나."

달이 떠 있는 저 캄캄한 우주와 이 새하얀 가드레일 사이에는 아무런 경계도 없다. 끝없이 다른 세계처럼 느껴지는 장소와 단 한 장의 벽도 없이 그대로 이어져 있다. 그것은 무언가를 닮았다고 생각했다. 우리가 지금 살고 있는 것이라든가, 앞으로 걸어갈 인생 같은 짧은 말로는 표현할 수 없는 엄청나게 큰 무언가를.

"리카와는 이제 예전처럼 얘기하지 못하겠지."

"……여자들 일은 잘 모르겠지만, 그런 일 없지 않을까."

"정말로 솔직하네, 다쿠토는."

그런 일 없지 않을 것 같지가 않아, 하는 미즈키의 목소리가 자동차 지나가는 소리에 섞여 사라졌다.

어머니는 건강하시니, 라든가, 합격을 정말로 축하해, 라든가, 또 무슨 일 있으면 얘기해 줘, 라든가, 새삼스럽게 하고 싶은 말은 많은데 이건 아니야, 이것도 아니야, 하고 하나씩 버리다 보니 수중의 카드가 전부 없어져 버렸다.

사람 왕래가 적은 이 길의 가로등은 침묵을 알기 쉽게 비추었다.

"나 있지, 고타로에게 한 번 더 고백했어."

미즈키는 칙, 하고 양초에 불을 켜듯이 말을 꺼냈다.

"엉?"

엉, 하는 입 모양 그대로 굳어 있는 나를 보고, "'엉?' 이라니, 그런 반응이 어딨어?" 하고 웃었다.

"전화로 합격 보고를 할 때 말이야, 다쿠토가 고타로 바꿔 주었잖아. 그때 엄마 얘기도 전부 했어, 그다음에."

후유, 미즈키는 숨을 토했다.

"아직 좋아한다는 말도 했어."

미즈키는 아파트 쪽도 아니고 내 쪽도 아닌, 콘크리트 도로의 조금 위쪽을 보고 있다. 거기에 무슨 중요한 것이 있기라도 한 것처럼 아무것도 없는 곳을 보고 있다.

그 옆얼굴은 1학년 때 여름이 되기 직전, 둘이서 고타로의 첫 공연을 보러 갔을 때와 똑같았다.

"그런데 또 차였어. 몰랐어, 같은 사람한테 두 번이나 같은 이유로 차이니까 되레 어색함이 없어지더라."

그런 것 별로 알고 싶지 않았는데 말이지, 미즈키는 웃으며 바람에 흐트러진 머리칼을 오른쪽 귀 뒤로 넘겼다.

"같은 이유라니, 잊지 못하는 아이가 있다는 것?"

내가 그렇게 말하자 미즈키의 눈이 놀란 듯이 동그래졌다.

"잘 기억하네, 옛날에 얘기한 걸."

그야 기억하지, 하는 말이 목 안에서 딱 멈추었다. 그 너머에 대기하고 있던 여러 가지 말들도 마찬가지로 멈추었다.

"고타로가 출판사에 들어가고 싶은 이유라는 게, 그 잊을 수 없는 아이를 만나기 위해서래."

"……무슨 소리야, 그게?"

빠앙 하고 어디선가 클랙슨 소리가 들렸다. 소리가 그대로 형태가 되어 이쪽으로 날아오는 것 같았다.

부우, 부우, 부우, 부우.

"고등학교 동창인데, 졸업과 동시에 교환 유학인가로 외국에 갔대. 그 아이가 번역가가 되고 싶다고 했었나 봐. 물론 지금은 연락처도 바뀌었고, 트위터도 페이스북도 찾아보았지만 없대. 친구가 많지 않았던 아이여서 아무도 그 아이의 연락처를 모른대."

부우, 부우, 부우, 부우. 요즘 세상에 그런 아이가 있더라, 하면서 미즈키는 발밑에 내려 둔 가방을 들어 올려 뒤적거렸다.

"고타로는 말이야, 출판사에 들어가면 번역가가 된 그 아이와 일로 만날 수 있을지도 모르잖아, 그러더라."

휴대전화 진동 소리가 멈추었다.

"나, 그 얘기 들었을 때, 뭐야, 그거, 그랬어."

탁, 하고 미즈키는 가방을 다시 발밑에 내려놓았다. 내려놓았다기보다 그 자리에 떨어뜨렸다.

"뭐야, 그거, 부럽잖아. 그랬어."

"부러워?"

"고타로는 자신의 인생에서 드라마를 발견해, 그 드라마의 주인공이 될 수 있잖아."

조용한 도로 위에 미즈키의 목소리만 굴러다닌다.

"난 이제 그렇게 될 수 없는데."

그 목소리를 주워 모아야지, 했지만 몸이 움직이지 않았다.

"내 일만으로 벅찬걸. 엄마, 아빠 문제만으로도 머리가 복잡해."

부우, 부우, 부우, 부우.

"왠지 방해하면 안 될 것 같았어. 인생에서 아직도 멋진 드라마를 발견할 수 있는 고타로를 말이야. 일일이 현실을 생각해야 하는 나 같은 애가 방해해선 안 된다고 생각했어."

아까보다 재빠른 동작으로 미즈키는 또 휴대전화 진동을 멈추었다.

리카네 방 커튼 사이로 빛이 새어 나왔다.

"나, 전에도 여기서 들었어."

그때 그 한 층 아래의 창에 환하게 불이 켜졌다.

"미즈키가 고타로를 아직 좋아한다는 얘기. 전에도 여기서 들었어."

그때 내가 보고 있던 저 창을 지금은 미즈키가 보고 있다.

주인공이 없어진 축하 파티가 끝났다는 것을 위아래로 나란히 있는 두 개의 창으로 알았다.

"역시 하나도 성장하지 않았을지 모르겠네, 우리."

전력 질주로 달리면 바로 지치는 것 말고는, 하고 미즈키는 힘없이 웃으면서 가방에서 휴대전화를 꺼냈다.

"사실은 다들 같이 있을 때부터 계속 엄마한테 전화며 문자가 정신없이 왔어. 수건에 감아서 진동 소리가 잘 들리지 않게 해 두었지만."

타이밍을 쟀다는 듯이 또 휴대전화가 진동하기 시작했다.

"무슨 일일까, 오늘은 늦는다고 말했는데."

부우, 부우, 부우, 부우.

"집에서 나올 때까지는 안정되어 보였는데."

부우, 부우, 부우, 부우.

"……가야겠다."

가야겠다.

자신에게 타이르듯이 그렇게 말한 뒤에도 미즈키는 한동안 그 자리에 있었다. 계속 진동하는 휴대전화의 화면과 커튼 틈으로 새어 나오는 약하디약한 빛이 봄이 끝나가는 밤의 길 위에 쏟아졌다.

15

다나베 미즈키 @mizukitanabe 2일 전
오늘은 취업활동 때문에 올라온 고향 친구들과 오랜만에 재회. 정말로 오
랜만이어서 얘깃거리가 풍성. 친구는 오는 길도 가는 길도 심야 버스였다.
집에서 먼 대학에 보내 준 부모님께 감사해야 한다고 생각했다. 연휴가 끝
나는 것은 쓸쓸하지만, 새로운 아르바이트도 시작했고, 힘내자!

미야모토 다카요시 @takayoshi_miyamoto 2시간 전
황금연휴 마지막 날. 오랜만에 소풍. 멋진 사진 많이 찍어 왔으니 나중에
한꺼번에 페이스북에 올리죠. 일단 한 장만. instagram……

가라스마 긴지 @account_of_GINJI
4월 공연도 무사히 끝나고 다음은 5월 공연. 4월 공연의 평가, 인터넷에서
검색해 보니 상당히 악평. 인터넷 평가 같은 것도 보세요? 하는 질문을 곧
잘 받지만, 아마추어 연극 게시판, 엄청나게 잘 봅니다. 종종 독설을 해 주
는 사람도 있고, 사랑이 담긴 별 한 개를 만날 때도 있으니.

RICA KOBAYAKAWA @rica_0927 1시간 전

오늘은 다카요시와 함께 양귀비를 보러 요코스카까지 다녀왔다. 아주 넓은 공원이 펼쳐져 있었다. 어찌나 예쁘던지. 양귀비밭에 허브밭, 정말로 무진 장 넓었다. 옛날에 호스트 가족과 간 유타 주의 꽃밭과 같은 냄새가 났다.

고—타로—! @kotaro_OVERMUSIC

제1지망 떨어졌다! 엔트리시트에서^^! 최고로 힘을 주었던 엔트리시트에서 시원하게 떨어지다니, 뭔가 나답다! 그런 이유로 취업활동 종료. 끝나면 뭐 할까 생각했지만, 일단 머리 염색을 하겠습니다! 개짠돌이인 동거인이 처음으로 밥을 사 준다고 해서 돈 굳은 걸로 염색합니다!

"내가 너한테 밥 사 주는 거 처음 아니잖아?"

"어~?"

내가 고타로의 트위터 화면을 들이밀자, 고타로는 "뭐 어때, 그런 사소한 일은." 하고 히죽거렸다. 고타로는 재미있게 쓰려다가 얘기를 조금 과장할 때가 있다.

고타로는 자기 얼굴 앞에 있는 내 휴대전화 화면을 치웠다.

"그래서 아까 하던 얘기인데, 아파트 나가는데 마침 그 두 사람이 돌아오더라."

어서 오세요, 하는 미즈키의 낭랑한 목소리가 울렸다.

"렌터카로 어딘가에 있는 무슨 공원이란 데 다녀오는 것 같았어."

"결국 아무것도 모르는 거네."

어디 있는 무슨 공원이야, 내가 묻자 "뭐라더라, 히라가나 이름이었어. 시골에 있는." 하고 고타로가 대답해서 웃어 버렸다. 한자 이름이었다가 히라가나로 풀어 쓴 지명은 히라가나가 지닌 따스한 느낌에라도 의지할 수밖에 없는 시골이기 때문이라는 것이 옛날부터 고타로의 지론이다.

"요컨대 이러니저러니 해도 러브러브 분위기라는 거야. 냉정하게 생각하면 둘은 같이 사니까. 아, 난 완전 욕구 불만입니다. 이 풀 곳 없는 성욕을 어떻게 하면 좋을까요."

"나 아르바이트하는 데 와서 성욕이 어쩌니 하는 소리 좀 하지 마."

고타로는 내 말을 전혀 아랑곳하지 않고 물수건으로 힘껏 얼굴을 닦았다.

"봐, 다카요시가 멋진 사진 올렸어. 무턱대고 클로즈업한 원색 꽃 같은 것."

비비드 느낌의, 하면서 브이 발음을 특히 강조해서 얘기하는 고타로는 빙의했던 귀신이 떨어져 나간 듯한 표정을 짓고 있다. 고타로는 이렇게 둘이서만 얘기할 때 훨씬 재미있다. 많은 사람이 마실 때는 분위기 띄우는 역이랄까, 자진해서 무슨 역할을 떠맡는 경향이 있다.

밤이 되면 이 가게는 카페에서 바로 모습을 바꾼다. 메뉴는 물론, 조명과 BGM 분위기도 바뀐다. 이 교체 시간에 근무가 있을 때는 여간 힘든 게 아니다. 그런 아르바이트 장소에 고타로가 있는 것이 조금 신기한 느낌이 들었다. 아르바이트 유니폼도 아니고 이 자리에 너무 오래 있는 것도 포함해서 왠지 안정이 되지 않는다.

"아, 뭐더라, 그 촌티 펑펑 나는 공원 이름. 굉장히 신경 쓰이네. 잠시 검색하게 그것 좀 빌려 줘."

뭐더라, 뭐더라, 하면서 고타로가 테이블 오른쪽을 가리켰다. 거기에는 아까 치운 내 휴대전화가 있다.

"헐, 네 걸로 하면 되잖아."

"배터리가 없어." 빌려 줘, 빌려 줘, 고타로가 떼를 썼다.

"······공원 이름이 뭐든 무슨 상관이야. 자, 빨리 주문해. 저녁 메뉴, 꽤 맛있어."

나는 천천히 휴대전화를 뒤집고, 메뉴판을 내밀었다.

칫, 짠돌이, 하면서 고타로가 또 흘끗 테이블 오른쪽을 쳐다봐 나는 휴대전화를 청바지 주머니에 넣었다.

주방 쪽을 보니 사와 선배가 미즈키에게 이것저것 가르쳐 주고 있는 것 같다. 미즈키가 볼펜으로 무언가 메모하는 모습이 보였다.

① 집에서 자전거로 다닐 수 있고, ② 즉 마지막 전철을 신경

쓰지 않고 밤까지 일할 수 있고, ③ 인간관계가 까다롭지 않은 느낌 좋은 가게 없을까, 하고 희망 사항을 쓴 미즈키의 트위터에 내가 가벼운 기분으로 '나 아르바이트하는 곳 괜찮은데'라고 답장한 것이 일의 발단이었다. 입지에 더해 낮에는 카페고 밤에는 바라는 시스템이 마음에 들었는지, 미즈키는 눈 깜짝할 사이 면접을 보고 눈 깜짝할 사이 근무 이틀째를 맞이했다. 오늘은 사와 선배도 근무가 있어서 교육을 하고 있는 것 같다.

"실은 나 별로 배고프지 않아."

"헐, 내가 쏜다고 했는데도?"

약속 시간 기다리다 너무 배고파서 편의점에서 치킨을 좀 먹었어, 하고 내 가치관으로 보면 있을 수 없는 일을 고타로는 예사로 말한다.

"그런 나한테 뭐 추천할 것 없어? 아르바이트생 시선으로 보는 숨겨진 메뉴 같은. 오늘은 나를 축하하는 거잖아? 사양하지 않을게."

"숨겨진 메뉴 같은 것은 없어. 저녁 메뉴로 잘 나오는 건 이 거하고 이거야."

"됐어. 일 잘하는 점원에게 물어봐야지. 사와 선배!"

기껏 대답해 주었더니 고타로는 호기심에 질 수 없다는 표정으로 오른손을 들었다. 고타로는 초면인 사와 선배를 그대로 사와 선배라고 불렀다. 지금까지 내가 그렇게 부르는 걸 들어서, '사와 선배'라는 단어를 어지간히 써 보고 싶었는지도 모른다.

하지만 안에서 나온 것은 메모지를 한 손에 든 미즈키였다.

"사와타리 씨는 지금 드링크를 만들고 있어서."

검은 앞치마를 한 미즈키는 머리칼을 치켜올려 묶어서 평소와 인상이 좀 다르다.

오늘 고타로에게 한턱낼 곳을 정하려고 할 때, 고타로는 "너 아르바이트하는 곳도 좋아."라고 간단히 말했다. 그뿐만 아니라 "말로만 듣던 '사와 선배'도 만나고 싶고, 우리 다쿠토가 항상 신세 많습니다, 인사도 하게." 하고 마치 엄마처럼 멋대로 의욕이 충만해서, 이곳 아닌 다른 가게를 제안할 수 없는 분위기가 되어 버렸다.

그래서 내가 넌지시 말해 보았다.

실은 미즈키가 거기서 아르바이트를 시작했는데.

그다음에는 "어떻게 할래?"라는 물음이 포함되어 있었다. 하지만 고타로는 전혀 신경 쓰지 않는 모습으로, 언제나의 개구쟁이 같은 얼굴로 웃었다.

"오, 그렇다면 더욱 그곳으로 결정! 아예 너 근무 들어가서 나한테 최고의 서비스를 해 줘도 돼."

고타로는 옛날부터 미즈키한테 고백을 받았다든가 그런 애기를 하지 않았다. 함께 산 뒤에도 그 거리는 변함이 없었다.

"신입 아르바이트님, 이 가게에서 추천 메뉴는 무언가요오?"

고타로는 마치 어린아이에게 말을 걸듯이 어미를 늘였다.

"어쩨 열 받네." 미즈키는 작은 메모지를 앞치마 주머니에 넣고, 메뉴판을 펼친 뒤 "아직 신입이지만, 제법 외웠거든. 이거하고 이게 잘 나가는 것 같아." 하고 손가락으로 가리켰다. 그것은 확실히 내가 파악한 인기 메뉴와 같아서, 미즈키는 완전히 이 가게의 일원이 된 것처럼 느껴졌다.

"뭐야, 이 치즈두부란 게 인기라고?"

"맛있어, 난 먹어 본 적 없지만."

뭐야, 그건, 하고 고타로는 콩트를 하듯 거드름을 피우면서도 치즈두부를 주문했다.

── 고타로는 자신의 인생에서 드라마를 발견해, 그 드라마의 주인공이 될 수 있잖아.

미즈키는 그런 말을 하던 입으로 지금 고타로와 가볍게 말싸움을 하고 있다. 두 사람의 대화는 너무 자연스러워서 "같은 사람한테 두 번이나 같은 이유로 차이니까 되레 어색함이 없어지더라." 하는 미즈키의 말이 정말일지도 모른다는 생각이 들었다.

"그럼 이걸로 됐어? 지금 주문한 메뉴, 꽤 양이 많아서 두 사람이 먹는다면 이 정도로 꽤 배부를 거야."

"흐으~응."만 해도 어딘가 무시하는 듯한 얼굴을 하는 고타로에게 "뭐야." 하고 미즈키가 입을 삐죽거렸다.

"오늘 근무 몇 시까지야?"

앉은 채 상대방을 올려다보는 고타로가 왠지 남자답게 보여서 나는 조금 놀랐다.

"문 닫을 때까지. 자전거로 돌아갈 수 있기 때문에 폐점까지 꽉 채웠어."

미즈키는 고타로와 눈을 마주치지 않고 대답했다.

"아, 그럼 여기 합류할 수는 없겠네."

"오늘은 유감. 또 불러 줘."

그럼, 편히 쉬세요, 미즈키는 갑자기 진지한 표정을 지으며 주방으로 돌아갔다.

── 인생에서 아직도 멋진 드라마를 발견할 수 있는 고타로를 말이야. 일일이 현실을 생각해야 하는 나 같은 애가 방해해선 안 된다고 생각했어.

일단 맥주와 기본 안주가 나올 즈음에 마침 사와 선배가 근무를 마쳐 그대로 테이블에 합류했다. 오늘은 별로 손님도 많지 않아 가게 전체에 가족 같은 분위기가 감돈다. 미즈키는 교육 담당 사와 선배가 없어져서 불안한 얼굴을 했지만, 그대로 이 테이블에 남은 것을 보고는 안심이 됐는지 요리를 날랐다.

술이 돌기 시작한 고타로와 사와 선배가 내 생활 태도를 폭로하며 분위기가 무르익기 시작했다. 두 사람의 공통 언어는 나밖에 없으니 어쩔 수 없겠지만, 다른 아르바이트 동료가 있는 곳에서 그런 소리를 크게 떠드니 창피했다.

"이 녀석, 일단 신발 정리를 안 하지 않아요?"

"아, 맞아, 맞아. 우리 집에 올 때도 그래."

"젖은 손으로 뭐 막 만지고 그러죠?"

"아아! 역시 그거 버릇이구나. 고치면 좋을 텐데."

"그런 것 전부 합쳐서 오늘 제가 사과하려고요! 사와 선배에게!!"

"엉? 네가 왜 사와 선배한테 사과해?"

어째서? 내가 맥주를 마시려고 하자, 고타로가 물수건을 던졌다. "내가 대신 사과하는 거잖아!" 하는 알 수 없는 소리를 외치는 중에, "저기……." 하고 가녀린 여자의 목소리가 섞였다.

"옛?"

고타로가 얼빠진 소리를 내며 돌아보자, 거기에 근무를 마친 여자 후배가 서 있었다. 조심스러운지 등을 구부리고 있다. 예전에 미즈키에게 빌린 손수건을 보고 그것이 어느 상표란 걸 가르쳐 준 아이다.

"아, 수고했어."

"수고~."

나와 사와 선배는 평소처럼 그 아이가 이곳에 서 있을 가능성 같은 건 전혀 생각하지 못한 인사를 했다.

"저기 저는 미야마대학교 2학년인데요."

갑자기 말을 꺼내는 후배에게 사와 선배가 "그런 건 알고 있어." 하고 받아친다. 하지만 그녀는 개의치 않았다. 어쩐지 그녀는 늘 만나는 우리가 아니라 고타로에게 말을 걸고 있는 것 같다.

"저기 혹시……."

후배는 고타로의 얼굴을 말똥말똥 보더니, "오렌지에서 공연하던 밴드 분 아니세요?" 하고 말했다. 학교 근처에 오렌지라는 라이브하우스 있잖아요, 후배는 당황한 모습으로 말을 덧붙였다.

나는 엉겁결에 고타로의 얼굴을 보았다.

"뭐야, 그거? 그런 게 있어?" 사와 선배도 바로 히죽거렸다.

"아마…… 무슨 밴드의 보컬이셨죠?"

"아, 예! 무슨 밴드의 보컬이었습니다!"

고타로는 엉겁결에 벌떡 일어섰다. 목소리가 커, 하고 나는 물수건을 되던졌다. 나도 조금 취한 것 같다.

"그 파워풀한 스리피스."

"나는 오버뮤직 보컬입니다!"

"그거요!"

언제나 싹싹한 그 후배는 힘껏 고타로를 손가락으로 가리켰다.

"저 친구하고 자주 다녔어요. 1년쯤 전인가, 거기서 많이 들었어요!"

"오잉? 뭐냐, 너?"

사와 선배가 후배를 향해 능글맞게 웃었다.

"혹시 소녀 팬이었던 거야?"

내가 놀리듯이 말하자, 여자 후배보다 먼저 고타로가 수줍어했다.

"저기, 저도 잠깐 앉아도 될까요?"

여자 후배는 대답도 기다리지 않고 사와 선배 옆, 고타로의 맞은편에 털썩 앉았다. 될까요? 물어 놓고 거절할 틈을 주지 않는다. 이런 점이 이 아이의 장점이다.

"어, 뭐지, 이거. 나 밴드하면서 이런 일 처음이야!"

완전 기뻐! 고타로가 큰 소리로 말하자 가게 안쪽에서 미즈키가 힐끔 얼굴을 내미는 것이 보였다. 그러나 바로 다른 손님이 불러 그쪽으로 사라졌다.

신경 쓰이나, 생각했다. 또 멋대로 상상하는 걸지도 모르지만.

이 후배는 아르바이트 동료 중에서도 술이 세기로 유명하다. 오늘도 바로 센 술을 주문하고 있다. 그 기세 때문인지, 후배가 테이블에 합류한 지 15분도 지나지 않아 몇 시간 전부터 넷이 함께 마셨던 것 같은 분위기가 되어 버렸다.

"어, 합격했어요? 축하해요! 밴드만 해도 먹고살 수 있을 텐데."

"그런 걸로는 먹고살 수 없지! 그렇지만 축하, 고마워요!"

건배, 고타로와 후배가 잔을 마주쳤다. 사와 선배가 새 술을 주문했다.

"다들 잘도 마시네." 미즈키가 주문을 받아 주었다.

얼굴이 뜨겁다. 분위기는 아주 흥겨웠지만, 솔직히 더는 마시고 싶지 않았다. 그러나 청량음료를 주문할 분위기가 아니다.

메뉴를 노려보듯이 보고 있자, 귓가에서 작은 소리가 났다.

"물 갖다 줄까?"

주문서에 무언가 적는 척하면서 미즈키는 주방으로 돌아갔다.

아직 물을 마신 것도 아닌데 나는 조금 취기가 식었다.

"그런데, 그런데 어디 붙었어요?"

4월에 갓 2학년이 된 후배는 기분 좋을 정도로 얘기를 치고 들어간다.

"데이코쿠 출판!"

"우아! 대단해요! 저 매달 〈크레이버〉도 사 보고, 동생도 옛날부터 〈주간소년 미상가〉 읽고 있어요!"

"맞아, 맞아! 그 데이코쿠 출판이 제1지망이었는데 똑 떨어지고, 내가 가는 곳은 총문서원(總文書院)이라는 중간 규모의 출판사입니다."

엉겁결에 데이코쿠 출판에서 나온 유명한 패션지와 넘버원 만화 잡지 이름을 외쳐 버린 후배는, 총문서원이라는 말을 듣고 당혹스러운 표정을 지었다. 그 회사 이름은 모르는 것 같다.

"아, 총문서원이구나, 나 거기 좋아하는데. 재미있구나 싶은 책을 살펴보면 총문서원 책인 경우가 꽤 많더라고."

"실은 자연계 인간 취향의 책들만 잔뜩 나오죠, 총문서원에서는. 뭐, 면접 보기 전까지는 몰랐습니다만."

벌컥벌컥 술을 다 마신 후배는 사와 선배와 고타로가 즐겁게 얘기하는 걸 용서하지 않겠다는 듯이 또 큰 소리로 말했다.

"그렇지만 대단해요, 출판사라니. 경쟁률 엄청나게 높다고 들었어요."

편집자가 되는 거예요? 멋있다~, 후배는 연신 손뼉을 치면서 말한다.

"게다가 고타로는 다른 곳도 합격했대."

사와 선배는 차분한 목소리로 대화를 이끌어 갔다. 고타로는 황금연휴에 들어가기 직전, 어느 전문 상사에도 합격해서 좀 전까지 화제로 삼았다.

"뭐, 거긴 출판사가 아니라 전문 상사였지만."

"상사!" 대단해요, 후배가 풍선이 터지는 소리를 내며 손뼉을 친다.

"종합이 아니라 전문. 아마 네가 상상하는 곳이 아닐걸?"

"그래도 대단해요, 이야. 두 군데나 합격하다니 완전 대박!"

출판사, 상사, 두 군데 합격. 단어 레벨로 반응해 주는 후배는 어디를 쳐도 잘 울리는 악기 같아서 아주 기분이 좋았다. 나와 사와 선배는 이 후배가 평소에는 이런 느낌의 인간이 아니란 걸 알고 있다. 털털하고 여자답지 않은 아이다. 팬이라고 자칭하며 테이블에 합류한 순간, 온 힘을 다해 분위기 띄우는 데 정성을 다하는 후배에게 호감을 느꼈다.

"그러고 보니 오늘 어땠어? 합격자들 만나고 왔잖아?"

고타로는 오랜만에 아침부터 정장을 입고 총문서원 본사에 다녀왔다. 상반기 채용 합격자끼리 식사 모임이 있었다고 한다.

"사와 선배는 벌써 만났죠? 회사 동기와."

연구실 추천으로 일찌감치 철도 회사에 합격한 사와 선배는 "벌써 회식도 꽤 했지, 우리는. 다들 좋은 녀석들이야."라고 여유 있게 대답했다.

후배가, 전에 사진 보여 주어서 봤는데 제가 좋아하는 타입의 미남들 많던걸요, 하고 제멋대로 떠든다.

"어땠어요, 고타로 선배는?"

후배가 몸을 내밀며 고타로에게 물었다. 나는 기분 좋은 대답이 날아올 것을 예상하고 마음의 강도를 높였다.

"음."

고타로가 조심스럽게 움직이는 머들러 주위에서 작아진 얼음이 뱅글뱅글 춤을 춘다.

"한 번 만나서 잘 모르겠지만."

완전히 엷어진 자몽사와가 조용히 파도친다.

"뭔가 딱히 와 닿지는 않았던 것 같네."

사와 선배가 연장자의 시선이 된다.

"딱히 와 닿지 않는다고 할까……, 별로 싫은 녀석들이 있었던 건 아니고, 다들 좋은 녀석들이었지만."

고타로는 머들러 끝을 보고 있다.

"마지막 개명(改名) 같은 것이 끝났다고 생각하니, 뭐랄까,

좀 쓸쓸해지더군요."

"마지막 개명?" 후배가 손목시계를 슬쩍 보면서 말했다.

"뭐랄까, 지금까지처럼 저절로 이름이 바뀌는 일이 없겠구나 싶었어. 무슨 말인지 알겠어? 종업식이 끝나면 다음은 2학기, 졸업식이 끝나면 중학생, 동아리를 은퇴하면 수험생 같은 것 말이야. 지금까지는 있었잖아, 줄곧!"

"동아리 은퇴라, 그립다!"

그렇게 매일 운동을 하다니, 지금 같으면 절대 못해. 턱 하고 후배가 양 팔꿈치를 짚었다. 그 진동으로 작은 접시 위에 놓인 젓가락 한 개가 테이블 위에 떨어졌다.

"우리는 지금까지 그렇게 자동적으로 바뀌어 왔잖아? 초등학교 들어가서 6년 지나면 중학생이란 이름으로 바뀌고, 3년 지나면 고등학생이란 이름이 되고. 그런데 앞으로는 스스로 그걸 해 나갈 수밖에 없다는 거야."

내가 하는 말 잘 전달됐나, 이거. 고타로가 일부러 칫칫칫 하고 손가락을 움직이는 시늉을 했다.

"예를 들면 결혼이라든가, 애가 생겼다든가, 전직이라든가? 아무것도 아니지만, 앞으로는 이제 스스로 움직이지 않으면 내 이름은 바뀌지 않는구나, 갑자기 이런 생각이 들더라고. 내가 아무것도 하지 않으면 지금의 나인 채로잖아, 앞으로 줄~곧."

음~, 하고 후배도 눈썹을 찡그리며 허공으로 시선을 보낸다.

"그런 생각을 하니 뭔지 모르겠지만, 센티멘털해지는 그런 느낌이 들었습니다."

뭔가를 얼버무리는 듯한 '습니다'체로 황급히 얘기를 마무리 짓더니, 고타로는 남은 자몽사와를 작은 얼음째 단숨에 마셨다. 바삭바삭 소리를 내며 얼음을 씹더니, 나를 향해 날카롭게 검지를 가리켰다.

"다쿠토, 아르바이트 후배 중에 이런 아이가 있으면 빨리 말을 하라고!"

"맞아요, 니노미야 선배, 고타로 선배랑 같이 산다는 건 금시초문! 말을 해 주세요!"

후배도 이어서 나를 손가락으로 가리켰다.

"네가 고타로 소녀 팬인지 몰랐잖아!" 소녀 팬이라는 표현을 썼다가 갑자기 나까지 부끄러워져 버렸다.

"아아, 정말 재미있었네." 후배는 한 번 더 손목시계를 흘끗 보았다. "저는 슬슬 가야겠어요."

오늘 고등학교 친구들하고 모임이 있어서요, 시원스럽게 자리에서 일어선 후배가 느긋한 동작으로 지갑에서 천 엔짜리를 꺼내려고 하는데, 고타로가 말렸다.

"오늘은 다쿠토가 내는 날이야."

후배는 "그래요오? 고맙습니다." 하고 다시 시원스럽게 지갑을 닫았다. 후배는 고타로를 향해 잘 먹었습니다, 머리를 숙였다.

"갑자기 난입해서 실례했습니다, 정말 즐거웠어요." 다음에 부디 또, 하고 머리를 숙이고 한 가지 역할을 완수했다는 듯이 가게를 나가는 뒷모습을 고타로는 이미 보고 있지 않았다.

"오, 너 아직 화장실에 있었냐?"

무방비 상태로 물의 차가움에 잠겨 있는데, 갑자기 말을 걸어와서 등이 오싹했다.

"너무 겁먹는 거 아냐?"

사와 선배가 장난스럽게 웃었다.

나는 물을 벌컥벌컥 마시면서 얼굴을 씻었다. 과음했다고 생각할 때 하는 응급 처치다. 그 현장을 사와 선배에게 들켜 버린 게 조금 부끄러웠다.

후배가 돌아간 뒤에는 남자 셋이서 마셨다. 종업원도 줄어들고 추가로 무언가를 주문할 때는 대체로 미즈키가 테이블에 와 주었다. 그때마다 미즈키는 점점 취기가 더해 가는 우리를 걱정스럽게 보았지만, 이제 돌아갈 수 없을 때까지 취해 가게에서 널브러질 만큼 젊지 않다.

볼일을 본 사와 선배가 옆에 나란히 서서 손을 씻었다. 나는 달아오른 얼굴을 좀 더 식히고 싶어 거울 앞에서 움직이지 않았다.

쏴 하고 수도꼭지에서 기세 좋게 떨어지는 물기둥이 투명한 게 아니라 새하얗게 보인다.

"건강해 보여서 안심했다."

눈두덩에 묻은 물방울을 닦고 나는 거울을 보았다.

사와 선배가 거울 너머로 나를 보고 있었다.

"최근 어떻게 지내나 싶었거든."

흡연실에서 만난 이후, 사와 선배와는 만나지 않았다. 아르바이트 근무가 겹치는 일이 아니면 아파트에 자러 가는 일도 없고, 볼일이 없으면 메일을 하는 일도 없다. 트위터나 페이스북을 이용하지 않는 사와 선배는 역시 현실 속에만 있다.

"저는 건강합니다."

손수건을 갖고 있지 않아 옷으로 젖은 얼굴을 닦을 수밖에 없다. 술이 나오는 가게에 장시간 앉아 있으면 어느 가게에서나 똑같은 냄새가 옷에 밴다.

"좋은 놈이더라, 네 동거인."

사와 선배가 건조기에 손을 넣자, 윙 하는 큰 소리가 울려 퍼졌다. 화장실에 두 사람밖에 없다는 사실이 조용할 때보다 더

도드라졌다.

"남자끼리 남은 뒤로는 벨트 아래 얘기밖에 하지 않았지만
요……."

후배가 돌아간 뒤로는 줄곧 고타로가 밀고 있는 화보 모델
이나 포르노 여배우 얘기만 들었다. 취업활동을 마친 고타로
는 정신적인 긴장이 없어진 순간 엄청난 기세로 잊고 있던 성
욕이 되살아난 것 같다.

"그 녀석과 같이 살면 정신적으로 건강하겠더라."

무슨 뜻인가요, 그건, 하고 내가 웃자 사와 선배는 "말 그대
로야."라고 대답했다. 평소의 부드러운 목소리다. 무슨 뜻인가
요, 라고 물으면서 그 의미를 뭔지 모르게 알 것 같았다.

부우 하는 건조기 소리가 두꺼운 막이 되어 이 공간을 감쌌
다. 이 막 속에 있는 동안 말해야지 생각했다.

"……전에 도서관 앞에서 얘기한 것 기억하세요?"

내 턱선을 따라 물방울이 한 방울 떨어졌다.

"다카요시하고 긴지는 다르다는 얘기."

"아아."

사와 선배는 건조기에서 손을 빼고 문손잡이를 잡았다.

"생각해 봤는데요."

"긴지의 5월 공연 일정, 일정표에 메모해 둬라."

사와 선배는 그 말만 하고 화장실에서 나가 버렸다. 홀로 이 공간에 남겨진 것과 동시에 건조기 소리가 사라졌다.

16

결국 나와 고타로는 마지막 전철을 놓쳤다. 언제나처럼 사와 선배네 집에서 잘까 생각했지만, 초면에 거나하게 취한 고타로를 재우는 것도 좀 그래서 자제했다. 무엇보다 나는 내일 오전에 면접이 있어서 조금이라도 빨리 쉬고 싶었다. 그런데 면접에 필요한 수험표를 아직 프린트하지 않았다. 벌써 한밤중이지만, 프린터를 빌려 쓰러 가고 싶다는 메일을 리카에게 보내 두었다.

둘이서 택시 뒷좌석에 올라탄 순간, 고타로는 "하아아아" 하고 한심한 소리를 내며 온몸을 좌석에 맡겼다. 가게에서는 즐겁게 얘기했지만, 고타로 나름대로 무언가를 소모하고 있었을지도 모른다.

"일단 미야마 니시마치 4초메, 아, 그렇지, 경찰서 근처 사거리까지 부탁합니다."

작은 오렌지 빛으로 만들어진 할증이라는 글씨를 안 보도록 하면서 나도 온몸의 힘을 빼고 좌석에 몸을 기댔다.

돌아올 무렵, 그럼 또 봐, 하고 미즈키에게 손을 흔들었지만, 나는 지금 거의 아르바이트를 하지 않아 아무래도 한동안 만나지 못할 것 같은 예감이 들었다.

택시 좌석은 딱딱했다. 별로 교류가 없는 지인의 집에 있는 듯한, 어딘가 불편한 느낌이었다.

그 후 다섯 명이 함께 누군가의 집에 모이거나 한 일은 없다.

먼저 택시에 올라탄 고타로는 창가에 얼굴을 기대고 움쩍도 하지 않았다. 잠이 들었는지도 모른다.

지금 택시는 1, 2학년 시절에 다녔던 캠퍼스 근처를 지나고 있다. 아주 익숙한 곳이지만 심야의 어둠에 싸인 풍경은 조명에 비친 부분만 순서대로 드러나기 때문인지 어딘지 감을 잡을 수가 없다.

나는 휴대전화를 꺼냈다. 배터리는 67퍼센트 남았다.

손가락이 멋대로 움직였다. 비밀번호, 4자리 숫자. 프로그래밍된 듯 손가락이 움직였다. 인터넷 화면에 접속하기 위해 걸리는 시간도 손가락이 기억하고 있다.

첫 번째 문자를 입력하면 입력하고 싶은 문자 전부가 뜬다.

검색.

"아! 생각날 것 같다!"

고타로가 갑자기 벌떡 상반신을 일으켰다. 나는 엉겁결에
버튼을 눌러 휴대전화 화면을 껐다.

"내가 요즘 밀고 있는 포르노 여배우 이름!"

아까 내가 열변했었잖아~, 고타로는 머리칼을 쥐어뜯으면
서 말했다. 왁스로 고정한 머리칼이 헝클어진 채로 굳어졌다.

"얼른 휴대전화 빌려 줘! 검색해 보게! 내 건 배터리 떨어졌
다고!"

고타로가 느닷없이 내 휴대전화에 손을 뻗었다. 순식간이어
서 저항할 수 없었다. 고무 커버를 잡은 순간 엉겁결에 큰 소리
를 질러 버렸다.

"하지 말라고!"

"……지금 나는 그 아이 얼굴을 보고 싶어 죽겠어! 불끈불끈
거린다고!"

"시끄러우니까 잠이나 자, 너는."

뭐야, 이 짠돌이, 하고 내뱉더니 고타로는 또 창 쪽으로 얼굴
을 돌리고 털썩 좌석에 몸을 기댔다.

고타로가 평소의 분위기로 돌려주었다. 나는 펄떡펄떡 뛰는

심장을 위에서 억누르듯이 뜨거워진 휴대전화 화면을 가슴에 대고 눌렀다.

택시는 달려간다. 몇 년 지나도 변함없는 시내를 작고 검은 차는 술술 미끄러져 간다.

"그 후배, 되게 에너지 넘치더라."

내쪽으로 왼쪽 귀 뒤쪽을 보인 채 고타로가 말을 꺼냈다.

"사람 많은 회식 자리에 그런 아이가 있으면 아주 도움이 될 것 같아. 술도 세고 귀엽지 않은 것도 아니고."

이중 부정의 표현에는 고개를 갸웃거렸지만 "그러게." 하고 나는 받아들였다.

고타로는 다리를 벌리고 앉은 채 창밖을 보았다. 귀도 목도 빨갰다. 택시가 흔들릴 때마다 온몸에 술이 돌고 있을 것이다.

나는 고타로가 정말로 얘기하고 싶은 것은 무엇일까 생각했다. 후배가 에너지 넘치더라는 얘기를 하고 싶었던 게 아니란 것은 바로 알았다.

신호도 빨간색이 되었다. 택시가 섰다.

"……합격이란 말, 신기해."

타이어가 지면에 마찰하는 소리가 없어지고, 차 안이 고요해졌다.

"누구나 다 아는 큰 상사나 광고 또는 매스컴 관련 회사나 그런 곳에 합격하면 무언가 마치 그 사람을 통째로 긍정하는 느낌이잖아."

긍정이라는 고타로답지 않은 말이 매끄럽게 나온 것에 조금 놀랐다.

아무도 눈치채지 못하도록 살그머니 미터 요금이 올라간다.

"마치 전지전능한 신처럼 말이야. 인생의 스승처럼 말이야. 아까 후배 아이도 내가 두 군데 합격했다는 얘기만으로 그렇게 됐잖아. 데이코쿠 출판하고는 비교도 되지 않을 중소 출판사와 아무도 모르는 작은 상사인데."

아무도 건너지 않는 심야의 건널목을 앞에 두고 택시는 움직이지 않는다.

"다들 말이야, 대단한 생각들을 하고 있어. 앞으로의 출판업계에 대해서라든가 어떤 기획을 하고 싶은가에 대해 무진장 뜨겁게 얘기해, 벌써."

약 열 시간 전, 고타로는 회사 동기를 처음 만났다. 낮에 인사부를 포함해 식사 모임을 하고 그다음엔 동기들끼리 초저녁까지 패밀리 레스토랑에 있었다고 한다.

신호가 파란색으로 바뀌었다.

"그걸 들으면서 생각했는데, 난 그냥 취업활동을 잘하는 것뿐이었어."

차가 움직이기 시작해 등받이에 기대고 있던 고타로의 머리가 약간 흔들렸다.

"달리기를 잘한다, 축구를 잘한다, 요리를 잘한다, 글씨를 잘 쓴다 하는 것과 같은 레벨에서 취업활동을 잘하는 것뿐이었어."

또 미터기가 올라간다.

"그런데 취업활동을 잘하면 마치 그 사람이 통째로 아주 대단한 것처럼 말해. 취업활동 이외의 일도 뭐든 해낼 수 있는 것처럼. 그거, 뭐랄까."

칫칫칫 하고 소리가 나는가 싶더니 택시가 오른쪽으로 돌았다.

"그것과 마찬가지로 말이야, 피망을 못 먹는 것처럼, 윗몸일으키기를 못하는 것처럼 그냥 취업활동을 못하는 사람도 있잖아. 그런데 취업활동을 잘하지 못하면 그 사람은 통째로 무능한 게 되어 버려."

아아, 하고 나는 생각했다.

"난 네가 왜 합격하지 못하는지 정말 모르겠다."

미처 생각하지 못했다.

"빈정거리는 거 아니야, 이거."

고타로는 나를 격려해 주고 있다.

"고맙다."

나는 좀 전에 자신이 하려고 한 일을 맹렬히 반성했다. 고타로에게 휴대전화 화면을 보여 주지 않길 정말 잘했다고 생각했다.

앞으로 신호 두 개만 받고 사거리를 왼쪽으로 돌면 이정표로 제시한 경찰서가 보인다.

"난 말이야, 합격하면 취업활동이 끝난 거라고 생각했는데, 그게 아니었어."

미터기 요금이 또 올라간다.

"나 오늘 만난 동기와 오늘 간 회사에서 계속 일해야 해."

고타로는 이미 대답을 원하고 있지 않는 것 같았다.

"취업활동은 끝났지만, 아무것도 해냈다는 기분이 들지 않아."

창가에 얼굴을 기댄 채 고타로는 더는 얘기하지 않았다. 이쯤이면 됩니까? 운전사가 타이밍을 잰 듯이 이쪽을 돌아보았다. 나는 사와 선배가 넌지시 건네준 오천 엔짜리 지폐를 주머니에서 꺼냈다.

계단을 올라가는데 다카요시가 내려왔다.

"아, 어서 와."

트레이닝복에 안경 차림의 다카요시를 처음 보아서 순간 누군지 몰랐다. 다카요시가 커다란 오른손에 지갑과 휴대전화를 들고 있다.

"안녕, 다녀왔어, 다카요시~♪"

갑자기 가게에 있을 때의 텐션을 되찾은 고타로가 다카요시에게 엉기려 하자 다카요시가 사삭 피했다. 다카요시가 안경은커녕 면바지가 아닌 늘어진 트레이닝복을 입고 있는 것을 보는 것도 처음이다. 코밑에는 수염도 조금 나 있다.

"뭐야, 지금까지 마셨냐?"

술 냄새, 하고 다카요시는 얼굴을 찡그렸다.

"응. 나 아르바이트하는 곳에서. 다카요시는 이런 시간에 어디 가는 거야?"

다카요시에게 거절당한 고타로가 "다카요시 너무해." 하고 이번에는 나한테 엉겼다.

"난 담배 사러."

그리고 볼일이 있어서, 하고 바로 자리를 떠나려는 다카요시를 나는 불러 세웠다.

"저기, 리카 집에 있어?"

"있는데."

'왜?' 하는 의문문이 들리는 것 같다.

"내일 아침 일찍 면접이 있어서 말이야. 프린터 좀 쓰고 싶은

데 지금 가도 될까?"

여자고, 민낯으로 있을 테고, 이 녀석은 남자 친구니까, 여러 가지를 신경 써서 물었지만, 그리 문제는 없는 것 같다.

"괜찮을 거야."

그럼, 하고 다카요시는 푸석푸석한 머리를 바람에 날리면서 편의점 쪽으로 걸어갔다. 맨발에 납작한 샌들을 신고 있다. 뜻밖에 종아리 털이 짙다. 항상 말끔한 차림을 하고 있어서 미처 보지 못했다.

고타로를 방까지 데려다 주고 나는 그대로 한 층 위로 올라갔다.

초인종을 누르자, 예예, 하는 소리와 발소리가 들려왔다.

"벌써 왔어? 찾았어? 그보다 문 열려 있잖아."

다카요시가 온 걸로 착각했는지 리카가 통통 튀는 목소리로 문을 열었다.

"헉, 깜짝이야."

"……미안."

일단 메일은 보냈지만, 하고 덧붙여 보았으나, 맨얼굴의 리카를 보니 역시 미안한 마음이 들었다. 다카요시의 허락은 받았지만, 메일 답장이 오기 전에 와 버린 것은 사실이다.

"들어와. 프린터?"

종이가 있던가, 하며 리카는 나를 방 안으로 들여보내 주었다. A4 용지가 몇 장 안 남은 것 같아서 미안한 마음이 점점 커졌다.

"그러고 보니 고타로도 취업활동 끝난 것 같더라."

트위터에서 봤어, 하고 리카는 좌식 의자에 걸터앉았다. 모두 같이 엔트리시트를 펼쳐 놓고 있던 테이블에는 지금 리카의 이력서 한 장만 놓여 있다. 전에 봤을 때와 증명사진이 바뀌었다. 결국 사진이 부족해서 다시 찍었을 것이다.

미즈키의 합격 축하 파티 이후 한 번도 다 같이 모이지 않았다. 아무도 그때 이야기는 언급하지 않는다. 하지만 이 방에 오면 아무래도 그 생각이 난다.

"고타로는 어디 붙었어?"

"총문서원." 알아? 내가 묻자, 아, 거기, 안다는 식의 답이 돌아왔다.

"중견 출판사잖아. 글쎄, 어떠려나. 잡지라든가 요즘 꽤 힘들다고 들었는데. 내 귀에 좋은 평판은 들어오지 않아, 거기."

오늘은 리카의 목소리가 조금 낮은 것 같다.

"제1지망은 어디였어?"

"데이코쿠 출판."

"아……! 학술제 실행위원 선배 중에 데이코쿠 출판 다니는 사람 있어. 두 기수 위였는데."

조금 엇나간 리카의 대답에 제대로 대꾸할 말이 없다.

여기서 대화가 끊어졌다. 고타로가 없으면 나는 늘 이렇게 된다.

"밤도 늦었고 용지도 얼마 안 남았는데 매번 미안해."

"괜찮아."

방에 들어간 뒤 줄곧 리카는 왠지 어수선 해보였다. 좌식 의자 밑을 들여다보다가 가방을 들여다보다가, 몇 번이나 그랬다. 뭔가 찾을 걸 기대하는 것처럼 보이지는 않았다.

"……뭐 찾고 있는 거야?"

프린터 전원을 켜면서 물었더니, 음, 하고 리카는 미적지근한 대답을 했다.

"아까부터 휴대전화가 보이지 않아. 그래서 다쿠토가 보낸 메일도 아직 못 봤어."

갑자기 와서 깜짝 놀랐어, 라고 하는 리카의 목소리는 역시 평소보다 낮다.

"편의점 화장실에 두고 왔는지도 몰라서 지금 다카요시가 담배 사러 가는 길에 물어보고 온다고 했는데……. 음, 그런데 아직 이 방에 있을지도 모르니까 전화 좀 해 주지 않을래?"

"그러고 싶은데, 나 네 번호 몰라."

"그럼 내가 걸게, 좀 빌려 줘."

순간, 생각했다.

여기서 거절하는 것은 부자연스럽다. 지금까지 그런 부탁을 거절해 온 상대와는 관계성이 다르다. 고타로라면 적당히 얼버무릴 수 있지만, 지금은 그렇지 않다.

"……응."

나는 주머니에 넣어둔 휴대전화를 리카에게 던졌다. 얇은데 비해 무거운 휴대전화가 둔한 포물선을 그리며 리카에게 날아갔다.

나는 컴퓨터 마우스를 움직였다. 캄캄한 화면이 환해지고 바탕 화면 가득 꽃 사진이 나타났다. 바로 근처에 디지털카메라 SD 카드가 뒹굴고 있는 걸로 봐서 분명 오늘 찍은 사진의 일부일 것이다. 그날 찍은 마음에 드는 사진을 바탕 화면에 까는 그런 꼼꼼한 사람을 나는 가끔 부러워한다.

"휴대전화 비밀번호가 뭐야?"

"0852."

세로 일렬로 나란히 치기 쉽다는 이유로 정한 비밀번호를 말하고, 나는 검색 스페이스에 커서를 맞춘다.

오늘 리카는 목소리가 낮을 뿐만 아니라 평소보다 말이 단순한 느낌이 든다. 정중한 말로 무언가를 꾸미려고 하지 않는다. 비밀번호를 누르는 리카의 모습을 보면서 나는 검색해야 할 회사 이름을 머릿속으로 반추한다.

"저기, 다쿠토는 그 그룹 면접 붙었어?"

갑자기 돌직구 질문이 날아왔다.

"……떨어졌어."

리카는? 되묻기 전에 한숨이 내려왔다.

"나도 떨어졌어. 어째서 이렇게 떨어지는 걸까, 정말로."

오늘은 별로 리카에게 말을 걸지 않는 편이 좋겠다고 직감적으로 간파하고는 묵묵히 마우스를 움직였다.

취업 준비생용 마이페이지에 로그인하지 않으면 수험표를 프린트할 수 없다. 그러기 위해서는 먼저 기업 홈페이지에 접속해야 한다.

내가 내일 면접 볼 회사는 다이마루 해상.

다이, 까지 치자 예측 변환으로 과거에 검색한 단어가 떴다.

다이니치 통신 에리어직 블랙

"저기."

등 뒤에서 리카의 목소리가 났다.

"다쿠토, 인터넷 검색 화면 열어 놓은 채로 잠금 버튼 눌렀구나."

내가 지금 보고 있는 화면을 보고 있는 것 같은 목소리다.

"총문서원, 고타로가 간 회사 아니었어?"

나는 택시 안에서 엉겁결에 끈 휴대전화 화면을 떠올렸다.

총문서원 2ch 평판

택시 안, 그때 갑자기 몸을 일으킨 고타로에게 휴대전화를 빼앗길 뻔해 엉겁결에 나는 화면을 끄고 말았다.

그 화면이 지금 리카의 눈앞에 있다.

"깜짝 놀랐네. 친구잖아, 고타로?"

발밑이 빠져서 끝없이 떨어지는 듯한 감각이 들었다.

"……리카도 미즈키의 친구잖아."

지지 않으려고 소리를 쥐어짰다.

"컴퓨터에도 검색 남아 있어. 다이니치 통신 블랙이라고."

가장 보고 싶지 않았던 것과 가장 보이고 싶지 않았던 것이 맞거울질 하듯이 마주 보고, 끝이 없는 어두운 무언가가 온몸을 감쌌다.

"……난 다쿠토가 합격하지 못하는 이유, 알아."

── 난 네가 왜 합격하지 못하는지 정말 모르겠다.

"줄곧 알고 있었어, 그런 것."

—— 빈정거리는 거 아니야, 이거.

"다쿠토는 말이지, 자신을 관찰자라고 생각하고 있어. 그러고 있으면 언젠가 지금의 자신이 아닌 누군가가 될 수 있다고 생각하지?"

고타로의 목소리를 떠올렸다. 택시 안에서 가슴에 끓어 올라왔던 미안한 마음, 이런 것을 옆에서 검색하는 자신이 정말로 비참하게 느껴졌던 그때의 기분. 필사적으로 떠올렸다.

"그렇게 생각하지 않아."

"그러니까."

뒤를 돌아보았다.

"취업활동 2년째가 되어도 합격한 곳이 하나도 없잖아."

총구 같은 눈 두 개가 나란히 이쪽을 보고 있다.

"다들 착해서 별로 건드리지 않았지만, 마음 어딘가에서는 그렇게 생각하지 않을까. 관찰자인 척하는 다쿠토, 역겨워."

미즈키와 리카는 1년간 유학을 다녀와서 지금 5학년이다.

밴드에 시간과 노력을 너무 쏟은 고타로는 3학년 1학기 시험에 낙제해서 지금 5학년이다.

다카요시는 휴학한 기간이 있어서 지금 5학년이다.

다들 어떤 형태로건 한 해 꿇어서 현재 대학 5학년생이자 취업활동 1년 차다.

나는 작년에 취업활동에 실패해 지금 5학년이다.

작년에 한 군데도 붙지 않았다. 올해도 마찬가지다.

"이런 것만 검색하는구나. 충문서원, 블랙, 아마추어 극단 게시판. 이거 그거지, 긴지 군인가? 친구가 하는 극단이 씹히는 게시판이지?"

리카가 내 휴대전화를 조작하면서 말했다. 말을 돌려서 하려는 생각은 전혀 없는 것 같다. 리카는 아마 이제 무엇이 망가지건 상관없다고 생각하고 있다.

"사실은 누구도 응원하고 있지 않지. 누가 잘나가도 시시하지. 다쿠토는 모두 자신보다 불행해지길 바라고 있어. 게다가 자신은 관찰자이고 싶다고 생각하고."

무언가가 무너져 내린다. 그리고 그것은 분명 원래의 장소로는 더 이상 돌아갈 수 없다. 조금 모양이 맞지 않아도 억지로 끼워 맞춘 퍼즐을 막상 들어 올리면 한가운데부터 쪼개지듯 망가져 버리는, 그런 영상이 떠올랐다.

"그렇지만 리카도 마찬가지잖아."

생각보다 작은 목소리가 나와서 나는 자신의 한심함을 저주

했다.

"미즈키가 합격한 회사가 블랙 기업인지 조사했네. 나하고 똑같이."

"난 너하고 같지 않아."

너라는 말이 따귀를 때리듯 날아왔다.

"너, 실은 나를 비웃고 있지?"

좌식 의자에 앉은 리카는 나를 올려다보고 있다.

"그 점이 달라. 나는 다쿠토를 비웃지 않아. 가엾다고 생각할 뿐이야."

턱을 당긴 채 리카는 내 눈을 보고 있다.

"그런데 성격이 더럽다는 점은 같을지도 모르겠네."

나는 눈을 피하지 않았다.

"나 계속 읽었어. 너의 또 다른 트위터 계정."

심장의 심지가 타는 듯이 뜨거워지는 걸 느꼈다.

"메일 주소로 검색하니 바로 나오더라."

—— 개인 메일 주소를 알면 그걸로 계정이 검색되니까.

"알아, 나. 너도 분명 알겠지만, 다카요시가 또 하나의 계정을 갖고 있다는 것도 알고, 네가 또 하나의 계정으로 멋대로 별거 다 쓰는 것도 알아."

그때 테이블 가득 명함을 늘어놓으면서 얘기하는 리카의 말을 듣고, 나는 다카요시가 비망록이란 이름으로 쓰고 있는 계정을 발견했다. 자신도 검색당할지 모른다. 그렇게 생각하지 않았던 건 아니다. 차라리 또 하나의 계정을 누군가에게 들키기 전에 지워 버릴까도 생각했다. 하지만 지울 수 없었다.

"나, 너는 또 하나의 계정을 잠그거나 트위터를 삭제하지 않을 거란 거 알고 있었어. 왜냐하면 넌 자신의 트위터를 엄청나게 좋아하거든. 자신의 관찰과 분석이 최고로 날카롭다고 생각하잖아. 종종 다시 읽어 보곤 하지? 신경 안정제, 손에서 놓을 리가 없지."

나는 아무 말도 할 수 없다.

"아주 이따금 모르는 사람이 리트윗해 주거나 관심글로 지정해 주는 게 기분 좋아서 어쩔 줄 모르겠지? 그래서 남들이 보지 못하게 잠그지도 않은 거지."

몸속이 뜨겁다.

"한참 전에 상상력이 없는 사람은 질색이라고 썼던가? 그거 네 얘기잖아. 이걸 내가 읽을 거라고는 전혀 상상하지 못했지?"

심장의 열이 등뼈 한복판을 타고 곧장 올라갔다.

"나는 있지, 누군가를 관찰하고 몰래 비웃고, 그걸로 자신은 차원이 다르다는 착각은 하지 않아. 절대 하지 않아. 너와 나는 전혀 달라."

온몸의 모공이 열렸다.

"너 줄곧 나를 비웃었잖아!"

리카는 시선을 치워 주지 않았다.

"말해 줄까? 언제였더라, 알게 된 지 얼마 되지 않아 다들 엔트리시트 쓰고 한 날 네가 뭐라고 썼는지."

리카는 휴대전화 화면을 보지도 않고 말했다.

"집에서 술을 마시는데 예쁜 그릇밖에 꺼내지 않는다. 어째서 나무젓가락이나 종이 접시 같은 것이 나오지 않는가. 그 두 사람은 분명 서로에게 격식을 갖춘 채로 같이 살기 시작했기 때문이다. 남자는 자기 집에 있으면서 면바지에 깨끗한 셔츠. 서로에게 흐트러진 모습을 보이지 못한다. 같이 산다는 건 그런 게 아니라고 생각한다'였던가?"

내용은 대체로 맞을 거야, 리카는 입 주위에 떠도는 무언가를 날려 버리듯이 웃었다.

"몇 번이고 몇 번이고 읽어서 다 외워 버렸어."

리카가 좌식 의자에 등을 기대고 겨우 잠시 시선을 돌렸다. 그 순간 온몸의 체온이 조금 내려갔다.

옷이 땀에 젖었다.

"처음 만나 메일 주소 교환할 때 혹시나 싶어서 검색했어. 너

같은 애들은 계정을 또 하나 가지는 경우가 많거든. 말 한 마디 한 마디가 나는 냉정한 관찰자입니다, 하더라고. 뭐랬지, 취업 활동은 트럼프에서 말하는 다우트 같은 것이라고 했나? 그렇게 잘난 소리 했었지. 취업활동 1년째로 열을 올리는 너희를 높은 곳에서 내려다보는 관찰자인 나, 라는 느낌, 엄청 풍기더라."

그렇지 않다.

"나와 미즈키가 취업 정보 센터에 열심히 다닐 때도 너 혼자 만 별로 몰두하지 않는 척했지. 다카요시가 미즈키의 엔트리 시트에 코멘트할 때도 히죽거리고."

그렇지 않아, 라고 하려고 해도 그 말이 나오지 않는다.

"사실은 미즈키도 고타로도 다카요시도 비웃고 있었지?"

"그건 달라."

겨우 소리가 나왔다.

"유학 간 것도 인턴 한 것도 자원봉사 한 것도 명함도, 책 좋 아하지도 않는 고타로가 출판사를 목표로 하는 것도, 다카요 시가 어렵고 두꺼운 책을 다 읽지도 않고 들고 다니는 것도 모 두 비웃었지?"

"달라."

"다르지 않아."

정말로 다르다.

그렇게 말하려고 했지만, 아무런 설득력도 없는 그 말은 목에서 튀어나오기 전에 죽어 버렸다.

"너는 누군가를 관찰하고 분석하는 것으로 네가 아닌 누군가가 된 것처럼 생각하고 있어. 그런 건 아무런 의미도 없는데."

말이 감정의 속도를 타고 그 말의 속도에 감정이 타, 리카는 점점 멈추지 못하고 있다.

"다쿠토는 언젠가 누군가로 다시 태어난다고 생각하고 있어."

리카는 내 휴대전화를 테이블 위에 놓았다.

"포기하는 척하지만 포기하지 못하지. 올해도 주위에는 이미 포기했다고 말하면서 실은 연극 관련 기업에 몰래 지원하고. 이 날카로운 자신만의 관찰력과 분석력으로 언젠가 옛날에 동경했던 누군가가 될 수 있을 거라고, 지금도 생각하고 있지."

트위터 팔로잉 수보다 팔로어 수가 더 많다든가, 그런 중요하지 않은 레벨의 누군가로. 그렇게 덧붙인 뒤, 리카는 테이블 위에 놓여 있던 보리차를 한 모금 마셨다.

"이제 그만 현실을 깨닫자고. 우린 누군가가 될 수 없어."

꿀걱 하고 리카의 목이 울렸다.

나는 그걸 보고 내 목이 바싹 타들고 있다는 사실을 깨달았다. 소리를 내려고 해도 달궈진 아스팔트 같은 목이 그걸 에워싸 버린다.

"나는 나밖에 될 수 없어. 아프고 볼썽사나운 지금의 나를 이상적인 나에 가까워지게 할 수밖에 없어. 모두 그걸 알기 때문에 아프고 볼썽사나워도 분발하는 거야. 볼썽사나운 모습 그대로 몸부림치는 거라고. 그러니까 나도 볼썽사나운 나인 채 인턴도 하고 외국 자원봉사도 하고 명함도 만드는 거야."

리카는 이력서 사진을 다 쓴 것처럼 명함도 다 쓴 것 같다. 전에 본 것과 다른 명함이 테이블 위에 놓여 있다.

"지금의 내가 얼마나 촌스럽고 꼴불견인지 알아. 외국 자원봉사를 무시하는 대학생이나 어른이 많은 것도, 학생 주제에 명함 따위 갖고 다닌다고 지금까지 만난 어른들이 속으로 비웃을 거란 것도 알아."

알고 있어.

리카는 한 번 더 확인하듯이 말했다.

"비웃는다는 걸 알면서 어째서 그런다고 생각해?"

리카는 이를 악물면서 그다음 말을 쥐어짜는 듯이 보였다.

"그것 말고는 내게 남은 길이 없기 때문이야."

입술에서가 아니라 온몸에서 소리가 들리는 것 같은 기분이 들었다.

"촌스럽고 볼썽사나운 나를 이상적인 나에 가깝게 하는 것밖에, 내가 할 수 있는 일이 없어."

사이렌이 울리는 것 같군, 나는 생각했다.

"촌스럽고 볼썽사나운 지금의 내 모습으로 '이렇게까지 하는데?' 할 정도로 발버둥 칠 수밖에 없단 말이야!"

떨듯이 그렇게 말하는 리카는 마치 온몸이 울리는 것 같아 보였다.

귓속에서 여러 사람의 목소리가 되살아났다.

"자신은 자신밖에 될 수 없어. 아무리 유학하고 인턴 하고 자원봉사를 해 봤자, 나는 전혀 달라지지 않았는걸. 동경하는, 이상형인 누군가도 될 수 없었어. 가난한 나라의 아이들을 만나고 낯선 땅에 학교를 세우기도 한 손으로, 남의 메일 주소로 트위터 계정이나 찾고, 남이 합격한 회사를 검색하고. 그게 블랙회사라는 소문이 도는 곳이라면 좀 위안을 받고. 지금도 촌스럽고, 볼썽사납고, 추한 나 자신인 채로야. 뭘 하든 아무것도 달라지지 않았어."

—— 앞으로는 이제 스스로 움직이지 않으면 내 이름은 바뀌지 않는구나, 갑자기 이런 생각이 들더라고. 내가 아무것도 하지 않으면 지금의 나인 채로잖아, 앞으로 줄~곧.

"하지만 이 모습으로 발버둥 칠 수밖에 없잖아."

소리가 소용돌이가 되어 간다.

"그러니까 나는 누가 아무리 비웃어도 인턴도 외국 자원봉사도 어필할 것이고, 취업 정보 센터에도 다니고 내 명함도 뿌릴 거야. 볼썽사나운 모습인 채로 죽을 둥 살 둥 발버둥 칠 거야. 그 방법에서 도망쳐 버리면 더는 선택의 여지가 없으니까."

—— 10점이어도 20점이어도 좋으니 네 속에서 꺼내. 네 속에서 꺼내지 않으면 점수조차 받을 수 없으니까. 100점이 될 때까지 무언가를 숙성시켰다가 표현한들 너를 너와 똑같이 보는 사람은 이제 없다니까.

"다쿠토는 그걸 몰라."
귀 안쪽의 소리가 사라지고 방의 고요만이 남았다.
"알고 있어."
고타로의 말이 이해가 갔다.
"알지 못해."
"알아."
미즈키의 말도 몹시 이해가 갔다.
"전혀 몰라."
사실은 리카의 말도 아프리만치 이해하고 있는데.

"언젠가 무슨 계기로 자신은 바뀔 거라고 생각하고 있지. 미련 많은 연극계 기업에 시험 치는 것도, '너는 다른 아이와 달리 사고방식이 재미있구나' 하는 평가를 받을 걸 기대했던 거 아냐? 그런 에피소드는 말이야, 누구한테나 생기는 게 아냐."

리카는 더는 내 눈을 보지 않았다.

"다쿠토는 언제나 조금 거리를 둔 곳에서 우리의 전투를 바라보고 있어. 자신은 그런 꼴사나운 짓 하지 않을 거라고 마음 어딘가에서 생각하고 있지."

마음 어딘가, 를 바라보는 것처럼 리카는 내 몸 어딘가를 보고 있다.

"그러니까 긴지 군의 정기 공연도 보러 갈 수 없는 거지? 꼴사나운 모습으로 정말 몸부림치는 사람을 보는 것이 무서우니까. 사실은 자신에게도 그 방법밖에 남아 있지 않다는 것을 알게 되는 것이 무서우니까. 거리를 두고 아마추어 연극 게시판이라는 멀리 떨어진 곳에서 긴지 군을 관찰하고 있지. 또 그 잘난 관찰."

질 낮은 작품만 양산한다니까, 이 극단은.

여러 발 쏘다 보면 하나쯤 맞을 거라 생각하는 건가.

프로의 세계는 그렇게 우습지 않다고 누가 말 좀 해줘라.

시간이 지나도 여전히 학생 극단 ^^ 같다.

"누가 뭐라든 한 달에 한 번 공연을 계속해 나간다는 건 욕도 먹긴 하지만 바른 모습이잖아. 네가 관찰자로서 취업활동에 임했다가 실패한 지난 1년 동안, 긴지 군은 열두 번이나 공연했다는 얘기야. 아무리 시시하다고 얻어맞아도 남들에게 평가받는 일을 절대로 그만두지 않았어. 네가 못한 일을 긴지 군은 계속 실행하고 있어. 그 진지함에 맞서지 못하는 너를 유일하게 용서해 준 장소지, 그 게시판이."

주제가 다 비슷해. 역시 머릿속이 학생 그대로야.
3월 공연 보러 간 사람, 어땠어요?
잘 모르겠어.
시시해.

"뼈아프고 볼썽사나운 모습으로 계속 몸부림치는 것을, 우리에게 남은 마지막 방법을, 긴지 군은 계속 실행하고 있어."
숨을 쉴 수가 없다.
"나와 다카요시의 동거도 부정하지 않으면 성이 풀리지 않았겠지? 예쁜 그릇밖에 사용하지 않는, 집 안에서 깨끗한 옷밖

에 입지 못하는 우리는 관찰자 시점에서 보면 아주 꼴사나웠
겠지. 여자는 외국 자원봉사자, 인턴, 남자는 평범한 학생인 주
제에 현대 미술의 칼럼 집필. 아주 꼴불견인 우리가 그걸 극복
하고 사이좋게 계속 살다니, 절대 용서가 안 됐겠지?"

그렇지 않다.

"긴지 군이 인터넷에서 두들겨 맞으면서도 매달 꼭 공연하
는 모습도, 내가 촌스러운 자기 어필을 하면서도 취업활동을
열심히 하는 것도 비웃지 않으면 똑바로 서 있을 수가 없었던
거지, 다쿠토는."

그렇지 않다.

"나에 대해서도 실컷 썼더군. 직책뿐인 명함, 잘도 이런 것
뿌리고 다니네, 하고. 하지만 사실은 그런 꼴사나운 짓조차 못
하는 자신을 마주 보고 싶지 않았던 거지?"

그렇지 않다.

이제 그만해.

말이 소리가 되지 않는다.

"거리를 두고 관찰하지 않으면 머리가 돌아 버릴 것 같겠지.
그런데 말이야, 그렇게 멀리 떨어진 곳에 혼자 있어 봐야 아무
것도 달라지지 않아. 그런 아무도 없는 곳에서 몰래 갈고 닦은
고찰은, 분석은 독도 약도 뭣도 되지 않아. 그건 누구도 지탱해

줄 수 없고, 언젠가 너를 돕는 일에도 써먹지 못해."

어느새 리카의 표정은 부드러워져 있었다.

"관찰자인 양 해 봐야 아무것도 되지 않아."

무언가를 포기한 듯 눈썹을 내리고 내 눈앞에 서 있다.

"다카요시의 '비망록'도 확실히 한심하긴 하지만."

리카가 눈앞에 서 있다.

리카는 마치 어린아이를 향해 무언가 중요한 사실을 가르치는 듯한 목소리로 말했다.

"다쿠토의 또 하나의 계정 이름, 나 슬펐어."

자, 하고 휴대전화를 돌려준다.

"생각한 것을 남기고 싶다면 노트에라도 쓰면 될 텐데, 그걸로는 부족하지? 자기 이름으로는, 자기 글씨로는 안 되지. 자기가 아닌 누군가가 될 수 있는 장소가 없으면 이제 어디에도 설 수 없는 거지."

돌려받은 휴대전화는 손바닥에 쏙 들어갔다.

"마음속으로 생각하는 건 자기도 모르는 사이에 상대에게 전해지는 거야. 아무리 멀쩡하게 정장을 입어도, 아무리 또 하나의 계정을 숨겨도 네 마음 안쪽은 상대에게 다 보여."

아직 뜨겁다.

"볼썽사나운 모습으로 몸부림치지 못하는 너의 진짜 모습은 누구에게나 전해져. 그런 사람을 어떤 회사에서든 원할 리 없 잖아."

나는 얼굴을 들었다.

"그렇게 계속 도망치면? 볼썽사나운 자신과 거리를 둔 곳에 서 언제까지 관찰자로 있으면? 언제까지고 그 가련한 계정 이 름대로 '누구'가 된 척이라도 해서 누군가를 비웃고 있어봐. 취 업활동 3년째, 4년째가 돼도 계속."

리카는 몹시 슬픈 얼굴을 하고 있었다.

"……그렇지만 나 역시 마찬가지일지도."

리카는 이제 나를 보고 있지 않았다.

"나도 트위터로 내 노력을 실황 중계하지 않으면 서 있을 수 가 없어."

꾹, 두 다리에 힘을 주었다.

"더는 서 있지 못하겠지?"

간신히 일어선 순간, 문이 열렸다.

"편의점 화장실에 그대로 놓여 있더라고, 휴대전화."

오른손에 빨간 휴대전화를 든 다카요시가 타닥타닥 소리를 내면서 현관에서 샌들을 벗고 있다.

"……왜 그래?"

서로 마주 보며 서 있는 나와 리카를 보고, 다카요시는 불안한 듯한 목소리를 흘렸다. 나는 아무 말도 하지 않고, 다카요시 옆을 지나 밖으로 나왔다. 프린터에 그대로 있는 A4 용지도, 컴퓨터 화면에 남아 있는 글자도, 더는 아무것도 기억나지 않았다. 이미 잠들어 있을 고타로가 있는 그 집에서 빨리, 깊이, 크게 숨을 들이마시고 싶다는 생각뿐이었다.

◆

누구 @NUGU 161일 전
동거인의 동아리 은퇴 라이브. 라이브하우스 정도의 아담한 공간에서는 오히려 더 무대에 서 있는 사람이 멀리 느껴진다. 세 사람 모두 학점이 부족해서 한 해 꿇은 밴드. 동아리 사람들에게 사랑받는 것은 전해지지만, 가족적인 분위기에 취한 듯한 인상. 연주를 잘해서 더 아까웠다.

누구 @NUGU 159일 전
한 층 위에 사는 사람이 친구의 친구였다. 나이는 같지만, 이런저런 이유로 5학년이 된 사람들이어서인지, 취업활동을 향해 이상한 결속력이 싹튼 느낌. 서로 견제하는 주제에 취업활동은 단체전이라고 누군가 언젠가 말을 꺼낼 것 같아 어딘지 모르게 불안한 분위기. 이런 사람들, 작년에도 있었지.

누구 @NUGU 159일 전
취업활동은 트럼프에서 말하는 다우트 같은 것. 유학, 외국 인턴, 토익, 학술제 실행위원, 아무리 강한 카드를 많이 갖고 있어도, 면접에서 내미는 카드는 뒤집힌 것. 얼마든지 거짓말을 할 수 있다. 유학파인 그 두 사람은 그런 방법을 모르는 채 꽝을 뽑을 것 같은 느낌이 든다.

누구 @NUGU 156일 전

위층의 동거인도 연극 동료였던 그 녀석도 아무한테도 전하지 않아도 될 단계의 일을 세상에서 가장 뜨거운 말을 긁어모아 온 세상에 전하려 한다. 상상력이 부족한 사람일수록 타인에게 상상력을 요구한다. 다른 사람과는 다른 자신을, 누군가에게 상상하게 하고 싶어서 못 견디는 것이다.

누구 @NUGU 156일 전

메일이나 트위터나 페이스북, 아주 약간의 말과 작은 사진만으로 자신이 누구인지 얘기할 때, 어떤 말을 취사선택하는지가 중요한 것 같다. 두 사람의 취사선택 방법이 아주 비슷하다.

누구 @NUGU 152일 전

집에서 술을 마시는데 예쁜 그릇밖에 꺼내지 않는다. 어째서 나무젓가락이나 종이 접시 같은 것이 나오지 않는가 생각했는데, 집주인인 두 사람은 분명 서로에게 격식을 갖춘 채로 같이 살기 시작했기 때문이다. 남자는 자기 집에 있으면서 면바지를 입는다. 같이 산다는 건 그런 게 아니라고 생각한다.

누구 @NUGU 152일 전

그렇지만 설명회네 1차 면접이네 하는 화제로 분위기가 고조되니 작년 생각이 많이 난다. 설명회에서 잤다느니 자기만 평상복이었다느니. 그런 너의 개성 따위 누구 눈에도 띄지 않는다고 가르쳐 주고 싶다. 그것을 깨닫기 전이다. 모두.

누구 @NUGU 152일 전

상대도 자신과 같은 무게의 결단을 내린다는 것을 상상하지 못하는 것은 어째서일까. 같은 디자인의 정장을 같은 타이밍에 구입한 것뿐이지. 절대 개인으로서 누군가가 되기를 포기한 것이 아니다. 취업활동을 하지 않는 사람 특유의, 나는 나만의 길을 선택해 살아가겠습니다 하는 느낌, 어떻게 좀 해 주길 바란다.

누구 @NUGU 115일 전
몇 번을 보아도 그 두 사람의 트위터 자기소개 글은 너무 난감하다. 사선으로 마구 나누거나 직책을 줄줄이 늘어놓은 뒤 잘 모르는 격언. '사람을 만나고 말을 나누는 것이 양식이 된다'라고, 그렇게 적은 수의 팔로어에게 당당히 말해 봤자,라는 느낌.

누구 @NUGU 73일 전
멋진 말만 넘치는 '오피셜 블로그'에 반비례하듯이, 아마추어 연극 비평 게시판은 그 극단의 평으로 어지럽다. 보러 가지 않길 잘했다. 어차피 아무것도 되지 못할 텐데 그는 무엇을 하는 걸까.

누구 @NUGU 73일 전
통과하지 못하는 웹 테스트에는 시선을 주지 않고, 취업 정보 센터에서 면접 연습을 반복하고, 취업활동에는 흥미가 없다고 하면서 정보 수집을 하고, 프로 극작가가 되기로 결심했지만 일단은 그럴듯한 블로그를 쓰는 것부터 시작하고. 다들 자신과 타인의 윤곽을 뚜렷이 하고 싶어서 언제나 필사적이다.

누구 @NUGU 69일 전
취업활동에 흥미가 없다고 하면서, 정장을 입지 않겠다는 주의를 관철하면서 한 시간이나 일찍 시험장에 온 그 녀석. 취업 정보 센터에 다니며 모의 엔트리시트를 몇 장씩 써서 유명 기업 합격자에게 몇 번이나 첨삭을 받으면서, 늦잠이라도 잤는지 시험 시작 시각에 아슬아슬하게 달려가는 그 아이.

누구 @NUGU 55일 전

명함을 받았다. 위층의 그 아이는 드디어 자신의 명함을 만든 것 같다. 학생 특유의 직책으로 가득한 명함. 정작 중요한 이름 부분에 눈이 가지 않는다. 잘도 이런 걸 나눠 주며 다니네 싶더군. 이름이나 직책이 아닌 무언가를 뿌리고 다니는 것으로밖에 보이지 않는다.

누구 @NUGU 55일 전
그리고 동거인이 컴퓨터를 만지려고 하자 그 아이는 황급히 마우스를 빼앗았다. 그 행동에는 짐작 가는 게 있다. 아마 한 글자라도 입력하면 저절로 뜨는 자동 검색 기능을 지우고 싶었을 것이다.

누구 @NUGU 29일 전
몇 번밖에 온 적 없지만, 그래도 안면이 있을 정도로 흡연실에서 만나던 얼굴들에 변화가 있었다. 얼마 전까지 고등학생이었던 녀석들. 아직 사복에 힘이 들어가 있고, 지금을 가장 즐기고 있는 것은 자신이라고 말하고 싶어 죽을 것 같은 분위기에 웃음이 난다.

누구 @NUGU 29일 전
흡연실에서 비밀 계정을 발견해 읽고 있는데, 바로 그 주인공이 나타나서 깜짝 놀랐다. 역시 명함을 갖고 있었다. 아무리 그래도 Actor, Writer, Director라는 직책은 사기라고 생각한다. 명함에조차 같은 말을 써 넣는 두 녀석은 역시 아주 닮았다.

누구 @NUGU 13일 전
또 떨어졌다. 키마카레를 먹는 동안 합격 전화 마감 시간인 8시가 지나 버렸다. 가장 많이 올라간 곳이었는데, 다시 원점이다. 전투 방법은 다 알고 있는데, 좀처럼 열매를 맺지 못하는 것은 어째서일까.

누구 @NUGU 9일 전
불길한 예감은 들었지만, 설마 정말로 그룹 면접에서 같은 그룹이 되다니.

그녀는 토론 중에도 여전했다. 유학과 인턴과 자원봉사, 학술제 실행위원 이야기. 이 사람은 명함을 입고 다니는 것 같다. 오늘 밤은 축하 모임. 동료 중에 첫 합격자가 나왔다.

누구 @NUGU 2일 전
그 아이의 말이 머릿속에 남아 있다. 엉망진창이 되어 버린 합격 축하 모임을 한 지 일주일이 지났지만, 좀처럼 지워지지 않는다. 그 아이의 말이 선배의 말과 어딘가에서 연결되는 것 같은 느낌이 들어 찜찜하다. 답답하다.

누구 @NUGU 1일 전
오늘은 룸메이트의 합격 축하를 겸해 밥을 샀다. 제1지망은 떨어지고, 합격한 곳 중에 중견 출판사로 결정했다고 한다. 출판은 사양 산업이고, 중견 출판사는 상당히 힘들다고 들었는데. 추억의 사람을 만날 수 있을지도 모른다니, 자신의 인생에서 발견한 드라마가 그렇게도 중요한 건가.

누구 @NUGU 1시간 전
올해도 취업을 하지 못했다. 이유를 모르겠다.
일단 내일 수험표를 프린트해야지.

◆

17

"그럼 질문에 들어가겠습니다."

예, 하고 오른쪽에 앉은 여자가 발랄하게 대답했다. 거기에 이끌리듯이 힘이 빠져 가던 등이 꼿꼿하게 펴졌다.

"우리 회사는 아시다시피 인터넷 쇼핑으로 세상의 쇼핑을 바꾸자, 하는 생각으로 날마다 일하고 있습니다. 대학생 세대에게 조사를 겸해 물어보겠습니다만, 최근 인터넷 쇼핑으로 산 것이 무엇입니까? 그리고 왜 그것을 인터넷 쇼핑으로 사려고 생각했습니까? 각각 말씀해 주세요."

자, 그럼 이쪽 여학생부터, 하고 한가운데 앉아 있는 남성 면접관이 이쪽으로 얼굴을 돌리며 손바닥을 내밀었다. 면접관이 세 사람, 학생도 세 사람인 전형적인 1차 면접이다.

"예……, 저기."

예상 밖의 질문이었는지 그 여자는 대답을 한 뒤 몇 초 사이를 두었다. 한복판에 앉은 남자가 잠깐 그 여자를 보았다.

"……저는 사진집입니다."

마치 카운슬러처럼 면접관 세 명이 똑같이 끄덕인다. 얘기를 잘 듣고 있으니 긴장하지 말고 얘기해 보는 것이다. 릴렉스를 강요한다.

"시내 가게를 몇 군데 돌아다녀도 발견하지 못한 사진집이었는데 인터넷에서 바로 찾았습니다. 시중에 나도는 수가 적은 물건일수록 인터넷 쇼핑을 이용하면 아주 편리하게 살 수 있다는 걸 실감했습니다. 저는 지방 행정을 배웠습니다만, 분명 지방이라면 더 그런 경향이 심할 거라고 생각합니다. 저는 귀사에서 그런 도시와 지방의 쇼핑 격차를 메워 나가고 싶습니다."

단숨에 그렇게 말하고 그녀는 만족스러운 듯이 숨을 토하며 등을 조금 구부렸다. 잘 마무리했구나, 안심하는 표정이 훤히 보인다.

"감사합니다. 그럼 다음 분, 부탁합니다."

예, 하고 옆의 남자가 대답했다. 짧은 머리칼이 뾰족뾰족 서 있다.

"저는 눈썹 커터입니다."

쿡, 하고 맞은편 왼쪽에 앉아 있던 여성 면접관이 웃음을 흘렸다. 순간 남자의 얼굴이 만족스러운 듯이 홍조를 띠었다.

"털이 많은 저는 눈썹이 무성한 것이 콤플렉스였습니다. 최근에는 남자도 눈썹 정리를 하는 시대라고 어느 잡지에도 나왔잖습니까?"

그렇죠, 여성 면접관이 즐거운 듯이 맞장구를 쳤다.

"그러나 저처럼 겉보기에도 우락부락한 남자가 가게에서 눈썹 커터를 사는 것은 아주 많이 쑥스럽습니다. 이럴 때 인터넷 쇼핑은 편리했습니다. 사람들 앞에서 사기 부끄러운 것을 당당히 음미하고 살 수 있기 때문입니다."

다들 즐거워 보이는 얼굴이었다. 옆의 그가 점점 신이 나는 게 느껴진다.

"덕분에 오늘은 깨끗하게 다듬은 눈썹으로 면접에 임하게 됐습니다. 인터넷 쇼핑 덕분입니다. 감사합니다!"

하하하, 하고 남성 면접관이 자기도 모르게 표정을 풀었다. "확실히 멋진 눈썹이군요." 하고 받아 주자, 얘기를 마친 그는 수줍은 듯이 머리를 긁적거렸다. 다들 즐거워 보인다.

"그럼 마지막으로 니노미야 씨, 부탁합니다."

예, 나는 주먹에 힘을 주어 대답했다.

"저는……."

좀 전까지 웃는 얼굴이었던 면접관의 표정이 다시 굳어졌다.

"저는……, 프린터입니다."

그걸 보고 왠지 두 주먹에서 힘이 빠졌다.

"작년에 고장 나서 줄곧 친구 집에 빌려 쓰러 다녔습니다만, 그 친구 집에 갈 수 없게 돼서 샀습니다."

이야기를 어떻게 정리할까 생각하기 전에 입에서 그 이유가 술술 나왔다.

"지금까지 프린터를 빌려 주던 친구와는 사이가 나빠진 채로 점점 만날 기회가 줄었습니다만……. 예, 가게에서 보는 것보다 차분하게 상품 기능과 설명을 비교하며 읽을 수 있어서 그 점이 좋았다고 생각합니다."

옆의 남자가 내 얼굴을 힐끔 들여다보았다. '그게 끝?' 하는 소리가 누구에게선지 들리는 것 같았다.

"예, 감사합니다."

세 사람의 면접관이 메모하던 손을 멈추고 테이블 위에 놓여 있던 종이를 홀홀 넘겼다.

"여러분, 평소에도 인터넷 쇼핑을 이용해 주시는 것 같아서 안심했습니다. 그럼 다음 질문으로 넘어가겠습니다."

여성 면접관이 '에헴' 하고 헛기침을 했다.

"우리 회사 이념으로 '마음, 움직이다'라는 말이 있습니다만, 당신에게 '마음, 움직이다'는 무엇입니까? 자, 다시 그쪽부터 부탁합니다."

다음은 반대로 나부터 하게 될 줄 알았는지, 오른쪽 아이는 "아, 예." 하고 놀란 듯이 대답한 뒤, 바로 술술 얘기하기 시작했다. 준비했던 질문인지 대답에 막힘이 없다.

작년에는 사지 않았던 여름용 정장은 천이 얇아서 쾌적하다. 그래서 절대 더울 리 없는데, 옆의 남자가 분위기를 살릴 때마다 겨드랑이에서 땀이 났다.

"그럼 마지막으로 니노미야 씨 부탁합니다."

예, 하고 대답한다. 아까보다 목소리가 작아졌다.

"최근 가장 마음을 움직인 일은?"

또 양쪽 무릎 위의 주먹에서 힘이 빠졌다.

"……연극 무대입니다."

연극, 하고 여성 면접관이 끄덕여 주었다.

"저는 학생 시절에 연극을 했습니다. 매일 힘든 연습을 견디고, 첫 공연을 맞이했을 때는 정말로……."

꿀꺽 하고 침을 삼켰다. 사실을 말하자, 하고 등을 폈다.

"그런데 정말로 마음을 움직인 것은 제가 했던 연극이 아닙니다."

엥? 남성 면접관이 눈썹을 찡그렸다.

"아주 작은 극장이어서 몇백 몇천 명이나 되는 손님이 들어오는 규모는 아니지만, 아주 오랜만에 보러 가는 연극이 있어서……, 예전에 무척 친했던 친구가 하는 건데."

얘기를 하다 보니 횡설수설이 되었다. 그래도 얘기하기로 했다.

"……그 무대를 보러 가는 것은 다음 주입니다만."

여기서 하하 웃은 것은 나뿐이었다.

"이제 앞으로 못 만날지도 모른다고 생각했던 사람들을 용기 내어 제가 먼저 연락해서 다음에 같이 연극을 보러 갈 수 있을 것 같습니다. 아직 대답이 오지 않은 사람도 있지만……. 그래서 연극이라기보다 모두 같이 보러 갈 수 있을지도 모른다는 사실에 마음이 움직이고 있을지도 모릅니다."

아직 얘기가 계속되는 줄 알았는지 다들 입을 다물고 있다.

"이상입니다."

"……감사합니다."

두서없는 얘기에 당혹스러웠는지 여성 면접관은 긴 테이블 위에 놓인 자료로 시선을 떨어뜨렸다. 거기에는 수험생 세 명의 이력서와 엔트리시트가 놓여 있다. 내 것에는 별로 시선이 가지 않는 것 같았다.

"1차 면접에서 우리 회사의 이념이라든가 좀 까다로운 질문을 했을지도 모르겠군요. 어께 힘 좀 뺄까요?"

남성 면접관의 말에 하아, 하고 옆의 남자가 알아듣게 숨을 쉬었다. 여성 면접관이 또 쿡쿡 웃었다.

"그럼 마지막으로 자신이 생각하는 자신의 장단점을 한 가지씩 부탁합니다. 엔트리시트에도 쓰셨지만, 다시. 물론 쓴 것과 달라도 상관없습니다. 그럼 마지막 질문은……, 당신부터."

갑자기 첫 번째 타자가 되었다. 별로 생각도 하지 않고 말이 술술 나왔다.

"……엔트리시트를 쓸 때와 달라졌습니다만, 단점은 볼썽사나운 점입니다."

응? 여성 면접관의 미간에 주름이 잡혔다. 하지만 왠지 말해 버려야겠다고 생각했다.

"장점은, 내가 볼썽사납다는 것을 인정할 수 있다는 점입니다."

하아, 하고 한가운데 면접관이 뭐라고도 말할 수 없는 반응을 보인다. 옆의 남자가 징그러운 것이라도 보는 듯한 눈길로 흘끗 내 쪽을 보았다.

여름용 정장 안쪽에서 또 축축하게 땀이 분출했다.

"……감사합니다. 그럼 다음은 가운데의 당신, 부탁합니다."

제 단점은, 하고 옆의 남자가 말을 꺼내자 또 바로 와르르 웃음이 터진다. 여성 면접관은 아예 그의 얘기를 기대하는 것처럼 보였다.

분명 떨어졌다.

양쪽 무릎 위에서 주먹을 꽉 쥐었다.

하지만, 떨어져도, 괜찮다. 신기하게, 그런 생각이 들었다.

옮긴이의 글

시작이 다소 지루하고 평이해서 쉽게 빠져들지 못했던 소설
이었는데, 작업을 마친 뒤에는 핵폭탄 급 여운에 허우적거렸
다. 번역한 소설의 여운에 이렇게 오래 빠졌던 적이 또 있었나
싶다. 작업을 마치고 나면 그걸로 끝, 미련 없이 다음 작품과
사랑에 빠지는 것이 지금까지의 매정한 패턴이었는데.

《누구》는 148회 나오키상 수상작이다. 이 작품이 특히 주목
을 받은 이유는 작가가 역대 수상 작가 가운데 최연소라는 사
실 때문이었다. 작가 아사이 료는 1989년생. 이 소설의 등장인
물들처럼 치열한 취업활동을 거쳐 갓 회사에 취직한 신입사원
이다. 그러나 우리나라 독자들에게는 아직 낯선 이 작가, 알고
보면 대학 시절 발표한 첫 작품《내 친구 기리시마 동아리 그
만둔대》로 스바루 신인상을 받으며 화려하게 데뷔하였고, 같

은 작품이 영화화되어 히트를 친 덕분에 늘 화제의 중심에 있던 신인 작가였다.

그는 나오키상을 받고 한순간 반짝하고 잊힐까 봐 불안했다는 수상 소감을 남겼다. 잊다니. 이 한 작품 남기고 사라진다 해도 나는 아사이 료라는 작가를 오래도록 잊지 못할 것 같다. 나이 어린 작가의 치기 어린 소설이겠거니 생각했다가 된통 얻어맞은 듯한 이 기분을 어떻게 잊을 수 있을까.

대학 졸업반 학생들의 취업활동 이야기와 SNS 내용을 격자무늬처럼 엮어 가며 쓴 소설《누구》. 나오키상 심사위원들은 '현대 세상을 잘 파악한 참신한 청춘소설'이라고 표현했다. 청춘소설이라니요? 이건 아무리 봐도 호러 소설이다. 살인 사건이 일어나는 것도 아니고, 좀비나 귀신이 나오는 것도 아니지만, 그런 소설보다 더 무섭다. 아마 SNS나 블로그 등 온라인 생활을 좀 하는 사람들이라면 책을 읽고 난 후 비슷한 공포를 느낄 것 같다. 작가는 "자신을 포함한 동 세대에게 이러한 문제를 제기하고 싶었다"라고 했지만, 인터넷을 하는 모든 세대에게 해당하는 화두이자 칼끝이지 않을까 싶다.

한 번쯤 온라인과 오프라인의 괴리에 대해 생각해 본 적 있을 것이다. 온라인에서는 알게 모르게, 의식하든 않든, 많든 적든 허세를 부리게 된다. 지적 허세, 정신적 허세. 그런데 그런 온라인상의 허세를 지인이 줄곧 관찰하고 있다면 기분이 어떻겠는가? 어차피 지구는 '나'를 중심으로 도는 것. '나'는 항상 지구의 관찰자이지만, 관찰자인 '나'는 또 다른 관찰자의 관찰 대상이다. 어느 날 누군가가 그동안 관찰한 내 모습을 눈앞에 들이댄다면 그야말로 등골이 서늘해지지 않을까?

취업 준비를 하는 젊은이들에게 이 소설은 소설이라기보다 그냥 그들의 일상을 비추는 거울 같을 것이다. 예쁜 모습은 물론, 얼굴의 잡티 하나까지 적나라하게 비춰 주는 커다란 미용실 거울 같은. 그러나 이 책은 얼굴의 잡티가 아니라 마음의 잡티를 비춰 주고 있어서 한 줄 한 줄이 아프고 무섭고 쓰라릴 것이다. 잡티의 존재는 인정하되 보고 싶지 않은 게 사람 마음이니까. 누구나 마음속에 선과 악이 공존하지만, 대부분은 '선함'을 내세우고 살며 자신은 선한 사람이라고 생각한다. 가끔은 대외적인 '선함'과 어울리지 않게 은밀한 '악'을 행사할 때도 있지만, 자신밖에 모르니 괜찮다고 생각한다. 그러나 조심하라. 관찰자는 도처에 있다.

첫 페이지부터 젊은 작가답게 SNS 형식으로 등장인물이 소개되었다. 5인 5색의 취업 준비생, 다쿠토, 고타로, 미즈키, 리카, 다카요시(여섯 번째 등장인물인 가라스마 긴지는 대화 속에만 등장한다). 관계 설명을 하자면, 주인공 다쿠토의 룸메이트 고타로, 고타로의 옛 여자 친구이자 다쿠토가 짝사랑하는 미즈키, 미즈키의 취업활동 동료 리카, 리카의 동거인 다카요시. 이들 모두는 리카네 집에서 취업활동 모임을 갖지만, 리카와 다쿠토는 취업활동을 하며 만난 사이여서 그리 친분이 깊지 않다.

스포일러가 될지 모르겠지만, 고타로가 다쿠토에게 "난 네가 왜 합격하지 못하는지 정말 모르겠다."라고 말하는 장면이 나온다. 누구보다 다쿠토를 잘 알고 있기 때문에 하는 대사다. 그런데 친분이 깊지 않은 리카는 다쿠토에게 "난 다쿠토가 합격하지 못하는 이유, 알아."라고 말한다. 리카의 이 대사에서 호러는 시작된다. 리카의 사정없는 칼질은 다쿠토의 심장뿐만 아니라 독자의 심장까지 난도질할지도 모른다. 그러나 오랜 친구인 고타로가 보는 다쿠토도, 만난 지 오래되지 않은 리카가 보는 다쿠토도 모두 진짜 다쿠토다. 한 사람은 선을 더 많이 보고 한 사람은 악을 더 많이 보았을 뿐. 그래서 내가 싫어하는 그 사람을 누군가는 좋은 사람이라고 칭찬하는 것이다.

SNS를 시작해 볼까 했던 생각이 이 책을 번역하는 동안 싹 사라졌다. 누군가의 관찰 대상이 되는 것도 싫고, 본의 아니게 누군가를 관찰하게 되는 것도 싫다. SNS의 주요 목적이 '인맥 넓히기'라고들 하던데, 이 '인맥'에 대해 본문 중에 이런 글이 나온다.

……인맥을 넓히겠다고 늘 말하지만, 알아? 제대로 살아 있는 것에 뛰고 있는 걸 '맥'이라고 하는 거야. 너, 여러 극단의 뒤풀 이 같은 데 가는 모양인데, 거기서 알게 된 사람들과 지금도 연락하고 있냐? 갑자기 전화해서 만나러 갈 수 있어? 그거, 정말로 인맥이라고 할 수 있는 거야? 보고 있으면 딱하더라, 너.

작가는 당신이 인맥이라고 생각하는 것은 사실 죽은 '맥'이라고 이렇게 돌직구를 날린다.

우리 나이로 스물다섯 살인 이 청년 작가, 데뷔작《내 친구 기리시마 동아리 그만둔대》에서는 고등학생들의 얘기를 다루었다. 이 작품에서는 취업 준비를 하는 대학생들의 얘기를 다루었다. 다음에는 회사 생활 경험을 바탕으로 직장인 얘기를 해 주지 않을까 계산하는 것은 너무 '초딩'스러운가. 나오키상을 수상한 다음 작품은 어떤 소설일지 정말 기대된다. 지금까지는 수상작 다음 작품이 더 훌륭했던 경우를 별로 보지 못했지만, 왠지 이 작가만큼은 기대를 저버리지 않을 것 같다.

열아홉 살 정하에게 사랑을 보내며

권남희

누구

1판 1쇄 발행 2013년 9월 4일
1판 6쇄 발행 2022년 5월 6일
개정판 1쇄 발행 2024년 7월 5일
개정판 2쇄 발행 2024년 8월 9일

지은이 · 아사이 료
옮긴이 · 권남희
펴낸이 · 주연선

(주)은행나무
04035 서울특별시 마포구 양화로11길 54
전화 · 02)3143-0651~3 | 팩스 · 02)3143-0654
신고번호 · 제 1997—000168호(1997. 12. 12)
www.ehbook.co.kr
ehbook@ehbook.co.kr

ISBN 979-11-6737-440-0 (03830)